Franca Permezza

Prosciutto di Parma

EUROPA
VERLAG

FRANCA PERMEZZA

Prosciutto di Parma

Commissario Trattonis
tiefster Fall

Ein Kriminalroman

Aus dem Veneziano von Wolfgang Körner

Europa Verlag
Hamburg · Leipzig · Wien

Die Deutsche Bibliothek – CIP-Einheitsaufnahme
Ein Titeldatensatz für diese Publikation ist bei
der Deutschen Bibliothek erhältlich.

Erstausgabe

Umschlaggestaltung: Frauke Weise, Hamburg
Satz: Paxmann/Teutsch Buchprojekte, München
Druck und Bindung: Druckerei Lokay e. K., Reinheim
ISBN: 3-203-81007-7

Informationen über unser Programm erhalten Sie beim Europa Verlag,
Neuer Wall 10, 20354 Hamburg oder unter www.europaverlag.de

Copra a quell' alma ingenua
Copra nostr'onte un velo
Giudichi solo il cielo
Qual più di noi falli

Nicht in der Jungfrau Gegenwart
Sollst du den Schleier lichten
Mag den der Himmel richten
Wer von uns beiden mehr verbrach.

Bellini, *Norma*

Kapitel 1

Bereits während der Nacht hatten leicht ziehende Schmerzen in beiden Kniegelenken Adriano Trattoni vor einem Tiefdruckgebiet gewarnt. Obwohl alle Sirenen, die vor jedem acqua alta über Venedig heulten, still geblieben waren, zog er vorsichtshalber seine Gummistiefel an, bevor er das Haus verließ. Jetzt stand er an Bord eines Vaporetto der *Linea 1*, das langsam über den Canal Grande knatterte, und bedauerte die Touristen an Bord des Linienbootes. Sie waren offensichtlich in Erwartung eines sonnigen Herbsttages in die uralte Stadt gekommen und schauten jetzt ungläubig zum Himmel, der immer dunkler zu werden schien. Die meisten umklammerten ihren Regenschirm, als befürchteten sie, er könne ihnen jeden Moment entrissen werden.

Sie sollten besser auf ihre Wertsachen achten, dachte der Commissario. Das würde uns eine Menge Arbeit ersparen. Aber wenigstens mit derlei Kleinkriminalität brauche ich mich nicht auch noch abzugeben.

Das Boot steuerte die Anlegestelle Ferrovia an. Einige Fahrgäste stiegen aus, und ein vielleicht sechzigjähriger Mann betrat, einen Reiseführer in der Hand, den schwimmenden Omnibus. Sobald er abgelegt hatte, steckte er den Reiseführer in die Tasche seiner Windjacke. Er schaltete seine Digitalkamera ein und fing an, das schmutzige Wasser zu fotografieren, in dem Treibholz, leere Plastikflaschen, Pappkartons sowie unzählige Beweise der menschlichen Furcht vor Nachkommen oder Aids schwammen.

Trattoni erinnerte sich daran, daß er als Kind noch im Kanal gebadet hatte, und dachte an eine Bemerkung seines Assistenten.

„Warten Sie es nur ab, Commissario“, hatte Sergente Vitello gesagt, während eine Polizeibarkasse sie zum Tatort eines Mordes nahe der Accademia gebracht hatte. „Wenn es so weitergeht, werden wir hier bald auf dem Wasser laufen können wie Jesus über den See Genezareth.“

„Wer weiß?“ hatte Trattoni geantwortet. „Vielleicht hat das Meer unsere Stadt schon vorher verschlungen.“

Der Fotograf ging zur anderen Seite des Bootes und richtete seine Kamera auf die Fassaden der Palazzi an beiden Ufern, die der Vaporetto abwechselnd ansteuerte. Riva di Bassio ... San Marcuola ... Seit mehr als fünfundzwanzig Jahren fuhr Trattoni mit der *Linea 1* zur Questura und hätte die Namen der Anlegestellen im Tiefschlaf aufsagen können.

Es dauerte nicht lange, bis das Linienboot am Ca'd'Oro anlegte. Wie Trattoni vermutet hatte, stieg der Fotograf aus. Er hatte gerade den palazzo erreicht und bedrohte dessen kunstvolle gotischen Kolonnaden mit der Kamera, als am Himmel ein Blitz zuckte und ein Wolkenbruch sich über der Stadt zu entladen begann.

Wie die anderen Fahrgäste flüchtete Trattoni ins Innere des Linienbootes, wo ein dunkelhäutiger junger Mann das Gedränge zu nutzen versuchte. Er hielt den älteren, leicht untersetzten Commissario im leichten Mantel und mit Hut wohl für einen Touristen, also ein leicht zu beraubendes Opfer.

Trattoni tat so, als bemerke er nicht, daß der Farbige sich immer näher an ihn heranmanövrierte und ihm wenig später geschickt die Hand unter den Mantel schob. Doch als sie nach seiner Brieftasche tastete, ergriff er sie mit aller Kraft und hielt sie fest. „*Polizia*", sagte er. „Sie sind festgenommen, Sie Anfänger. Könner arbeiten mit einer Rasierklinge."

Er suchte in seinen Manteltaschen das Handy, um die Questura anzurufen. Doch da näherte sich der Vaporetto langsam dem Ponte di Rialto. Der Dieb riß sich los, sprang mit einem mächtigen Satz über das Wasser ans Ufer und winkte dem Commissario noch höhnisch zu, bevor er in der Menge verschwand.

Ein neuer Tag bringt neue Niederlagen, dachte Trattoni, während er wie die anderen Fahrgäste den Regenschirm öffnete und langsam den Vaporetto verließ. Wie immer boten auf dem Uferplatz Markthändler Obst und Gemüse feil. Vor einem Jahr noch hatte man hier auch gefälschte Rolex-Uhren, gefälschte T-Shirts mit dem Medusenhaupt Versaces – ja sogar gefälschte Romane von Donna Leon kaufen können, doch derlei duldete die Marktaufsicht nicht mehr.

An sonnigen Tagen liebte Trattoni es, hier die Orangen, Limonen, Zucchinis, Avocados, Auberginen sowie – schließlich liegt Venedig noch immer in Italien – jede Menge Tomaten zu bewundern, die nachts auf Lastkähnen in die Stadt gebracht wurden. Heute hatten die Händler ihre Waren mit Plastikfolien abgedeckt, über die das Regenwasser in kleinen Bächen lief.

Noch immer regnete es in Strömen. Trattoni hatte sich gerade der Rialtobrücke zugewandt, als ihm ein kräftiger Windstoß den Hut vom Kopf riß, ein paar Meter weit durch die Luft trug und schließlich über dem schmutzigen Wasser losließ, wo er auf einem Autoreifen landete, der mit seiner leichten Aluminiumfelge langsam im Canal Grande trieb.

Ein eiskalter Schreck durchlief den Commissario. Mein Hut! Ausgerechnet dieser Hut, den Giulia mir zur Silberhochzeit geschenkt hat, als sich das Haar auf meinem Kopf zu lichten begann. Diesen Verlust wird sie mir nie verzeihen.

Am liebsten wäre Trattoni auf dem schnellsten Wege in die Rughetta del Ravano geeilt, in deren Boutiquen Giulia ihren unstillbaren Bedarf an Hüten, Handtaschen und Handschuhen regelmäßig wenigstens für ein paar Tage zu befriedigen versuchte, doch leider öffnete kein Geschäft vor zehn Uhr.

Ich muß noch heute irgendwo ein diesem Hut möglichst ähnliches Modell kaufen, dachte er. Sonst bekomme ich zur *cena* wieder jede Menge Vorwürfe serviert. Er suchte in beiden Manteltaschen und in den Taschen seiner Jacke das kleine grüne Notizbuch, mit dem er seit einiger Zeit gegen die Vergeßlichkeit ankämpfte. Als er es endlich in der linken Hosentasche gefunden hatte, trat er unter eine der Kolonnaden eines Palazzo, die Schutz vor dem Regen bot. Er faltete den Schirm zusammen und öffnete sein kleines grünes Buch, das ihn zuerst an eine Kunstausstellung erinnerte, die Giulia am Abend in ihrer Galerie eröffnen würde. Davor muß ich mich zum zweiten Mal rasieren, dachte er verärgert. Aber an der Ausstellung führte kein Weg vorbei.

Dann fing er an zu schreiben. *Neuen Hut kaufen,* notierte er. *Borsalino.* Während er seine Gedankenstütze wieder einsteckte, hoffte er, sie im Laufe des Tages nochmal in der Tasche zu entdecken. Sonst würde er die Ausstellung wie den Hut, ja, es war inzwischen leider so, vermutlich vergessen.

Er öffnete den Regenschirm und ging langsam weiter, bis er den Campo San Lorenzo und wenig später die Questura erreichte. Sobald ihn der uniformierte Polizist neben dem Portal erkannte, nahm er Haltung an und salutierte. „*Buon giorno,* Commissario", sagte er. „Der Regen hat inzwischen aufgehört."

Trattoni nickte und rollte seinen Schirm zusammen. „Das ist mir keinesfalls entgangen", sagte er gelassen und betrat das Gebäude. Er stieg die Treppe zum ersten Obergeschoß hinauf und hatte sein Büro fast erreicht, als er aus dem Vorzimmer des Vize-Questore eine Etage höher laute Musik hörte. Er zögerte, ging weiter nach oben, öffnete die Tür zum Vorzimmer und sah Signorina Elektra, die Sekretärin des Chefs, neben ihrem Schreibtisch tanzen. Auf dem Schreibtisch stand der Bildschirm ihres Computers. Die Fensterbank und ein häßlicher dunkelbrauner Aktenschrank boten Platz genug für Blumentöpfe mit Orchideen, die in der feuchten Luft prächtig gediehen. Sie sonderten einen feinen, süßlichen Duft ab, der Trattoni an Romane von Rex Stout erinnerte.

„*Buon giorno,* Commissario", begrüßte sie ihn mit strahlendem Lächeln. „Heute ist ein Glückstag. Signor Berlusco hat sich krank gemeldet."

Trattoni hatte Mühe, den Blick von den unter der engen, türkisfarbigen Bluse mittanzenden Brüsten zu lösen. „Verstehe", sagte er. „Und Sie nutzen seine Abwesenheit und klauen Musik aus dem Internet. Ist Ihnen eigentlich bewußt, daß das verboten ist?" Signorina Elektra nickte. „Selbstverständlich. Aber was ich runterlade, wird korrekt bezahlt."

„Und wie machen Sie das? Kann man sogar Geld in diese neumodischen Dinger stecken?"

„Leider noch nicht, Commissario. Ich gebe einfach die Nummer der Kreditkarte des Vize-Questore ein. Bei den vielen Einkäufen seiner Frau kann das überhaupt nicht auffallen."

Trattoni blickte sie tadelnd an und drohte ihr mit dem ausgestreckten Zeigefinger. „Das will ich nicht gehört haben", sagte er, während er zur Tür ging, an der er sich noch mal umdrehte. „Sagen Sie bitte Vitello, er soll mir die Zeitung hochbringen, einen starken *caffè* und eine *brioche.* Bei dem Sauwetter frühstücke ich heute nicht in der *pasticceria.*"

Die Sekretärin sah überrascht durch das Fenster zum Himmel. „Aber warum denn nicht, Commissario?" fragte sie. „Der Regen hat doch schon lange aufgehört."

Eine halbe Stunde später hing Trattonis Mantel längst am Haken. Sein Regenschirm stand in der Ecke in einer kleinen Pfütze. Der Commissario hatte die Gummistiefel ausgezogen und war in seine bequemen Schuhe aus dem Hause *Banfi* geschlüpft. Nur seine Hosenbeine waren noch immer durchnäßt und klebten an denen der langen Baumwollunterhose, die Dottor Cassiano vielen Patienten verordnete. Solche Unterwäsche, möglichst aus Angorawolle, sei das beste Mittel gegen Gelenkprobleme, erklärte der Arzt regelmäßig, seit seine Frau ein Trikotagengeschäft am Campo San Aponal geerbt hatte.

Inzwischen las Trattoni bei seinem zweiten *caffè corretto grappa* wie jeden Morgen im Büro den *Gazzettino*. Er hielt diese Zeitung zwar für eine der schlechtesten in ganz Italien, aber wer über die Winkelzüge der Kommunalpolitik auf dem laufenden bleiben wollte, konnte auf sie nicht verzichten. Er las, daß der Bürgermeister einen Teil der für eine Untersuchung von Umweltschäden an alten Gebäuden zweckgebundene Finanzzuweisung eigenmächtig für drei große Limousinen ausgegeben hatte. Vermutlich war der Vize-Questore deshalb der Dienststelle ferngeblieben.

Der Bürgermeister verstand es zwar hervorragend, das feine Uhrwerk kommunaler Politik bei Bedarf an den richtigen Stellen zu ölen, doch er verfügte über keinerlei juristische Kenntnisse. In heiklen Rechtsangelegenheiten beriet er sich regelmäßig mit Berlusco, dessen Frau er eine gut dotierte Stelle als Kuratorin zweier Museen zugeschoben hatte. So lief es nun einmal in Venezia.

Trattoni hatte für Politiker und deren Machenschaften stets nur Verachtung empfunden und jahrelang auf seine Beförderung zum Commissario warten müssen. Ihm war bewußt, daß er damit die Endstufe seiner Berufskarriere erreicht hatte. Aber Giulia hatte reiche Eltern, und ihr war zudem gelungen, was in Venedig selten einer anständigen Frau gelang: Sie verdiente mit ihrer Kunstgalerie mehr als die Hälfte des Lebensunterhalts der Familie.

Außer dem Skandal im Rathaus hatte sich nichts Außergewöhnliches in der Stadt ereignet. In *Harrys Bar* hatten sich zwei amerikanische Autoren nach vielen Cocktails, wohl zur Ehre Hemingways, derart brutal geprügelt, daß Signor Cipriano die Polizei rufen lassen mußte. Am Campo San Bàrnaba zog ein junger Mönch seinen Abt im letzten Moment aus dem Wasser. Ein Ambulanzboot hatte den Geistlichen auf schnellstem Wege ins Krankenhaus gebracht.

Vermutlich zur Entgiftung, dachte der Commissario und errinnerte sich an seine Dienstpflichten. Er griff nach dem Telefon und fragte Sergente Vitello, weshalb die Totenscheine noch nicht auf seinem Tisch lagen. Er hatte den Hörer kaum zurück auf die Gabel gelegt, da trat sein Assistent schon mit gerötetem Gesicht ins Zimmer. „*Scusi*,

Commissario. Ich wollte Sie nicht stören und habe auf Ihren Anruf gewartet."

„Sie stören mich nie, Sergente", sagte Trattoni und beugte sich über die Papiere, die Vitello ihm auf den Tisch gelegt hatte.

Seit ein Arzt in Seveso den Krebstod eines mit Dioxin vergifteten Angestellten der dortigen Müllentsorgung als natürlichen Tod bescheinigt hatte, wußte Trattoni, was von den Totenscheinen italienischer Ärzte zu halten war. Er studierte sie, jedenfalls wenn er nichts anderes zu tun hatte, jeden Tag besonders gründlich.

Ein japanischer Tourist war, während er den Palazzo Navagero fotografierte, in den Canale di San Marco gefallen und ertrunken. Für Trattoni ebenso ein natürlicher Tod wie der eines Steinmetzes beim Reinigen einer der Statuen auf der Kuppel der Kirche San Giorgio Maggio.

Als Trattoni den Totenschein des Rechtsanwalts und Notars Davide Brambilla las, der im Ospedale di Seto San Giovanni einer Lebensmittelvergiftung erlegen war, stutzte er. Bei der Sorgfalt, mit der die Venezianerinnen jeden Fisch und jedes Stück Fleisch prüften, bevor sie sich dafür entschieden, waren Lebensmittelvergiftungen in Venedig selten. Und in einem der Touristenrestaurants dürfte der Anwalt kaum gespeist haben. Dafür waren Angehörige seines Standes zu wohlhabend.

Trattoni überlegte, ob er die Leiche Brambillas beschlagnahmen und ihre Obduktion veranlassen sollte, und er entschied sich dagegen. Eine Vergiftung durch Zyankali, Arsen oder eines der gängigen Pflanzenschutzmittel hätten sogar die Ärzte im Krankenhaus San Giovanni als solche erkannt. Und für Vergiftungen durch Arzneimittel war die Gesundheitsbehörde zuständig. Er schob die Totenscheine auf dem Schreibtisch zur Seite und hatte wieder nach der Zeitung gegriffen, als es an der Tür klopfte und Signorina Elektra ins Zimmer trat. „Eine Contessa Brambilla will Sie sprechen. Haben Sie dafür Zeit?"

„Eigentlich nicht", sagte Trattoni. Brambilla? dachte er. Brambilla? Der Name kam ihm zwar bekannt vor, aber er erinnerte sich an niemanden, der so hieß. „Na, meinetwegen. – Aber bitte lassen Sie mich in zehn Minuten zu einer Besprechung rufen."

Signorina Elektra lächelte. „Mit Vergnügen, Commissario." Sie drehte sich um, und als sie mit wiegenden Hüften zur Tür ging, war er froh, daß er in einem halben Jahr den sechzigsten Geburtstag feiern würde. Er hatte ein Alter erreicht, in dem sich nur Dummköpfe auf Liebesabenteuer einließen und damit nicht selten um Kopf und Kragen brachten.

Kapitel 2

Der Schreibtisch im Büro Trattonis stand so in seinem Büro, daß er mit dem Rücken zum Fenster saß. Der Wind hatte die letzte der grauen Wolken vom Himmel gefegt, und der Commissario sah im hellen Licht des milden Herbsttages auf den ersten Blick, daß die Contessa Brambilla vermutlich die ganze Nacht geweint hatte. Die große, schlanke Frau mochte fünfzig Jahre alt sein. Sie hatte die Haare zu einem Knoten gesteckt und kein Make-up aufgelegt. Ihre großen, traurigen Augen erweckten sein Mitgefühl.

„*Buon giorno,* Contessa Brambilla", begrüßte er sie, während er noch immer überlegte, woher er diesen Namen kannte. „Was kann ich für Sie tun?"

Sie wirkte sehr unsicher. „Ich weiß nicht, ob sie mir helfen können. Ihrer Frau ... Ihrer Frau ist es damals gelungen, für uns einen *Canaletto* zu beschaffen, und da dachte ich ..."

Trattoni nickte. „Sie hat mir davon erzählt", log er. „Ist das Gemälde nicht in Ordnung?"

Sie schüttelte den Kopf. „Deshalb komme ich nicht zu Ihnen", sagte sie mit tonloser Stimme.

„Das Bild ist eines der schönsten in meinem Salon. Aber mein Bruder ..." Sie fing an, fassungslos zu schluchzen und griff nach ihrem Taschentuch. „Mein Bruder ist vorgestern gestorben, und da dachte ich ..."

Trattoni nickte teilnahmsvoll. „Mein herzliches Beileid."

Er bot ihr einen der beiden abgenutzten, braunen Besucherstühle an, füllte ein Glas Wasser, stellte es vor sie auf den Tisch und setzte sich dahinter. Sie trank einen Schluck und holte einen kleinen Spiegel aus der Handtasche. „Entschuldigen Sie. Ich muß schrecklich aussehen."

„Aber ich bitte Sie, Contessa. Ich würde mich genauso fühlen, wenn meinem Bruder etwas zugestoßen wäre."

Der Commissario war zwar als verwöhntes Einzelkind aufgewachsen, das vor der ungeteilten Liebe seiner Eltern bis nach Rom geflüchtet war, doch das spielte jetzt keine Rolle. Wichtiger war zunächst, daß Signora Brambilla zu schluchzen aufhörte, und das würde noch eine Weile dauern. Er hatte in den vielen Jahren seiner Ehe gelernt, daß es am klügsten ist, schweigend abzuwarten, bis es soweit war. Er nahm eine Akte aus dem Rollschrank an der Wand, über dem ein nicht signierter *Joan Miro* hing, legte sie vor sich auf den Tisch, und sein Blick fiel auf den obersten der Totenscheine.

Davide Brambilla las er gerade, als es an der Tür klopfte und Signorina Elektra ins Zimmer kam.

„*Scusi,* Commissario. Sie sollen sofort zum Vize-Questore kommen."

„*Grazie*", sagte er. „Aber ich bin jetzt leider unabkömmlich."

Er wartete, bis die Sekretärin die Tür hinter sich geschlossen hatte, und griff nach dem Totenschein. „Die Ärzte führen den Tod Ihres Bruders auf eine Lebensmittelvergiftung zurück. Zweifeln Sie etwa daran?"

Die Signora zerknüllte nervös ihr Taschentuch und nickte. „Vor einer Woche war Davide noch gesund wie ein Fisch im Wasser. Am Montag habe ich ihn mittags in der Kanzlei angerufen, um ihn an eine Einladung zu erinnern. Da sagte er, er hätte sich den Magen verdorben, aber ein Abendessen bei Dottor Venanzio würde er sich nicht entgehen lassen."

„Und hat er daran teilgenommen?"

Die Signora schüttelte den Kopf. „Nein. Er hat mich am späten Nachmittag nochmal angerufen und abgesagt. Er fühlte sich nicht wohl. Er wollte sich nur noch einen schwarzen Tee kochen und danach ins Bett gehen."

Trattoni sah die Frau abwartend an. Sie redete ruhig weiter: „Und vorgestern ... Ich war besorgt, weil ich nichts von ihm hörte, und rief am Mittwoch in seiner Kanzlei an. Als mir seine Sekretärin sagte, sie habe ihn seit zwei Tagen nicht gesehen, rief ich bei ihm zu Hause an. Niemand nahm den Hörer ab, und ich bin mit dem *motoscafi* hingefahren." Sie begann wieder zu weinen. „Und dort habe ich ihn im Bett gefunden. Er zitterte am ganzen Leibe, redete verwirrt, und es roch in seinem Zimmer ... Ja. Ich habe natürlich Dottor Venanzio kommen lassen. Der hat ihn nur schnell untersucht und ins Krankenhaus bringen lassen. Davide war kaum noch ansprechbar."

Trattoni hatte längst sein Notizbuch aus der Jackentasche geholt. *Neuen Hut kaufen,* las er. Aber das war jetzt nicht so wichtig. „Sie sagten, es roch in seinem Zimmer. – Können Sie sich daran erinnern, was das für ein Geruch war?"

Sie zögerte. „Wie in einer Bedürfnisanstalt. Ich habe sämtliche Fenster aufreißen müssen."

„Das war vermutlich ein Fehler. In Venedig hält man an manchen Tagen die Fenster am besten geschlossen. Aber wann war das?"

Die Contessa Brambilla sah ihn erstaunt an. „Vorgestern. Das habe ich Ihnen doch gerade gesagt. Und gestern mittag kam der Anruf." Sie schluchzte wieder. „Ich solle so schnell wie möglich ins Krankenhaus kommen, der Zustand meines Bruders hätte sich verschlechtert. Und als ich hinkam, war er schon tot. – Seine Frau", brach es aus ihr heraus, „ich habe es von Anfang an geahnt. Diese Hexe würde ihn unter die Erde bringen."

Trattoni hob erstaunt die Augenbrauen. „Ein schrecklicher Verdacht. Haben Sie Gründe dafür?"

Contessa Brambilla nickte. „Zarife ist zwanzig Jahre jünger als mein Bruder und stammt aus Syrien. Sie hat ihn einzig und allein wegen der Aufenthaltsgenehmigung geheiratet. Die beiden lebten zwar noch zusammen, aber in letzter Zeit hat sie sich kaum noch um ihn gekümmert. Entweder sie blieb bis spät in die Nacht im Krankenhaus, oder sie war verreist. Ein Ärztekongreß nach dem anderen. Kein Wunder, daß so viele Menschen im Krankenhaus sterben. Die tüchtigen Ärzte sind niemals da."

„Ihre Schwägerin ist Ärztin und konnte den eigenen Ehemann nicht retten?" fragte Trattoni. Allein der Gedanke an diese Möglichkeit erschien ihm entsetzlich.

Contessa Brambilla zögerte. „Das hätte ich niemals zugelassen. Zarife arbeitet im Casa di Cura San Marco. Ich habe selbstverständlich darauf bestanden, daß mein Bruder in ein anderes Krankenhaus gebracht wird. Aber dort konnte man ihm leider auch nicht mehr helfen."

„Ich verstehe", sagte der Commissario nachdenklich, und nach einer kurzen Pause: „Von Ihrer Schwägerin einmal abgesehen ... Könnte jemand anderes am Tode Ihres Bruders schuld sein? Hatte er viele Feinde?"

„Und ob", sagte sie zufrieden. „Schließlich war er Rechtsanwalt. Aber daß ihm einer von denen nach dem Leben getrachtet hätte ... – Nein, das glaube ich nicht. Ich bin mir sicher, daß seine Frau ihn auf dem Gewissen hat. Und wenn ein Arzt zum Mörder wird ... Einem Arzt kann man einen Mord fast nie beweisen."

Die Contessa hat entschieden zu viele Kriminalromane gelesen, dachte Trattoni, klappte sein Notizbuch zu und stand hinter seinem Schreibtisch auf. „Ich werde der Sache nachgehen. Aber versprechen Sie sich bitte nicht zu viel davon. Die Ärzte vermuten, daß Ihr Bruder verdorbene Lebensmittel gegessen hat."

„Haben sie mir gegenüber auch behauptet. Aber das ist ausgeschlossen. Davide hat nur die besten Restaurants besucht. Wenn eine Mahlzeit nicht in Ordnung gewesen wäre ..." Sie stand langsam auf. „Dann wären auch andere Gäste daran gestorben, nicht wahr?"

Trattoni stimmte ihr zu. „Wahrscheinlich. – Übrigens, hatte Ihr Bruder eine Haushälterin? Oder könnte er sich selbst eine Mahlzeit zubereitet haben? Ich koche manchmal am Abend für mich und die Kinder, wenn meine Frau noch in der Galerie zu tun hat."

Contessa Brambilla überlegte einen Moment. „Eine Haushälterin hatte er nie. Nur eine Putzfrau. Und für sich selber kochen ..." Sie schüttelte den Kopf. „Nein, das halte ich für ausgeschlossen. Davide wären sogar die Spiegeleier in der Pfanne angebrannt." Sie sah den Commissario erschrocken an. „Das bleibt doch alles unter uns, Dottore? Meine Schwägerin darf nicht erfahren, daß ich mit Ihnen gesprochen haben."

„Das wird sie nicht", versprach Trattoni. „Ich betrachte unser Gespräch als vertraulich und privat. Von mir wird niemand hören, daß Ihr Bruder nicht kochen konnte. Wollen Sie formell Anzeige erstatten?"

„Auf keinen Fall", antwortete die Contessa. Sie verließ das Zimmer, und der Commissario setzte sich wieder an den Schreibtisch. Diese Frau hatte ihren Bruder sehr geliebt. Und sie war offensichtlich auf seine Ehefrau eifersüchtig. Aber konnte der Haß einer Frau so stark werden, daß sie ihre Schwägerin des Mordes bezichtigte? – Er überlegte eine Weile und nickte. Ja, dachte er. Eine in ihren Gefühlen verletzte Frau ist zu allem fähig.

Er nahm den Totenschein Brambillas in die Hand, betrachtete ihn längere Zeit und rief Sergente Vitello zu sich. „Diese Sache gefällt mir nicht", sagte er, während er ihm den Schein in die Hand drückte. „Ich möchte, daß dieser Mann obduziert wird, und zwar von Dottor Martucci persönlich. Rufen Sie ihn im Ospedale Fatebenefratelli an und lassen Sie die Leiche zu ihm bringen. Danach erkundigen Sie sich in sämtlichen

Krankenhäusern, ob Patienten mit Lebensmittelvergiftungen eingeliefert wurden."

„Come desidera", sagte der Sergente. Wie Sie wünschen. Er wollte zur Tür, doch Trattoni rief ihn zurück. „Und ich brauche alles, was wir über Avvocato Brambilla und seine Frau im Archiv haben. Sie war oder ist Ausländerin. Vorname Tarifa oder so ähnlich. Vermutlich aus dem Libanon oder der Türkei. Über sie haben wir bei der Fremdenpolizei bestimmt was."

Sergente Vitello sah seinen Vorgesetzten unsicher an. „Soll Signorina Elektra die beiden mit dem Computer durchleuchten?"

„Das erscheint mir noch nicht nötig. Vorerst genügen mir die letzten Kreditkartenbelege. Wenn das ohne Verletzung des Datenschutzes möglich wäre ..."

Sergente Vitello nickte. „Selbstverständlich. Wie immer unter strikter Beachtung aller Vorschriften."

Sobald Vitello das Zimmer verlassen hatte, rief Trattoni beim *Gazzettino* an und ließ sich mit Roberto Rizzo verbinden. Der Journalist erkannte ihn an der Stimme. *„Ciao, Adriano"*, begrüßte er ihn. „Wie geht es dir und deiner Familie?"

„Abbastanza bene, grazie. Und wie geht es dir?"

Roberto lachte. „Wie immer. Sehr viel Arbeit und sehr wenig Geld. Der Skandal im Rathaus beschäftigt mich von früh bis spät. Jetzt soll unser Bürgermeister auch noch eine Gondel für Repräsentationszwecke aus dem Umweltfonds bezahlt haben."

„Na und? Vielleicht will er darin mit seiner Freundin vor dem Lido auf- und abfahren. Einem Politiker traue ich alles zu. – Sag mal, dieser Notaio Bàrnaba, der im San Giovanni gestorben ist ... Hältst du es für möglich, daß er in den Skandal verwickelt war?"

Es dauerte einen Moment, bis Roberto antwortete. „Einen Notar Bàrnaba kenne ich nicht. Meinst du Avvocato Brambilla? Für den lege ich beide Hände ins Feuer. Ich sitze gerade an seinem Nachruf. Eine Tragödie. Erst fünfundfünfzig und noch keine vier Jahre verheiratet. Weshalb fragst du? Ist an der Sache was faul?"

„Weiß ich noch nicht. Es gibt da Gerüchte ..." Der Journalist unterbrach ihn. „Sag bloß, seine Schwester war auch bei euch? Die hat mich heute morgen fast eine Stunde genervt. Da ist nichts dran. Ihre Schwägerin hat sie schon dreimal wegen übler Nachrede verklagt, aber die Klage jedesmal wieder zurückgezogen."

„Mein Gott", sagte Trattoni. „In was für Verhältnissen leben manche Leute."

„Kannst du wohl sagen. Ein Glück, daß ich nie geheiratet habe. Ich glaube zwar, diese Frauen haben beide einen Sprung in der Schüssel, aber wenn wirklich was dran sein sollte ... Denk an mich und gib mir einen Tip, ja?“

Der Commissario räusperte sich, und als er antwortete, klang seine Stimme gereizt. „Auf keinen Fall, Roberto. Ich habe noch niemals dienstliche Angelegenheiten ausgeplaudert.“

„Das weiß ich, Adriano“, sagte der Journalist. „Wenn mir in dieser Sache noch etwas zu Ohren kommt, ruf ich dich auch an.“ Danach hörte Trattoni nur noch das Besetztzeichen. Er legte den Hörer nachdenklich zurück auf das Telefon, blickte auf seine Armbanduhr und erschrak. Es war zehn Minuten nach zwölf. Er hatte wieder in der Mittagspause gearbeitet. Dieser Beruf fraß den Menschen auf. Er nahm den Mantel vom Haken und zog ihn an. Als er die Questura verließ, bemerkte er, daß er keinen Hut auf dem Kopf hatte, doch das war nicht so wichtig. Es regnete ja nicht mehr.

Kapitel 3

Auf dem Weg zu seiner Wohnung hatte Trattoni in einem Lebensmittelladen zwei Flaschen *orzata* gekauft, und als er die ersten achtzig Treppenstufen im Palazzo hinter sich gebracht hatte, lief ihm das Wasser im Munde zusammen. Schon vierzig Stufen tiefer hatte er den Duft der Sauce wahrgenommen, die seine Frau nach einem Rezept ihrer Mutter bereitete. Wie die alte Contessa verzichtete auch Giulia auf das Basilikum und die Pinienkerne. Sie beschränkte sich auf Olivenöl, Salbei sowie sehr viel Knoblauch und schuf auf diese Weise eine Sauce, deren Geruch unwiderstehlich war. Auch wenn ausländische Mieter anderer Wohnungen im Hause – Giulia behauptete, aus schierem Neid – ständig mit neuen Türdichtungen experimentierten und sogar Gummistöpsel für die Schlüssellöcher anfertigen ließen, Giulias Sauce überwand jedes Hindernis. Ihr Geruch drang durch jeden Spalt und alle Ritzen. Er schlängelte sich sogar mühelos zwischen den Molekülen durch die dicksten Backsteinmauern: Er war das allgegenwärtige Aroma Italiens.

Trattoni überwand die restlichen zwanzig Stufen, schloß die Wohnungstür auf, hängte den Mantel an einen der Haken im Korridor und stürzte in die Küche, wo Giulia am Herd stand. „Was gibt es denn heute mittag“, fragte er, während er die beiden Flaschen auf die Anrichte stellte und seine Frau umarmte.

„*Fussili alla Napolitana* und *Gallina alla sardegnola*”, antwortete sie. “Aber du darfst nur den *secondo* essen. Pasta ist Gift für dich.“

„Wieso? Meine Zuckerwerte sind doch völlig in Ordnung.“

„Das sieht der Doktor anders. – Übrigens, du brauchst nicht ständig Mandelmilch mitzubringen. Der Sommer geht langsam zu Ende, und wir haben noch zwanzig Flaschen im Regal.“

Trattoni überlegte noch, was er darauf antworten sollte, als Luciana, seine sechzehnjährige Tochter, in die Küche kam. „Dreihundertsechzig Mikrobecquerel“, sagte sie düster. „Das bringt jeden Menschen um. Ich schlafe keine Nacht länger in meinem Zimmer.“

„Unsinn“, sagte Giulia, ohne den Blick vom Herd zu wenden. „Deine *nonna* ist in dieser Wohnung vierundneunzig Jahre alt geworden. Ihr Bett stand dreißig Jahre an derselben Stelle wie deins.“

„Dürfte ich vielleicht auch erfahren, um was es hier geht?“ mischte sich Trattoni ein. Giulia nahm den Deckel von der Pfanne, drehte das Hähnchen um und goß noch Sauce darüber. „Um Blödsinn geht es. Lucianas Physiklehrer behauptet, daß die meisten farbigen Keramikfliesen radioaktiv sind."

„Quatsch", sagte Trattoni.

„Das ist kein Quatsch", widersprach seine Tochter. „Aber wenn du mir auch nicht glaubst ... Bitte, du kannst dich gern selber davon überzeugen." Sie faßte ihren Vater an der Hand, zog ihn in ihr Zimmer und nahm ein kleines Gerät von ihrem Bett, über dem ein großes Poster von *Eminem* hing.

„Wo hast du denn den Geigerzähler her?" fragte Trattoni.

„Aus dem Physiksaal. Fabrizio hat einen Schlüssel für sämtliche Schulräume und hat mir den Zähler bis morgen geliehen. – Hier, du kannst dich gern davon überzeugen."

Sie schaltete das Gerät ein und führte es über die blauen Fayence-Fliesen, mit denen der Fußboden ihres Zimmers belegt war. Das Gerät tickte und Luciana tippte mit dem Zeigefinger auf das Display. „Bitte sehr. Dreihundertsechzig Mikrobecquerel. Ich schlafe nicht länger neben einem Atomkraftwerk."

Trattoni nickte nachdenklich. „Du hast völlig recht. Man muß so etwas ernst nehmen. Hast du schon mit Stefano darüber gesprochen? Der versteht von solchen Sachen mehr als wir beide zusammen."

„Ach der", sagte Luciana mit einer wegwerfenden Handbewegung. „Der hat sich wieder in seinem Zimmer eingeschlossen, weil er sich auf seine Prüfung vorbereitet."

„Komm", sagte der Vater zu seiner Tochter. „Da holen wir ihn raus. Deine Gesundheit ist viel wichtiger als eine Prüfung."

Er ging zur Tür des Zimmers seines Sohnes, trommelte mit beiden Fäusten gegen das Holz, um die Musik im Zimmer zu übertönen. Stefano lernte am liebsten bei Mozart, den er für einen großen Mathematiker hielt. „Sofort aufmachen!" rief Trattoni und, wie stets in solchen Situationen: *„Polizia!"*

Die Tür wurde aufgerissen, und Trattoni erschrak, als er sah, wie erschöpft Stefano war. „Hat man hier denn keinen Augenblick Ruhe? Ich muß für die Matheprüfung arbeiten. – Glaubt ihr etwa, ich studiere nur zum Spaß Informatik?"

„Das ist im Augenblick nicht so wichtig", sagte Trattoni. „Komm mal kurz mit."

„Meinetwegen. Aber mach mir später keine Vorwürfe, wenn ich durchfalle." Der Zwanzigjährige begleitete Trattoni und Luciana zu deren Zimmer, und als sie ihm den knackenden Geigerzähler unter die Augen hielt, zuckte er mit den Schultern. „Na und?" fragte er. „Das ist völlig natürliche Radioaktivität. Die kannst du überall messen."

„Unser Physiklehrer sagt aber ..." Sie brach mitten im Satz ab, und als Trattoni das überlegene Grinsen in Stefanos Gesicht sah, legte er schützend einen Arm um seine Tochter. „In solchen Angelegenheiten kann man nicht vorsichtig genug sein. Ich werde noch heute beim Umweltministerium in Rom anrufen – ich kenne da jemanden – und mich erkundigen, ob Keramikfliesen gefährlich sind."

Luciana strahlte über das ganze Gesicht. „Danke, *papà*. Du bist der liebste *papà* der ganzen Welt."

„Das will ich doch hoffen", antwortete Trattoni. Es dauerte nicht mehr lange, bis die Familie auf der Terrasse am Tisch saß. Trattoni nahm sich eine große Portion Pasta aus der Schüssel. Er füllte sein Weinglas, blickte über die Dächer der Stadt, und als er sogar die grüne Spitze des Campanile zu erkennen glaubte, der auf der weit entfernten, der Lagune zugewandten Seite der Piazza in den azurblauen Himmel ragte, hätte er mit keinem Menschen tauschen mögen. Er liebte seine Familie, und sie liebte ihn. Was sonst hätte sich ein Mann in seinem Alter noch wünschen können?

Die Geschichte des freistehenden Campanile erschien ihm oft symbolisch für den Fortschritt der Menschheit. Es hatte zwar damals nahezu fünfhundert Jahre gedauert, bis der achtundneunzig Meter hohe Glockenturm vollendet war, aber danach hatte er vierhundert Jahre den Zeitläuften widerstanden, bis er schließlich 1902, ohne einen Menschen zu verletzen, in sich zusammenstürzte.

Die Rekonstruktion des Bauwerks war schon zehn Jahre später abgeschlossen gewesen, und Trattoni wunderte sich, daß es noch immer jeden begrüßte, der sich auf der Lagune Venedig näherte. Vermutlich hatte man die Steine für den Neubau aus dem Ausland beschafft, um die Mafia aus der Sache herauszuhalten.

Er rechnete trotzdem damit, daß der Turm jeden Augenblick zusammenstürzen könnte, und machte jedesmal, wenn er über die Piazza gehen mußte, einen großen Bogen um ihn. Große Werke erfordern nun einmal große Zeit, dachte er. Beim Wiederaufbau hatte man es viel zu eilig.

So genoß er in aller Ruhe eine zweite Portion Pasta. Danach verzehrte er, gleichfalls in aller Ruhe, ein Stück Hähnchenbrust und einen Hähnchenschenkel. Er lobte überschwenglich die Sauce aus sardischem Wein, in die Giulia – nein, nicht nur Knoblauch, sondern heute, ausnahmsweise – auch Basilikum und Salbei gerührt hatte, und wandte sich liebevoll seiner Tochter zu. „Willst du das köstliche Hähnchen nicht wenigstens mal probieren, Luciana?“

„Auf keinen Fall. Ich esse nichts, was Augen hat.“

„Dann dürftest du auch keinen Fisch essen. Oder haben Fische neuerdings keine Augen?“

„Auf alle Fälle tut es ihnen nicht weh, wenn man sie angelt“, sagte Luciana. „Der Biologielehrer hat gesagt, sie hätten ein völlig anderes Nervensystem.“

„Sehr klug von eurem Biologielehrer“, sagte Trattoni. „Dann nehmen seine Schülerinnen wenigstens etwas tierisches Eiweiß zu sich.“ Er legte sich einen zweiten Hühnerschenkel auf den Teller, verzehrte ihn genüßlich und verabschiedete sich von Giulia und Luciana. „Wieso sitzt eigentlich Stefano nicht mit am Tisch?“ fragte er, als er die Türklinke schon in der Hand hatte.

„Ach der“, sagte Luciana. „Der ißt mittags nur noch bei McDonalds.“

„Gut, daß du mich darauf aufmerksam machst“, sagte Trattoni. Aber schon als er aus dem Haus trat, dachte er nicht mehr daran. Er ging langsam zur Anlegestelle, fuhr zur Questura, und als er die Treppe zur ersten Etage hinaufstieg, stand ihm der Schweiß auf der Stirn.

Er wußte, daß er diese Schweißausbrüche seinem leicht erhöhten Blutzucker verdankte. Der

Arzt hatte ihm bereits vor drei Jahren sämtliche Gerichte aus Hartweizengrieß verboten, aber wie die meisten venezianischen Diabetiker kümmerte er sich nicht darum. Ohne eine *pasta* als *primo* hätte er sogar die wohlschmeckenden Mahlzeiten seiner Frau nicht genießen können.

Er zog den Mantel aus und ließ sich in seinen Sessel fallen, wo er die Krawatte und danach den obersten Knopf seines Hemdes öffnete. Wie nach jeder Mittagspause sah er zuerst in sein Notizbuch, das ihn an den verlorenen Hut und den toten Rechtsanwalt erinnerte. Trattoni dachte gerade an die Möglichkeit, Vitello zu beauftragen, ihm einen neuen Hut zu besorgen, als Signorina Elektra ins Zimmer kam und ihm Computerausdrucke auf den Schreibtisch legte. Der Commissario blickte sie fragend an. „Was soll ich denn damit?“

„Davide Brambilla. Eine Saphira Brambilla habe ich im Computer nicht gefunden. Nur eine Zarife Elias. Sie ist mit Davide Brambilla verheiratet und hat den Mädchennamen beibehalten.“

„Sie *war* mit dem Rechtsanwalt verheiratet“, korrigierte der Commissario. „Jetzt ist sie seine Witwe. Aber ich danke Ihnen für Ihre Mühe.“

„Nicht der Rede wert. Es war mir ein Vergnügen.“

Trattoni nickte. Er wußte, daß Signorina Elektra in ihrer Freizeit noch für eine Firma tätig war, die Virenschutzprogramme entwickelte. Der Vize-Questore vermutete sogar, daß sie auch Computerviren erfand, die den Verkauf dieser Programme förderten, doch er hatte nichts dagegen. Von ihrem Gehalt bei der Polizei hätte sie ihre aufregende Kleidung nicht bezahlen können, die auch seinen Status aufwertete.

Sobald Signorina Elektra sein Büro verlassen hatte, beugte sich Trattoni über das Ergebnis ihrer Recherchen. Die Eheleute Brambilla wohnten standesgemäß – nein, nicht im Dogenpalast, aber immerhin in der Calle Bernardo in Dorsoduro. Die Wohnungen in dieser Gegend hätte sogar ein Millionär kaum bezahlen können, aber man mietete oder kaufte eine Immobilie in dieser Gegend auch nicht. Man erbte sie von den Eltern, die sie von den Großeltern geerbt hatten.

Der Commissario las, daß der Anwalt sowohl das Geschäftskonto als auch sein Privatkonto bei der Banca Populare eingerichtet hatte. Das Geschäftskonto wies ein Guthaben von 230.000 Euro auf, während das Privatkonto um 23,70 Euro überzogen war.

Signorina Elektra hatte zwar hinter jedem der Euro-Beträge deren Gegenwert in der alten Lira vermerkt, aber das erleichterte den Einblick in die Verhältnisse des Anwalts nur bedingt. Auch Conte Brambilla hatte offensichtlich den größten Teil seines Einkommens in die Schweiz oder nach Luxemburg gebracht – und damit vor dem Finanzamt in Sicherheit. Trattoni nickte anerkennend.

Aufschlußreicher waren die Belastungen des Kreditkartenkontos des Verstorbenen. Brambilla hatte jeden Tag im unweit seiner Wohnung gelegenen Restaurant *La Bitta* gegessen und jedesmal mit seiner Kreditkarte bezahlt. Zuletzt am Samstag. Es war zwar möglich, daß er mit Klienten auch anderswo gespeist hatte, aber das *La Bitta* war immerhin eine erste Spur. Was Signorina Elektra über Brambillas Frau herausgefunden hatte, bestätigte – jedenfalls soweit er sich noch daran erinnerte – die Auskünfte seiner Schwester. Zarife Elias war in Damaskus geboren, hatte in Rom studiert und nach Ablauf ihres Ausbildungsvisums vor fünf Jahren den Rechtsanwalt geheiratet. Ihr Bankkonto wies ein Guthaben von 6436 Euro aus. Jeden Monat wurden vom *Casa di Cura* 2145 Euro überwiesen: vermutlich ihr Gehalt. Daß die Ärztin trotz der vielen Kongresse, an denen sie teilgenommen haben sollte, weder Flugscheine noch Hotelrechungen mit der Kreditkarte bezahlt hatte, überraschte den Commissario nicht. Dafür kamen gewöhnlich Pharma-Unternehmen auf.

Interessanter war, daß die Dotoressa einen Waffenschein besaß, aber auch dafür gab es eine Erklärung. Bereits der Mord an einem Schönheitschirurgen hatte vor zwei Jahren viele Ärzte nervös gemacht. Wenig später erstach eine Patientin ihren Psychotherapeuten mit dem Tranchiermesser. Danach hatten zahlreiche Ärzte ihre Beziehungen spielen lassen, und die Polizei mußte ihnen widerstrebend das Führen einer Handfeuerwaffe gestatten.

Besonders hilfreich waren die Computerausdrucke diesmal nicht. Trattoni war sich noch nicht einmal sicher, ob jemand Brambilla vergiftet hatte. Höchst erfolgreiche Kriminalromane einer Amerikanerin behaupten zwar das Gegenteil, aber in Venedig ereignen sich sehr selten Gewaltverbrechen. Nur Diebstahl und Korruption sind alltäglich.

Trattoni schob die Papierblätter zusammen und sah noch einmal kurz in sein Notizbuch. Ein Kriminalfall ist das noch nicht, warnte ihn eine innere Stimme, der eine andere innere Stimme widersprach. Aber es könnte vielleicht einer werden, raunte sie, und der Commissario rief Vitello zu sich.

„Der an einer Lebensmittelvergiftung verstorbene Anwalt hat meistens im *La Bitta* gegessen", sagte er. „Ich möchte, daß Sie sich in diesem Lokal unauffällig umsehen."

„Ausgeschlossen. Wissen Sie, was ein Sergente verdient?"

Trattoni nickte. „Geht natürlich aufs Spesenkonto. Machen Sie sich keine Sorgen deswegen. Ich stehe dafür gerade."

„*Grazie*, Commissario. Ich werde sofort einen Tisch reservieren lassen und erstatte Ihnen morgen Bericht."

Trattoni lächelte zufrieden. „Aber seien Sie vorsichtig. Essen Sie weder Fleisch noch Fisch. Und unter keinen Umständen Muscheln. Ich würde das selber erledigen, aber erstens eröffnet meine Frau heute eine Ausstellung, und zweitens ... Verstehen Sie das bitte nicht falsch. Sie sind ledig, und ich muß an meine Familie denken."

Vitello wurde bleich und nickte zögernd. „*Va bene*, Commissario. Sie können sich auf mich verlassen."

„Das weiß ich", sagte Trattoni, stand hinter dem Schreibtisch auf und zog sich den Mantel an. „Sagen Sie Signorina Elektra Bescheid. Ich bin dienstlich unterwegs. Falls der Vize-Questore noch ins Büro kommt, soll sie mich anrufen."

Kapitel 4

Eine Stunde und fünf *Fernet Branca* später stand Trattoni wieder an Bord eines Vaporetto der *Linea 1*. So langsam diese Boote auf dem Canal Grande waren, der Commissario mochte sie. Diesmal waren viele junge Leute an Bord, meist Studenten. Inzwischen stand die Sonne schon ziemlich tief. Es kam ihm vor, als ob ihre Strahlen die Kuppeln und Türme der Kirchen ebenso vergoldeten wie die kunstvoll gestalteten Fassaden der Palazzi. Trattoni liebte Venedig, aber es war wie in einer alten Ehe. Er wußte es zu schätzen, daß hier Autos verboten waren, aber er kannte auch die Schattenseiten der Serenissima. Das Spielcasino gehörte für ihn dazu. Einer der Freunde seines Schwiegervaters hatte sich erschossen, nachdem er sein Vermögen verspielt hatte. Seit Roberto Rizzo dem Commissario in der Bar ein Foto zugesteckt hatte, das ein *paparazzo* im Casino Municipale aufgenommen hatte, hielt er es nicht für ausgeschlossen, daß auch Brambilla viel Geld verspielt hatte. Auf dem Foto war er im Dinnerjacket neben einer dunkelhaarigen jungen Frau am Spieltisch abgebildet.

Noch als er am Palazzo Ca'Rezzonico ausstieg, überlegte Trattoni, wieviel der Rechtsanwalt dafür bezahlt haben mochte, daß der *Gazzettino* dieses Foto nur archiviert, aber nie veröffentlich hatte. Zugegeben, seit Bilder mit dem Computer beliebig verändert werden konnten, bewies ein Foto überhaupt nichts mehr. Aber wäre es nicht vorstellbar, daß eine junge Frau ihren Ehemann unter solchen Umständen daran hindern wollte, ihr Erbe zu verspielen?

Genau genommen – das sagte sich Trattoni immer wieder – gab es bisher weder das Opfer eines Verbrechens noch einen möglichen Täter. Es gab lediglich einen schwachen Anfangsverdacht und ein vorstellbares Motiv. Aber war diese Kombination nicht oft der Kristallisationskern, aus dem sich ein Kriminalfall entwickelt?

Trattoni näherte sich dem Palazzo Nani, und als er die kratzenden Töne einer Violine hörte, lächelte er und griff nach seiner Geldbörse. Seit Jahren stieß er von Zeit zu Zeit immer wieder vor einem Palazzo oder einer Kirche auf ein noch nicht vierzehnjähriges Mädchen, das einer Geige gräßliche Töne entlockte. Diesmal war es hier. *Ich spare für eine gute Violine,* lasen die Touristen auf einem Schild im einladend geöffneten Geigenkasten des Mädchens. Sie konnten es auf Italienisch, Englisch und Französisch lesen, und sie spendeten reichlich.

„Na, du mußt ja schon mindestens das Geld für drei Stradivari verdient haben“, sagte Trattoni freundlich, während er ihr zwei Euro in den Kasten warf.

Sie stutzte einen Moment. „Es reicht noch nicht einmal für eine Guaneri“, antwortete sie lachend. „Das dauert mindestens noch zwei Jahre.“

„Na dann viel Glück“, sagte er und ging weiter. Inzwischen stand ihm wieder der Schweiß auf der Stirn. Er zog den Mantel aus und stutzte. Was hatte ihn eigentlich nach Dorsoduro getrieben? Er lief, den Mantel über dem Arm, zum Campo S. Margherita und wollte sich in einer Bar bei einem *caffè* alle Ereignisse des Tages noch einmal durch den Kopf gehen lassen, doch da sah er eine Werbetafel des Pastafabrikanten Barilla, und er erinnerte sich an Davide Brambilla.

Ach ja, dachte er. Der vergiftete Rechtsanwalt wohnte in dieser Gegend. Er suchte in sämtlichen Taschen vergeblich nach dem kleinen Notizbuch, doch er fand sein *telefonino,* mit dem er in der Questura anrief. Vitello meldete sich sofort. Trattoni erklärte, daß er sein Notizbuch auf dem Schreibtisch vergessen hatte und bat den Sergente, ihm die Anschrift Brambillas durchzugeben. „Und stellen Sie fest, ob seine Frau noch verreist ist. Sie arbeitet im Ospedale Civile oder in einem anderen Krankenhaus.“

„*Un attimo,* Commissario", sagte Vitello. "Bleiben Sie bitte am Apparat." Trattoni nickte, schaltete das Handy aus und setzte sich in eine *pasticceria,* wo er einen Cappuccino trank, bis ihn sein Assistent wieder anrief: „Der Rechtsanwalt wohnt in der Calle Bernardo. Dottoressa Elias ist gestern aus Rimini zurückgekommen und hat heute Spätdienst. Daneben steht noch was von einem Hut."

„*Grazie*", sagte Trattoni. „Das ist nicht so wichtig. Es ging mir nur um die Anschrift." Er schaltete das Telefon aus und steckte es wieder in die Tasche. Als er sich dem Hause zuwandte, in dem der Rechtsanwalt gewohnt hatte, zögerte er. Genau genommen hatte er hier überhaupt nichts zu suchen. Er hatte noch keinen Fall. Ganz zu schweigen von einem Durchsuchungsbeschluß. Aber andererseits ... Viele Verbrechen hatte er nur aufklären können, weil er den Tatort auf sich wirken ließ und die gewöhnliche Spurensicherung anderen übertrug.

Er ging davon aus, daß sich die kriminelle Energie eines Mordes in dessen Umfeld dauerhaft manifestiert. Es bedurfte allerdings einer außergewöhnlichen Sensibilität, solche Manifestationen wahrzunehmen. Darüber verfügte er mehr als reichlich.

Trattoni studierte die Namensschilder an der Haustür und drückte auf den Klingelknopf einer

Wohnung in der ersten Etage. Wie erwartet, meldete sich deren Mieter an der Wechselsprechanlage. *„Chi è?"* schepperte eine unfreundliche Frauenstimme aus dem Lautsprecher. „Wer ist da?"

„Guido Benedetti aus Milano. Ich bin mit Notaio Brambilla verabredet, und er hört die Klingel nicht."

„Die wird er nie mehr hören", antwortete die Frau. Es summte aus dem Lautsprecher, und die Haustür ließ sich öffnen. Trattoni stieg die Treppe zum ersten Stockwerk hoch, wo eine Wohnungstür einen Spalt weit geöffnet und mit einer Kette gesichert war. Durch den schmalen Spalt sah er das Gesicht einer alten Frau. „Avvocato Brambilla ist gestern im Krankenhaus gestorben", sagte sie mißtrauisch. „Was wollen Sie denn von ihm?"

„Gott sei seiner Seele gnädig", antwortete Trattoni und bekreuzigte sich. „Und seine Frau? Ist Saphira zu Hause?"

Das Gesicht der Alten verzog sich abweisend. „Wohl kaum. Die ist seit letzter Woche wieder verreist. Die Frau muß viel Geld haben. Dauernd sehe ich sie mit dem Koffer in der Hand."

Trattoni nickte. „Ich weiß. Davide hat darüber oft geklagt. Aber vielen Dank für Ihre Freundlichkeit. Ich werde seiner Frau noch heute eine Beileidskarte schreiben."

Er ging die Treppe hinunter, öffnete die Haustür, legte sein Handy wie einen Keil auf den Fußboden, so daß sich die Tür nicht mehr gänzlich schloß. Danach ging er quer über die Straße, damit die Frau von ihrem Fenster aus sehen konnte, daß er das Haus verlassen hatte und sich entfernte. Er lief bis zur nächsten Ecke, ging dicht an die Hauswände gedrückt zurück und hob an der Haustür zuerst sein *telefonino* auf. Danach zog er die Schuhe aus und schlich auf Socken mit den Schuhen in der Hand an der Wohnungstür der Alten vorbei. Wie die meisten wohlhabenden Venezianer lebte das Anwalts-Ehepaar hoch oben unter dem Dach, wo der Dunst, der im Winter aus den *canali* stieg, nicht mehr so dicht war wie in den unteren Geschossen. Aufzüge waren selten in einem Palazzo.

Als Trattoni die vierte Etage erreichte und auf einem goldenen Türschild die Namen Brambilla und Elias las, schmerzten seine Knie. Daran war er gewöhnt. Er sah, daß die Wohnungstür mit drei guten Zylinderschlössern gesichert war, doch das störte ihn nicht sonderlich. Er vermutete, daß Brambillas Schwester die Wohnung in höchster Aufregung verlassen hatte, nachdem die Sanitäter ihren Bruder auf einer Bahre die Treppe hinunter getragen hatten. In diesem Zustand denkt kaum jemand daran, die Tür sorgfältig hinter sich abzuschließen.

Trattoni lächelte jedesmal, wenn er im Fernsehen einen Detektiv sah, der eine Tür mit der

Kreditkarte öffnete. Das funktionierte nur im Film. Die dünnen Stahleinlagen, die der Orthopäde dem Commissario wegen seiner Knick- und Spreizfüße verordnet hatte, eigneten sich viel besser dafür. Er nahm eine Einlage aus dem linken Schuh, drückte mit ihr die Falle ins Schloß und trat in die Wohnung, wo er zuerst an der Flurgarderobe seinen Mantel neben den des Anwalts hängte und seine Schuhe abstellte. Danach ging er über den kühlen Marmorfußboden in den Salon.

Hier war der Boden mit farbigen Marmoreinlegearbeiten geschmückt. An den Wänden hingen alte Tapisserien. Um den Kamin waren Sofas und Sessel gruppiert. Nicht unweit davon stand in dem riesigen Raum ein antiker Schreibschrank, auf dem ein Stapel noch ungeöffneter Briefe lag. Es schien sich um geschäftliche Korrespondenz des Anwalts zu handeln. Die meisten Briefe waren von anderen Rechtsanwälten. Ein Umschlag mit dem Absender einer Fleischfabrik enthielt vermutlich Werbeprospekte. Trattoni überlegte, ob er diesen Brief öffnen sollte, denn einen guten Schinken aus Parma wußte auch er außerordentlich zu schätzen. Aber er hatte noch keinen Durchsuchungsbeschluß. Ach was, dachte er und steckte den Brief in seine Jackentasche. Vielleicht möchte Giulia bei dieser Firma etwas bestellen. Tote essen keinen Schinken mehr. Danach sah er sich kurz im Speisezimmer um, in dem über dem langen Eßtisch mit acht gepolsterten Stühlen an der Kassettendecke ein Armleuchter aus Muranoglas hing. Er ging zurück in den *corridorio* und öffnete die Tür zu einem Zimmer, in dem ein schmales, mit einem rosafarbigen Überwurf zugedecktes Bett, ein hohes antikes Nachtschränkchen sowie ein gleichfalls antiker Kleiderschrank standen, den das Wappen der Medici krönte.

Er öffnete den Kleiderschrank und schloß ihn wieder. Er enthielt nur Damengarderobe, was darauf hindeutete, daß in diesem Zimmer die Dottoressa schlief. Jedenfalls wenn sie nicht verreist war. Als er die diesem Raum gegenüber gelegene Tür öffnete, hielt er sich die Nase zu. Beide Fenster standen weit offen, aber die verschmutzten Laken auf dem Bett sonderten einen derart unerträglichen Geruch ab, daß Trattoni sich fast erbrochen hätte. Als Beweismittel war die verschmutzte Bettwäsche in diesem Fall unerheblich. Brambilla war nicht in diesem Bett ermordet worden. So gewann Trattonis Ordnungssinn die Oberhand, und er tat, was er auch in seiner Wohnung getan hätte. Er raffte das Bettzeug zusammen, trug es ins Badezimmer, warf es in die Badewanne und ließ Wasser hineinlaufen, bis es die Wäsche bedeckte. Danach wusch er sich die Hände und bemerkte, daß der Kristallspiegel über dem Porzellanbecken ebenso mit griechischen Zitaten geschmückt war wie zahlreiche Kacheln an den Wänden. Der Commissario wußte, daß ihn sein Kurzzeitgedächtnis manchmal im Stich ließ, aber an seine Schulzeit konnte er sich noch sehr genau erinnern. Er erkannte, daß es sich bei den griechischen Zitaten um Sätze aus Homers „Bad der Nausikaa“ handelte, lief zurück ins Schlafzimmer und schloß die Fenster. Erst jetzt fielen ihm drei griechische Statuetten auf, die auf kleinen Säulen neben dem schmalen Himmelbett standen: ein nackter Diskuswerfer, ein nackter Mann mit Speer sowie ein dritter Athlet, der nichts in der Hand hatte, jedoch auch nackt war.

Commissario Trattoni nickte nachdenklich. Nicht daß er etwas gegen Homosexuelle gehabt hätte. Die schwulen Politiker waren ihm noch die sympathischsten von allen, denn sie standen wenigstens zu ihrer Veranlagung. Aber wenn dieser Rechtsanwalt homosexuell gewesen war, ließ das seinen Tod in völlig neuem Licht erscheinen. Solche Männer wurden besonders häufig Opfer gewalttätiger Leidenschaften.

Vielleicht hat ihn nicht seine Frau vergiftet, sondern ein eifersüchtiger Liebhaber, dachte Trattoni. Er ging zurück in den Korridor und in die saubere Küche, wo er sich daran erinnerte, daß dieser Fall etwas mit verdorbenen Lebensmitteln zu tun hatte. Er wollte gerade die Tür des Kühlschranks öffnen, als er einen Schlüssel in der Wohnungstür hörte.

Er eilte in den Korridor zurück, wollte zur Garderobe und seine Schuhe anziehen, doch da wurde die Tür schon geöffnet. Eine gutaussehende Frau von vielleicht fünfunddreißig Jahren kam in die Wohnung und riß erschrocken die Augen auf. „Was machen Sie denn hier?"

Trattoni sah sie freundlich an. „Dasselbe wollte ich Sie auch gerade fragen. Dottoressa Elias, wenn ich mich nicht irre. Wieso sind Sie nicht in Ihrem Krankenhaus?"

„Weil mich die Frau aus dem ersten Stock angerufen hat. Glauben Sie etwa, eine Venezianerin läßt sich so leicht übertölpeln?" sagte sie in akzentfreiem Italienisch.

„Offensichtlich nicht", gab Trattoni zu. Er wollte zurück in die Küche, doch die Dottoressa griff in ihre Handtasche und richtete eine kleine Damenpistole auf ihn. „Sie bleiben, wo Sie sind!" schrie sie. „Legen Sie sich auf den Fußboden! Ich rufe jetzt die Polizei."

„Das brauchen Sie nicht", sagte der Commissario. „Ich bin die Polizei." Er suchte in sämtlichen Taschen seinen Dienstausweis und fand ihn schließlich in der Hosentasche. Sie betrachtete sein Foto und gab ihm den Ausweis zurück. „Damals hatten Sie noch mehr Haare, Commissario.

– Haben Sie überhaupt einen Durchsuchungsbeschluß?"

Trattoni schüttelte den Kopf. „Ich wollte mich nur vergewissern, daß hier in der Wohnung alles in Ordnung ist. Ihre Schwägerin kam mir etwas verwirrt vor. Wie ich vermutete, war die Wohnungstür nicht abgeschlossen."

Die Dottoressa schob die Pistole zurück in die Handtasche. „Etwas verwirrt, ist höflich ausgedrückt. Ich halte die Frau für psychisch hochgradig gestört. Aber offen gesagt ... Ich glaube Ihnen kein Wort. – Haben Sie veranlaßt, daß Davide obduziert wird?"

Trattoni nickte. „Reine Routine. Das machen wir bei jedem ungeklärten Todesfall. Wo waren Sie eigentlich, als Ihr Gatte plötzlich krank wurde?"

„In Riccione beim Internisten-Kongreß der Euthana. Ich bin heute morgen zurückgekommen und vom Bahnhof aus direkt ins Krankenhaus gefahren. Um halb elf habe ich den ersten Patienten untersucht. Daß Davide gestorben ist, weiß ich erst seit einer Stunde."

Das konnte die Wahrheit sein. Die Dottoressa hatte noch immer ein elegantes Kostüm mit einem etwas zu kurzen Rock an, und ihre kostbare Perlenkette paßte auch gut zu einem Internistenkongreß.

„Und wer hat Sie davon in Kenntnis gesetzt?"

„Na wer wohl? Natürlich seine verrückte Schwester. Die meint, ich hätte Davide vergiftet. Blödsinn!“ Sie schwieg einen Moment und schüttelte den Kopf. „Sie nehmen diesen Schwachsinn doch nicht etwa ernst? Die Ärzte des Ospedale al Mare haben eindeutig eine Lebensmittelvergiftung festgestellt. Glauben Sie mir, Commissario, mir wäre etwas Besseres eingefallen.“

Trattoni nickte. „Davon bin ich überzeugt. – Wann sind Sie denn zu Ihrem Kongreß abgereist?“

Die Dottoressa überlegte einen Moment. „Am Montag früh. Am Samstagabend habe ich mit meinem Mann noch eine Kleinigkeit gegessen ... Aber wollen Sie nicht Platz nehmen?“

„Das ist nicht nötig. Unser Gespräch wird nicht lange dauern. Wo haben Sie denn am Samstag gegessen? – Im La Bitta?“

„Wohl kaum. Nein. Das war Davides Revier. Ich habe für uns am Samstag eine Platte mit *antipasti* zubereitet. Ich wollte nicht unhöflich sein, als mich Davide darum bat.“

Trattori suchte vergeblich sein kleines grünes Buch. „Haben Sie zufällig Zettel und einen Bleistift für mich?“

„Selbstverständlich.“ Sie reichte dem Commissario ihren *lapis automatico,* riß ein Blatt Papier von ihrem Taschenkalender, und er begann, sich Notizen zu machen. „Und was haben Sie gegessen?“

„Meine Güte. Mehrere Sorten Käse, ein paar Oliven und verschiedene Sorten Aufschnitt. Was man so ißt. Aber dabei kann sich Davide nicht vergiftet haben. Ich habe ausnahmsweise mit ihm gegessen. Wenn das Essen nicht einwandfrei gewesen wäre ... Ich meine, dann wäre ich doch auch erkrankt. Ich habe viel mehr gegessen als er."

Trattoni nickte. „Das erscheint mir schlüssig. Dürfte ich mich trotzdem mal in Ihrer Küche umsehen?"

Dotoressa Elias lächelte. „Jederzeit, Commissario. Sobald Sie mir einen Durchsuchungsbeschluß vorweisen können."

„Der ist schnell zu beschaffen. – Übrigens, beabsichtigen Sie in Kürze zu verreisen?"

„Erst in drei Wochen. Zu einem Anästhesiekongreß auf Sardinien. Weshalb wollen Sie das wissen?"

„Nur für den Fall, daß ich mich noch mal mit Ihnen unterhalten will. Doch jetzt möchte ich Ihre Zeit nicht länger in Anspruch nehmen."

„Warum nicht?" fragte sie. „Darf ich Ihnen einen Whiskey anbieten?"

„Auf gar keinen Fall", sagte Trattoni. „Wir befinden uns hier nicht in einem Roman von Raymond Chandler." Er ging zur Garderobe und zog seine Schuhe und seinen Mantel an. *„Mi dispiace"*, sagte er, während er automatisch nach dem Hut griff, den er auch zu Hause immer von der Ablage über dem Mantel nahm. „Entschuldigung. Ich habe in der Aufregung ganz vergessen, Ihnen mein Beileid auszusprechen."

Die Dottoressa schüttelte den Kopf. „Das ist nicht nötig, Commissario. Ich habe Davide aus Liebe geheiratet. Aber seit drei Jahren ... Wir waren, wie sagt man doch so schön, nur noch gute Freunde. Wir hatten zwar niemals Streit und haben sogar hin und wieder zusammen gegessen, aber viel hatten wir nicht mehr miteinander zu tun."

„Das habe ich auch keinesfalls behauptet", antwortete Trattoni, setzte sich den Hut auf und verließ die Wohnung. Er ging nachdenklich zurück zum Ca'Rezzonico und hatte die Anlegestelle schon fast erreicht, als sein Handy läutete. „Ich wollte dich nur an die Vernissage heute Abend erinnern", sagte Giulia. „Denke bitte daran, dich vorher noch zu rasieren. Wahrscheinlich kommen auch meine Eltern."

„Mach dir keine Sorgen", sagte Trattoni. „Ich werde deiner Mutter niemals unrasiert unter die Augen treten. Du sollst dich meinetwegen nie schämen müssen."

„So habe ich das nicht gemeint."

„Ich weiß, Liebste. Es klang nur ein wenig danach. – Bis später."

Der Commissario schaltete das Handy aus. Er

brauchte nur wenige Minuten auf den nächsten Vaporetto zu warten. Als er an der Accademia das Boot verließ, begann der feine Dunst des Abends aus den *canali* aufzusteigen. Er ging über die alte Holzbrücke, und wie er vermutet hatte, war der Salon seines Friseurs noch geöffnet. So war es dem Commissario möglich, sich eine halbe Stunde später in der Galerie gut rasiert zu den Gästen seiner Frau zu gesellen, wo die Vernissage längst angefangen hatte.

Elegant gekleidete Kunstliebhaber standen, das Weinglas in der Hand, in kleinen Gruppen zusammen und plauderten miteinander. Trattoni hielt nach seiner Frau Ausschau und entdeckte sie in einer Ecke im Gespräch mit dem spanischen Konsul. Dabei wollte er keinesfalls stören. Konsul Gonzales hatte ihr kürzlich drei Ölbilder besorgt, die Salvator Dali feierten.

Der Künstler hatte auf jedem Gemälde eine *pizza* mit Ziffern und Uhrzeigern gemalt. Giulia hatte die Gemälde an den Kurator des kleinen Dali-Museums in Sarasota verkauft.

Als Trattoni in der Galerie Giulias Eltern nirgends sah, nahm er sich ein Glas Wein vom Silbertablett auf einer Barockvitrine, winkte Giulia kurz zu und begann, die Gemälde an den Wänden zu betrachten. Diesmal hatte sich Giulia für Giuseppe Santoro entschieden, einen jungen Künstler, der die moderne Malerei ebenso verachtete wie Ölfarben. Er malte biblische Szenen im Stil Giottos, benutzte aber ausschließlich Acrylfarben; sie trocknen schneller und riechen besser.

Wie bei den meisten Vernissagen war Trattoni auch in der Galerie seiner Frau der einzige, der sich für die Kunst an den Wänden interessierte. Er ging langsam von einem Gemälde zum nächsten und verharrte vor den meisten Bildern länger. Nur von einer großformatigen Leinwand, auf der Salome den abgetrennten Kopf des Propheten Jochanaan küßte, wandte er sich ab. Er verabscheute nicht nur alles Böse, sondern er hielt es schlicht für unvernünftig.

Was versprechen sich eigentlich manche Menschen davon, einen anderen um sein Leben zu bringen? überlegte er, wie so oft am Tatort eines Verbrechens. Es ist doch ohnehin immer viel zu kurz.

Kapitel 5

Am nächsten Vormittag versuchte Trattoni zuerst, von seinem Büro aus jemanden im Umweltministerium in Rom zu erreichen.

Es dauerte fünf Minuten, bis ihn ein Veterinär schließlich mit einem Physiker verband, der sich zuerst für unzuständig erklärte, aber freundlicher wurde, als er merkte, daß er mit einem Commissario der Questura Venedig telefonierte.

Trattoni deutete an, daß er mit einem Fall beschäftigt sei, in dem die natürliche Radioaktivität eine Rolle spielen könnte, diese Sache aber noch nicht so weit gediehen sei, daß er die kostbare Zeit eines Wissenschaftlers über Gebühr in Anspruch nehmen könne. Daraufhin wurde der Physiker noch freundlicher.

Trattoni sagte: „Ich möchte lediglich wissen, ob von blauer Fayence so viel Strahlung ausgeht, daß sie gefährlich werden könnte."

Der Physiker lachte. „Blaue Keramik enthält meistens Kobalt, aber keinesfalls soviel wie eine Bombe. – Hat irgend jemand die Strahlung dieser Fayence gemessen?"

„Nur mit unserem einfachen Gerät“, log Trattoni. „Vierhundert Mikrobecquerel. Ist das bedrohlich?“

„Schädlich ist jede radioaktive Strahlung. Aber diese geringe Dosis ... Nein, alles unter fünfhundert Mikrobecquerel ist unbedenklich. Das ist sogar bei Mineralwasser zulässig. Wie alt ist diese Fayence denn?“

„Sehr alt“, sagte der Commissario. „Ich rufe schließlich aus Venedig an.“

Er legte den Hörer auf, und das Telefon klingelte schrill. Er griff wieder nach dem Hörer und wußte gleich, wer am anderen Ende der Leitung war. Er kannte nur einen, der seine Stimmbänder mit so viel Tabakqualm geräuchert und zusätzlich mit Grappa gebeizt hatte. „*Ciao,* Adriano“, knarzte Dottor Martucci vom *Ospedale Fatebenefratelli.* „Was ist denn bei euch los? Seit einer Stunde versuche ich, dich zu erreichen. Bei dir ist ständig besetzt.“

„Das tut mir leid, Giovanni. Hier ist heute die Hölle los.“

Trattoni klemmte den Telefonhörer zwischen Kopf und Schulter und blätterte hastig in seinem Notizbuch, bis Dottor Martucci den Grund seines Anrufs von sich aus erkennen ließ. „Weshalb hast du mir denn den Brambilla auf den Tisch legen lassen? Ich habe ihn mir gestern vorgenommen, aber nichts gefunden. Banale Lebensmittelvergiftung. Keinerlei Spuren von Fremdeinwirkung. Der Mann muß übrigens homosexuell gewesen sein."

„Deshalb habe ich ihn nicht rübergeschickt", entgegnete Trattoni. „Hast du eine halbe Stunde Zeit für mich? Ich würde gern auf einen Sprung zu dir kommen."

„Kein Problem, Adriano. Wann immer du willst. Meine Kunden haben es nicht mehr eilig."

„*Grazie,* Giovanni", sagte Trattoni. Als er den Hörer aufgelegt hatte, studierte er zuerst in seinem kleinen grünen Buch, was er sich während des Gesprächs mit der Schwester des Rechtsanwalts notiert hatte, und rief Vitello zu sich. Wie meistens trat der Sergente so schnell ins Zimmer, als hätte er vor der Tür gewartet.

„*Buon giorno,* Commissario", begrüßte Vitello seinen Vorgesetzten und reichte ihm ein Stück Papier über den Schreibtisch. „Die Rechnung von gestern abend. – Das Essen im *La Bitta* ist vorzüglich. Ich habe mich versehentlich in die Küche verirrt, aber auch da gibt es nichts zu beanstanden. Sauber wie in einem Laboratorium. In diesem Restaurant hat der Avvocato bestimmt nichts Verdorbenes gegessen."

„Danke, Sergente", sagte Trattoni, blickte auf die Rechnung und riß erschrocken die Augen auf. „Sind Sie verrückt geworden? Ein Abendessen für hundertsechzig Euro?"

Vitello sah seinem Chef treuherzig in die Augen. „Ich habe Antonella und ihre Eltern zum Essen eingeladen. Sie wissen doch, Commissario, allein schmeckt es mir nicht."

„Und wie soll ich das dem Vize-Questore erklären?" fragte Trattoni. Vitello senkte schuldbewußt den Kopf, und der Commissario bereute, daß er den Sergente angeschrieen hatte. Was ist schon dabei? dachte er. Wir Venezianer haben zu allen Zeiten so gebaut, als lebten wir ewig, und gegessen, als wäre jede Mahlzeit unsere letzte.

„Na gut", sagte er versöhnlich. „Mir wird schon etwas einfallen. Das ist jetzt nicht so wichtig. – Besorgen Sie uns ein Boot. Ich will mit Dottor Martucci reden."

„*Come desidera,* Commisario. Sie können gleich mitkommen. Ich habe vorsichtshalber eine Barkasse für uns reserviert."

Trattoni zog den Mantel an, griff nach seinem Hut und wollte zur Tür, doch Vitello hielt ihn zurück. „Meine Spesen, Commissario."

„Natürlich, das Essen mit Ihren zukünftigen Schwiegereltern. Aber was haben Sie in diesem Restaurant eigentlich gesucht? – Na, ist jetzt nicht so wichtig." Er nahm die Rechnung vom Tisch, zeichnete sie ab und brachte sie zu Signorina Elektra. „Bitte sorgen Sie dafür, daß der Sergente nicht so lange auf das Geld warten muß."

Die Sekretärin bickte auf den Beleg und stieß einen kurzen Pfiff aus. „Hundertsechzig Euro? Alle Achtung, Commissario. Für Sie möchte ich auch mal recherchieren."

Trattoni lächelte. „Sie können gleich damit anfangen. Ich will wissen, ob Davide Brambilla ein Testament beim Gericht hinterlegt hat und wer darin begünstigt wird."

„Kein Problem, Commissario. Hat das Zeit oder wollen Sie darauf warten?"

„Keine besondere Eile. Es sollte nur möglichst noch heute passieren."

Er sah noch, daß sich Signorina Elektra über die Tastatur ihres Computers beugte, und als er wenig später mit Vitello die Treppen hinunter und zum Anlegeplatz der Polizeiboote ging, erkundigte sich sein Assistent vorsichtig, ob Davide Brambilla ermordet worden sei. Trattoni nickte. „Das hoffe ich doch", sagte er nachdenklich. „Wir könnten endlich wieder einmal ein richtiges Verbrechen aufklären und unsere Nützlichkeit beweisen." Sie gingen an Bord der Polizeibarkasse, wo Trattoni weiter redete: „Ein wohlhabender Rechtsanwalt, der eine jüngere Frau aus Syrien heiratet, das Spielcasino besucht und zu alledem auch noch homosexuell ist ... Nein, ich glaube nicht, daß so ein Mann an einer verdorbenen Mahlzeit stirbt."

„Es sei denn, seine Frau hätte ihm zufällig Fisch oder Muscheln aus der Lagune serviert", wagte

Vitello vorsichtig einzuwenden, doch das hörte Trattoni nicht mehr. Der Bootsführer hatte inzwischen den Dieselmotor angelassen, dessen Lärm jede Verständigung unmöglich machte. Trattoni sah zwar, daß der Sergente die Lippen bewegte, und er nickte höflich, aber er hatte kein Wort verstanden. Die Barkasse legte langsam vom Ufer ab und dieselte auf dem Rio di San Lorenzo nach Norden zum Krankenhaus. Die praktischen Venezianer hatten es nahe der Kirche Santa Maria di Pianto gebaut, wo nur der Canale delle Fondamente Nuove zwischen dem Krankenhaus und der Friedhofsinsel San Michele lag.

Die Sonne brannte zwar längst nicht mehr so heiß vom Himmel wie noch vor zwei Monaten, aber ihr Licht war noch immer kräftig genug, um das Wasser glitzern zu lassen, als wäre es – ja, ein zwar stark verschmutzter Spiegel, aber immerhin ein Spiegel.

Trattoni blieb auf dem Deck, ließ sich den Wind ins Gesicht wehen und genoß das leichte Schaukeln der Barkasse. Erst als er das helle Geräusch eines Motorbootes hörte, das eine große Bugwelle vor sich her schob und einen Wasserskiläufer zog, flüchtete er vorsichtshalber in die Kabine. Schnelle Motorboote waren zwar – wie Wasserski – auf den meisten engen *canali* Venedigs verboten, aber es gab immer wieder Touristen aus Californien, die sich nicht darum kümmerten.

Unsere Wasserpolizei ist auch nicht mehr, was sie früher einmal war, dachte Trattoni wehmütig. Sobald die Polizeibarkasse nicht mehr wild hin und her schwankte, wagte er sich wieder auf das Deck, doch da näherte sich das Boot bereits dem Landesteg der Ambulanzboote.

„Soll ich Sie begleiten, Commissario?" fragte Vitello, und Trattoni schüttelte den Kopf. „Nicht nötig, Sergente. Warten Sie hier auf mich." Er stieg von Bord, und während er zum Hintereingang des Ospedale ging, überlegte er noch immer, weshalb er den Sergente überhaupt mitgenommen hatte. Nötig wäre das eigentlich nicht gewesen. Aber daran war jetzt nichts mehr zu ändern.

Wie in den meisten Krankenhäusern war auch hier die Pathologie im Kellergeschoß untergebracht. Vor der stets verschlossenen Glastür, die Dottor Martuccis Reich von den anderen Abteilungen trennte, empfand der Commissario stets ein bedrückendes Gefühl. Am liebsten wäre er spätestens hier umgekehrt, doch er drückte auf die schwarze Taste neben der Tür. Eine Klingel läutete, und wenig später tauchte der Dottore in seinem mit Blut bespritzten Kittel im Korridor auf und schob seine Schutzbrille hoch. Als er Trattoni erkannte, winkte er ihm durch die Glastür zu, und der Commissario winkte zurück. Der grauhaarige und stets bleiche Pathologe streifte die Gummihandschuhe von den Händen, warf sie in eine Metalltonne und öffnete die Glastür. „So schnell warst du noch nie hier, Adriano. Ist es so dringend?"

„Das weiß ich noch nicht. Aber können wir uns nicht woanders unterhalten? Ich bin gegen Formalin allergisch."

„Höchstens in der Cafeteria. Ich wollte sowieso eine Zigarette rauchen."

Trattoni nickte und begleitete den Pathologen in einen größeren Raum in der ersten Etage, wo gehfähige Patienten Karten spielten oder bei einer Tasse Kaffee Zeitungen, Zeitschriften oder *fotoromanzi* lasen. Dottor Martucci eilte zielstrebig zu einem Tisch in der kleinen Raucherecke und zündete sich schon eine *Nazionali* an, bevor er Platz genommen hatte. „Trinkst du einen Grappa mit mir?"

„Vielleicht später."

Martucci nickte. Er sog Zigarettenrauch in seine Lungen und stieß ihn wieder aus. „Nicht das geringste Anzeichen für Gewaltanwendung, Adriano. Der Avvocato dürfte was Verdorbenes gegessen haben."

„Das hast du mir schon am Telefon gesagt. – Ich möchte nur wissen, *was* er gegessen hat."

Martucci ließ die Asche seiner Zigarette auf den Fußboden fallen und kratzte sich am Kopf. „Genau hier liegt das Problem. Die Kollegen haben ihn noch retten wollen und ihm den Magen ausgepumpt. Die verderben mir viele Autopsien. Ich habe natürlich Stuhl-, Blut- und Gewebeproben zum Institut geschickt, aber bis die untersucht sind ... Das kann dauern ..."

„Das weiß ich", sagte Trattoni, während er sein Notizbuch suchte, bis er es schließlich in der Gesäßtasche fand. „Erspare mir bitte solche Details. Wir befinden uns nicht in einem Roman von Patricia Cornwell. Sag mir nur, was du vermutest. An was stirbt ein gesunder Rechtsanwalt innerhalb weniger Tage?"

„Das hat mich seine Schwester auch schon gefragt. Ich habe mir die Patientenakte vorhin nochmal angesehen. Meine Kollegen haben zwar zuerst eine Tetanusinfektion und drei Stunden später eine Salmonelleninfektion vermutet, aber an der stirbt man nur im Altersheim. Wenn du mich fragst ..." Der Arzt kratzte sich wieder am Kopf und nahm einen langen, tiefen Zug aus seiner Zigarette. „Wenn du mich fragst ... Das ist natürlich alles ungesichert, aber ich tippe auf Botulismus-Toxin."

„Und was ist das?"

„Das stärkste von einem Lebewesen erzeugte Gift. Schon winzige Mengen sind tödlich. Wir verfügen zwar mittlerweile über ein ganz brauchbares Antitoxin, aber immer noch endet jede zehnte Botulismusvergiftung mit dem Tode.

Entweder vermuten die Kranken eine Magenverstimmung und kommen zu spät ins Krankenhaus, oder der Arzt ..." Dottor Martucci vergewisserte sich, daß ihm niemand zuhörte. „Auch Ärzte sind nur Menschen und können sich irren."

Trattoni nickte traurig. „Wem sagst du das, Guido. – Aber wo kann man dieses Virus aufschnappen?"

Martucci zog erneut eine Zigarette aus der Pakkung, entzündete sie an der Glut der ersten, warf diese auf den Boden und trat sie mit dem Absatz aus. „Kein Virus, Adriano. Nur mikroskopisch kleine Sporen einer Bazille. Meistens vergiften sich Leute nach dem Verzehr von Gemüse, Fleisch oder Wurst aus undichten Einkochgläsern, Konserven oder Vakuumverpackungen."

„Und Ärzte? Käme eine Ärztin an das Zeug ran?"

„Wir Ärzte kommen an alles ran. Manche Ärzte und Schönheitschirurgen arbeiten mit diesem Toxin, aber nur in sehr niedriger Dosierung. In dem Zusammenhang ist mir noch nie ein Kunstfehler aufgefallen."

„Und wenn jemand dem Avvocato eine Überdosis gespritzt hätte?"

„Das habe ich dir doch schon am Telefon gesagt, Adriano. Keine Hinweise auf Injektionen in letzter Zeit. Gespritzt hat ihm das niemand."

Trattoni schrieb eine Notiz in sein kleines Buch, steckte es in die Jackentasche und stand auf. „*Grazie tante,* Guido. Du hast mir sehr geholfen. Wann können wir Simona und dich endlich mal wieder zum Essen einladen?"

„Nicht bevor unsere Tochter zwei Jahre alt ist", antwortete der Dottore lachend. „Bis es soweit ist, läßt Simona keinen Babysitter ins Haus."

Trattoni nickte verständnisvoll. Seine Frau hatte es nicht anders gehalten. Wenn die Lehrerin sich das nicht entschieden verbeten hätte, hätte Giulia sich sogar in den ersten Schuljahren neben Luciana auf die Bank gesetzt, damit niemand ihrer Tochter ein Leid zufügen konnte. Damals war er zwar erst ein *ispettore,* aber er hoffte noch auf eine große Karriere, die ihn und seine Familie nach Rom führen würde. Nicht etwa, daß ihm die dafür erforderliche Intelligenz gefehlt hätte, aber seine Familie war ihm wichtiger. Er war in Venedig geblieben.

Man bekommt eben niemals alles im Leben, dachte er, als er sich von Dottor Martucci verabschiedete. Auf dem Weg zur Polizeibarkasse sah er, daß eine graue Wolkenwand von der Lagune her aufzog. Er bedauerte, daß er keinen Regenschirm mitgenommen hatte. Kurz nach zwölf, dachte er. Höchste Zeit für das Mittagessen.

Er ging an Bord und lächelte, als er sah, daß Vitello in der Kabine schlief. „Bringen Sie den

Sergente zurück zur Questura", sagte er zum Bootsführer. „Aber machen Sie einen kleinen Umweg und setzen Sie mich am Ponte di Rialto ab. Ich will zu Hause eine Kleinigkeit essen."

Der Bootsführer nickte und hatte gerade den Dieselmotor angelassen, als es im Lautsprecher der Bordfunkanlage knackte.

„*Ventitré* an Commissario Trattoni", hörte er Signorina Elektras Stimme und spürte ein unangenehmes Gefühl in der Magengrube. „*Ventitré* an Trattoni."

Wie in den meisten Dienststellen der Polizei gab es auch in Venedig neben dem offiziellen Code einen inoffiziellen, und nach diesem Code stand die Zahl dreiundzwanzig für Ärger mit dem Chef. Trattoni zögerte einen Augenblick und nahm das Mikrofon der Funkanlage aus der Halterung. „Rufen Sie mich über mein *telefonino* an, Signorina."

„Das habe ich schon versucht, Commissario. Signor Berlusco möchte mit Ihnen sprechen. Ihr *telefonino* liegt leider auf Ihrem Schreibtisch."

„Das weiß ich", sagte Trattoni, „aber *molte grazie*."

Er drückte dem Bootsführer das Mikrofon in die Hand und dachte einen Moment nach. „Bringen Sie uns so schnell wie möglich zurück zur Questura."

Der Bootsführer strahlte über das ganze Gesicht. „Mit Blaulicht und Sirene?"

„Nur Blaulicht. – Lassen wir den Sergente ruhig noch ein Weilchen schlafen. Der ist frisch verliebt und von der Nacht noch völlig erschöpft."

„Das war ich in seinem Alter auch", sagte der Bootsführer. „Aber das legt sich mit der Zeit."

„Mit der Zeit legt sich wohl alles", sagte Trattoni und sah zum Himmel. Die Wolkenwand hatte sich inzwischen höher geschoben. Der Bootsführer gab Vollgas. Die Polizeibarkasse raste – nein, sie brummte nur etwas lauter als sonst, aber auch Trattoni fuhr gelegentlich gern mit Blaulicht. Es dauerte nicht lange, bis er das Gebäude der Questura am Ufer sah, und als die Barkasse mit einem lauten Knall gegen den Landesteg stieß, wachte Vitello auf, kam aus der Kabine und wischte sich die ersten Regentropfen aus dem Gesicht. „Soll ich Ihnen einen Schirm holen, Commissario?"

„Nicht nötig, Sergente. Aber vielen Dank für Ihre Aufmerksamkeit." Trattoni eilte in die Questura. Vermutlich hat sich Brambillas Schwester an den Vize-Questore gewandt, und er will wissen, wie weit dieser Fall gediehen ist, dachte er noch, als er die Tür zu Berluscos Vorzimmer öffnete. Doch als er den deutlich warnenden Blick der Sekretärin bemerkte, begriff er, daß er auf der Hut sein mußte. „Dicke Luft?" fragte er.

Sie nickte. „Gigadick. Der Duce kocht vor Wut, weil Sie ihn nicht über den Fall Brambilla informiert haben.“

„Wieso?“ fragte Trattoni. „Der war doch krank.“

Er holte tief Luft, klopfte kurz an die Tür, und als er den Vize-Questore in einem seiner dunkelblauen Versace-Anzüge über dem rot gestreiften Hemd hinter dem riesigen Schreibtisch sitzen sah, mußte er sich dazu zwingen, ernst zu bleiben. Auch ihn erinnerte dieses Büro jedesmal an das Arbeitszimmer Benito Mussolinis. Die Enge in der Questura ließ es zwar nur bedingt zu, daß Berlusco seine Vorstellungen vom Büro eines wichtigen Vize-Polizeichefs voll verwirklichen konnte, aber er hatte dafür gesorgt, daß außer dem Schreibtisch und seinem Sessel sowie einem Ölgemälde von Tizian keinerlei Gegenstände im Zimmer von seiner wichtigen Person ablenkten. Dadurch wirkte es größer.

„Sind Sie wahnsinnig geworden? Kaum bin ich mal einen Tag krank, tanzen hier die Mäuse auf den Tischen herum“, begrüßte Berlusco den Commissario.

„Das habe ich nicht bemerkt, sonst hätte ich mich um eine Katze bemüht“, antwortete Trattoni ruhig. „Ich werde das so schnell wie möglich nachholen. Wollten Sie mich deshalb sprechen?“

„Bestimmt nicht. – Was haben Sie sich eigentlich dabei gedacht? Sie veranlassen eigenmächtig eine Autopsie, dringen ohne jede Berechtigung in fremde Wohnungen ein, und diese Spesenabrechnung ...“ Er griff mit seinen dicken Fingern nach der Rechnung des Restaurants *La Bitta* und fuhr damit aufgeregt in der Luft herum. „Diese Spesenabrechnung ist eine Unverschämtheit! Hundertsechzig Euro! – Wissen Sie, wie lange eine alte Sizilianerin dafür stricken muß?“

Trattoni nickte. „Zirka drei Wochen. Aber außergewöhnliche Fälle erfordern außergewöhnliche Ermittlungen.“

„Darüber wollte ich vor allem mit Ihnen reden. Ich habe zwar noch keinen Bericht von Ihnen, aber Dottoressa Elias hat mich besucht, während Sie ... Wofür brauchten Sie eigentlich die Barkasse?“

„Für Ermittlungen.“

„Ach so. Also was Sie sich bei der Dottoressa erlaubt haben ... Ich konnte Sie nur mit Mühe und Not davon abbringen, sie wegen des Einbruchs anzuzeigen. Bilden Sie sich bloß nicht ein, das hätte ich Ihnen zuliebe gemacht. Es ging mir lediglich um den Ruf meiner Dienststelle.“

„Das war kein Einbruch. Die Tür der Wohnung stand offen.“

Berlusco lächelte ironisch. „Das können Sie Ihrer Frau erzählen. Aber von diesem Einbruch mal ganz abgesehen ... Der Notar ist an einer Lebensmittelvergiftung verstorben, und dafür sind wir überhaupt nicht zuständig. Das ist Sache der Gesundheitsbehörde."

„Das ist richtig, Vize-Questore. Jedenfalls solange kein dringender Tatverdacht besteht."

Berlusco überlegte einen Moment und schüttelte den Kopf. „Kommen Sie mir bloß nicht damit. Der Mann hat was Falsches gegessen. Gewiß bedauerlich, aber das passiert nun einmal in einer großen Stadt."

So groß ist die Stadt nun auch wieder nicht, dachte der Commissario, doch das behielt er für sich. „Wie Sie wünschen, Vize-Questore. – Ich dachte nur ... Ein Mord wäre für das Ansehen unserer großen Stadt vielleicht weniger nachteilig als eine Lebensmittelvergiftung. Wenn in der Öffentlichkeit bekannt würde, daß bei uns Lebensmittel zum Tode führen können ..."

„Unsinn", unterbrach ihn Berlusco. „Für einen toten Anwalt interessiert sich kein Mensch. Ich untersage Ihnen jede weitere Ermittlung in dieser Sache." Er stand hinter dem Schreibtisch auf, und seine Stimme wurde heiser wie die vieler Italiener, die Marlon Brandos *Il Padrino* nachzuahmen versuchen. „Halten Sie sich daran", sagte er mit drohendem Unterton. „Sonst lasse ich Sie in ein Dorf in den Dolomiten versetzen."

„Nicht schlecht. Ich war in meiner Jugend ein sehr guter Skiläufer."

Berlusco sah ihn erstaunt an. „Oder wir könnten Sie nach Kalabrien abordern. Dort gibt es keinen Schnee."

„Aber dafür sehr sauberes Wasser", erwiderte Trattoni. „Kennen Sie den *Club Nausicaa*? Dort haben wir vor drei Jahren Urlaub gemacht. Sehr empfehlenswert." Dann wagte er einen letzten Versuch, den Vize-Questore umzustimmen. „Also dieser Fall ...", begann er, doch als er sah, daß Berlusco das Blut in den Kopf stieg, schluckte er den Rest des Satzes herunter. So sehr er den Vize-Questore verabscheute, er wollte nicht, daß Berlusco seinetwegen einen Schlaganfall bekam.

„Das ist kein Fall", schrie Berlusco. „Es gibt weder ein Opfer, noch einen Täter. Begreifen Sie das doch endlich."

„Ganz wie Sie wünschen, Vize-Questore", sagte Trattoni. Am liebsten hätte er die Hacken zusammengeschlagen, doch er verzichtete darauf. Er drehte sich nur betont militärisch auf dem Absatz um. Er hatte die Tür fast erreicht, da hielt ihn Berlusco zurück. „Nur eine Frage noch, Commissario: Gehört für Sie zur Spurensicherung neuerdings auch das Waschen fremder Bettücher?"

„Wie kommen Sie denn darauf? Damit würde ich bei Bedarf immer den Sergente beauftragen. Aber ich war noch nie in dieser Situation. Ich verstehe Ihre Frage nicht." Trattoni verließ verärgert das Zimmer, aber als er Signorina Elektra sah, hellte sich seine Stimmung auf.

„Rufen Sie bitte meine Frau an", bat er die Sekretärin. „Und sagen Sie ihr, daß ich zu einer dringenden Besprechung zum Vize-Questore gerufen wurde und deswegen heute mittag nicht zum Essen kommen kann. Sonst kocht sie wieder eine Woche nicht für mich."

Signorina Elektra nickte. „Für Sie mache ich fast alles. Übrigens ..." Sie holte ein dünnes Schriftstück aus der Schreibtischschublade. „Einer meiner Freunde hat heute Brambillas Testament fotokopiert. Danach ist seine Schwester die Haupterbin."

„La ringrazio", sagte der Commissario, während er ihr die Fotokopien aus der Hand nahm. „Aber das ist im Augenblick nicht so wichtig. Sagen Sie Vitello, er soll mir einen Strauß Rosen für meine Frau besorgen. – Nein", korrigierte er sich. „Vergessen Sie das. Die kaufe ich besser selber. Der gibt mir viel zu viel Geld aus." Er ging langsam zurück in sein Büro und setzte sich an den Schreibtisch, wo er das Testament auf den Tisch legte, sein Handy einsteckte und das Foto Brambillas und seiner Frau fand. Ich muß nochmal mit Brambillas Schwester reden, überlegte er. Und über seine Ehefrau muß ich mehr erfahren. Daß ihm der Vize-Questore weitere Ermitt-

lungen untersagt hatte, nahm er nicht ernst. In einer ihm von Tag zu Tag chaotischer und unberechbarer erscheinenden Welt hielt er es für das Klügste, unbeirrbar dem eigenen Instinkt zu folgen und nach Gefühl zu entscheiden. Ob eine Entscheidung richtig war oder falsch, das stellte man gewöhnlich ohnehin erst sehr viel später fest.

Er betrachtete noch eine Weile sämtliche Unterlagen über den Fall Brambilla, und dabei stieß er auf eine Notiz in seinem kleinen grünen Buch, die sich auf seinen Hut bezog. Das irritierte ihn einen Moment, denn der lag wie immer auf der Ablage.

So strich er diese Notiz kurzerhand durch und suchte dann längere Zeit im Telefonbuch die Anschrift der Schwester Brambillas, mit der er noch einmal sprechen wollte. Das erforderte schon die Höflichkeit. Als er die Adresse gefunden hatte, verließ er die Questura zwei Stunden vor Dienstschluß. Er hatte ja seine Mittagspause für den Vize-Questore geopfert.

Kapitel 6

Eine Stunde später hatte Trattoni den Ponte di Rialto überquert, um auf der anderen Seite des Canal Grande, in der Ruga Ravano, einen großen Strauß Rosen für Giulia zu kaufen. Danach hatte er der Versuchung nicht widerstehen können, in der *Pasticceria Targa* einen *caffè* zu trinken, und als ihm die frischen *fiamme* in der Vitrine aufgefallen waren, hatte er sich zu einer Kostprobe überreden lassen. Jetzt ging er langsam zurück zur Rialtobrücke, in der einen Hand die Rosen und in der anderen das Kuchentablett, auf dem zwölf längliche Windbeutel mit Zabaionefüllung lagen. Einer der beiden Venezianer, denen die Konditorei gehörte, hatte ihm die Leckereien liebevoll eingepackt. Für ihn waren Süßigkeiten zwar nichts mehr, denn sie trieben den Blutzucker in die Höhe, aber Giulia und die Kinder freuten sich jedesmal, wenn er sie mit solchen Köstlichkeiten überraschte.

Trattoni ging langsam zur Anlegestelle, von der aus er nach Dienstschluß oft mit dem Linienboot nach Hause fuhr. Er wartete, bis ihm einfiel, daß Giulia selten vor halb acht aus der Galerie zurückkam und die Kinder, davon ging er jedenfalls aus, bis dahin noch mit Arbeiten für die Schule oder Universität beschäftigt waren. Was soll ich um diese Zeit schon zu Hause, dachte er. Ich kann ebensogut die Contessa Brambilla aufsuchen. Es gehörte sich zwar nicht, einer Dame – und dazu noch einer adeligen – unangemeldet ins Haus zu fallen, doch sie hatte sich bei ihrem Besuch in der Questura schließlich nicht anders verhalten.

So ging er die wenigen Schritte zur Ruga di Rialto und klingelte an der Haustür des alten Palazzo, in dem die Contessa den *piano nobile* bewohnte; die erste Etage, die zu erreichen keine große Herausforderung für seine Knie wäre.

„*Chi è?*“ fragte eine Stimme aus der Sprechanlage.

„Commissario Trattoni. Ich würde gern kurz mit der Contessa reden.“

Es dauerte nicht lange, bis der Türöffner summte. Der Commissario drückte mit der rechten Schulter gegen die schwere alte Tür, die sich widerstrebend so weit öffnete, daß er hindurchschlüpfen konnte. Er war verblüfft, daß sie in einen kleinen Hof führte, in dessen Mitte ein kleiner Springbrunnen plätscherte, neben dem eine Bougainvillea zu blühen versuchte, die sich ein wenig verspätet hatte. An der Außenwand des schmalen Palazzo führte eine steile, schmale Treppe ins erste Obergeschoß.

Trattoni schien es riskant, diese Treppe zu betreten, denn er hätte sich nicht am Geländer festhalten können, doch da wurde oben eine Tür geöffnet, und eine alte Frau trat auf das kleine Podest.

„Zu wem wollen Sie?" fragte sie mißtrauisch, mit einem Akzent, der sie eindeutig als Osteuropäerin auswies.

„Polizia", rief ihr Trattoni zu. „Ich möchte die Contessa sprechen." Er stieg so vorsichtig wie möglich die Stufen hinauf, und als er bemerkte, wie ängstlich ihn die Alte ansah, schüttelte er den Kopf. „Ich arbeite nicht im *Ufficio Stranieri*. Ihre Aufenthaltserlaubnis interessiert mich nicht."

Die Frau nickte erleichtert. Sie öffnete die Tür zur Wohnung, und der Commissario trat in den Empfangsraum, wo er nach einem Platz Ausschau hielt, an dem er die Rosen und das Gebäck ablegen konnte. Doch da wurde schon die Tür des Salons geöffnet. Contessa Brambilla kam auf ihn zu, wie bei ihrem Besuch in der Questura in einem langen schwarzen Rock und einem schwarzen Pullover mit langen Ärmeln, in dem sie noch dünner wirkte als in seinem Büro.

„Buon giorno, Dottor Trattoni", begrüßte sie ihn höflich in unverfälschtem Veneziano, und ihre Augen weiteten sich. „Aber Dottore. Sie hätten mir doch keine Blumen mitbringen müssen.

Mir hat schon seit zehn Jahren keiner mehr welche geschenkt.“

„Dann bin ich eben seit zehn Jahren der erste“, sagte der Commissario, während er das Papier von den Rosen entfernte. „Es ist mir eine Ehre.“

Er überreichte ihr den Strauß, und als er sah, wie erfreut ihre Augen leuchteten und wie sich ihre Wangen röteten, gab er ihr vorsichtig auch noch das Päckchen mit Gebäck. „*Fiamme* aus der Pasticceria Targa. Ich wollte mit Ihnen noch einmal kurz über Ihren Bruder sprechen. Ich meine, das geht am besten bei einer Tasse *caffè*.“

Jetzt blickte sie ihn fast bewundernd an. „Und da behaupten manche Leute, Polizeibeamten mangele es an jeglicher Kultur. Treten Sie doch bitte näher, Dottore. *Benvenuto a casa nostra*.“

Sie wartete, bis ihm die Frau aus Osteuropa Hut und Mantel abgenommen hatte, und öffnete die Tür zum Salon, dessen Schönheit ihn nahezu überwältigte. Durch das Fenster, vor dem eine hauchdünne Seidengardine hing, fiel zwar nur wenig Licht, aber dafür waren schon jetzt, am späten Nachmittag, Kerzen angezündet, die in zwei großen Armleuchtern neben der Sitzgruppe brannten und aromatisch dufteten. Auf alten hölzernen Sesseln aus dem Quattrocento lagen noch ältere Sitzkissen aus schwerem Seidenbrokat, doch am meisten beeindruckten Trattoni die Gemälde an den Wänden. Klassische Veduten von Canaletto hingen neben Madonnen von Giorgione. Der Commissario kam nicht umhin, die Schönheit eines Ölbildes von Luca Giordano zu bewundern; dieser große Meister des neapolitanischen Barock hatte schon im 17. Jahrhundert bedenkenlos alle bedeutenden Maler des In- und Auslands kopiert.

Selbstverständlich war auch in diesem Salon nicht ein einziges Gemälde signiert, doch das störte Trattoni nicht. Wie seiner Frau kam es ihm nur darauf an, daß ihm ein Bild gefiel. Wer es geschaffen hatte, erschien ihm unwichtig. Letztlich würde auch das bedeutendste Kunstwerk irgendwann zu Staub zerfallen, wie alles zu Staub zerfiel. Wichtig erschien ihm nur, daß es vorher möglichst vielen Menschen ein wenig Freude in ihr doch meist düsteres Leben gebracht hatte.

So betrachtete er eine Weile die Bilder an den Wänden und hörte der Contessa zu, die sich in der Geschichte der klassischen Malerei fast so gut auskannte wie seine Frau.

Erst als die alte Wirtschafterin der Contessa – Trattoni wußte inzwischen, daß sie aus Albanien stammte – auf einem Tablett *caffè* und die *fiamme* in den Salon gebracht und den niedrigen Tisch zwischen die Sessel aus dem Cinquecento gestellt hatte, kam der Commissario vorsichtig auf den Anlaß seines Besuchs zu sprechen.

„Ich habe inzwischen dafür gesorgt, daß ein

Arzt meines Vertrauens Davide noch einmal untersucht hat", sagte er, wobei er bewußt das Wort Autopsie vermied. „Auch er hält diesen viel zu frühen Tod für die Folge einer Vergiftung."

„Das habe ich keine Sekunde bezweifelt. Seine Frau hat ihn auf dem Gewissen."

Trattoni griff nach einem der Windbeutel, und als er hineinbiß, war ihm, als küßte ein Engel von Giorgione seine Zunge.

„Das halte ich keinesfalls für unmöglich", sagte er kauend. „Aber ich möchte alle anderen Möglichkeiten ausschließen. – Was wird denn jetzt nach seinem Tod aus der Kanzlei? Hatte Davide Partner oder Teilhaber, für die sein Tod von Vorteil wäre?"

Die Contessa schüttelte den Kopf. „Conte di Campello wird die Kanzlei zukünftig allein führen. Aber der Conte ist über jeden Verdacht erhaben. Er gehört einer unser ältesten Familien an."

„Ich würde ihn auch nie eines solchen Verbrechens verdächtigen. Aber erzählen Sie mir etwas mehr von Ihrem Bruder. War er sehr unglücklich, nachdem er in seiner Ehe keine Erfüllung fand?"

Die Contessa griff nach der silbernen Kaffeekanne und füllte beide Tassen. „Das kann man wohl sagen. Davide hat immer gesagt, daß er sich zwei Kinder wünscht. Einen Jungen und ein Mädchen. Aber diese Hexe hat ja nur an ihre Karriere gedacht."

„Da haben Sie wohl recht. Ihr Bruder muß zuletzt sehr einsam gewesen sein. – Hatte er wenigstens ein paar gute Freunde? Ich meine, wenn ich meine Frau und meine Kinder nicht hätte ..."

Die Contessa nickte nachdenklich. „Freunde kann man das wohl kaum nennen. Er hatte zwar gute Bekannte, aber der wichtigste Mensch in seinem Leben war ich."

„Das kann ich sehr gut verstehen", sagte Trattoni und empfand auf einmal Mitleid mit dem toten Rechtsanwalt. „Aber seine Bekannten ... Ich würde gern erfahren, ob Davide mit ihnen über seine Frau gesprochen hat. Ich brauche Beweise. Auf bloßen Verdacht hin kann ich die Dottoressa leider nicht verhaften."

Die Contessa nahm einen Windbeutel vom Teller. „Mit seinem Partner oder den Angestellten in der Kanzlei hat er gewiß nicht über seine persönlichen Angelegenheiten gesprochen. Dafür war er zu stolz."

„Ich weiß. Ich habe heute morgen den Nachruf im *Gazzettino* gelesen. Ein Jammer, daß ein so begabter Mann so jung sterben mußte. – Wann wird er übrigens bestattet? Ich werde ihm selbstverständlich die letzte Ehre erweisen."

„Übermorgen um elf", antwortete sie. „Danach hat mich Tadzio auch schon gefragt."

Trattoni bemühte sich, sein Interesse zu verbergen. „Vermutlich einer der Mitarbeiter aus der Kanzlei Ihres Bruders“, sagte er leichthin, und sie schüttelte den Kopf. „Ach was. Ein junger Jurastudent, dem Davide bei der Doktorarbeit geholfen hat. Er hat ihn mir mal im *Caffè Florian* vorgestellt, aber ich habe ihn danach nie wieder gesehen. Der hat vermutlich längst eine eigene Kanzlei.“

„Vermutlich“, sagte Trattoni nachdenklich, während er sich wieder einen Windbeutel nahm. „Aber wenn er gefragt hat, wann Davide bestattet wird, werde ich ihn ja kennenlernen. Mir imponieren immer solche jungen Leute, die noch nach Jahren an jemanden denken, der ihnen während des Studiums geholfen hat. – Können Sie sich zufällig noch an den Familiennamen erinnern?“

„Leider nicht. Ist das wichtig für Sie?“

„Nein. Ich habe mich nur gefragt, ob das unser Tadzio ist. Bei uns in der Questura hat mal ein Student, der auch so hieß, ein Praktikum absolviert. – Aber ich habe Ihre Zeit schon über Gebühr in Anspruch genommen. Ich halte Sie selbstverständlich auf dem laufenden.“

Er tauschte noch eine Weile Höflichkeiten mit ihr aus, und als er aufstand, ließ es sich die Contessa nicht nehmen, ihn in die Empfangshalle zurückzubegleiten. Als er seinen Hut aufsetzte, lächelte die Contessa. „Sie werden es kaum glauben, Comissario. Mein Bruder hatte den gleichen Hut wie Sie.“

„Das überrascht mich keinesfalls, Contessa. Ich habe mich nach seinem Tode kurz in seiner Wohnung umgesehen. Ihr Bruder hatte einen vorzüglichen Geschmack. Solche Anzüge wie er könnte ich mir nicht leisten."

„Als ob es auf derlei ankäme", sagte sie, während sie ihm die Tür öffnete. „Bis übermorgen bei der Trauerfeier." Er nickte und trat vorsichtig hinaus auf das Podest, wo inzwischen eine helle Laterne die steile Treppe beleuchtete, was ihm den Abstieg erleichterte. Es war zwar noch nicht dunkel, aber der weiße Dunst stieg schon aus den Kanälen und wehte in die Straßen und Gassen. Es war nicht kalt, aber so kühl, daß Trattoni den Kragen hochschlug. Als er langsam zur Anlegestelle der Vaporetti ging, nahm er sich fest vor, den Namen des Studenten nicht zu vergessen, dem Brambilla beim Examen geholfen haben sollte.

Tadeusz oder so ähnlich, dachte er, um diesen Tadeusz muß ich mich morgen früh als erstes kümmern. Er wartete eine Viertelstunde, bis er in den Vaporetto steigen konnte, der in Richtung des Bahnhofs Santa Lucia fuhr. Um diese Zeit waren die meisten Touristen längst wieder in ihren Hotels. Er trat an die Reling, vor der sich sonst gewöhnlich die Fotografen aufhielten, und sah auf das dunkle Wasser, in dem von Zeit zu Zeit eine tote Ratte am Boot vorbeitrieb. An der

Anlegestelle Santa Marcuola verließ er das Boot und ging zum Rio terrà di Cristo, einem vor langer Zeit zugeschütteten Kanal, an dem der Palazzo lag, in dem er wohnte. Wie jeden Abend war er erschöpft, als er die hundert Stufen überwunden hatte, die zu seiner Wohnung führten.

„Du mußt mit Luciana sprechen“, begrüßte ihn Giulia. „Sie packt gerade ihre Tasche, weil ihr Fabrizio gesagt hat, sie könne bei seiner Schwester schlafen, bis die Radioaktivät in ihrem Zimmer beseitigt ist.“

Trattoni lächelte. „Die will Fabrizio näher sein, was? Aber das kommt überhaupt nicht in Frage. Nicht mit sechzehn.“

„Dann erkläre ihr das mal, sie ist nicht nur meine Tochter.“

„Das will ich doch hoffen“, sagte Trattoni, und als er die Tür des Zimmers seiner Tochter öffnete, sah er, daß sie Kleidung aus ihrem Schrank in eine Sporttasche packte.

„Du mußt das verstehen, *papà*. Hier schlafe ich keine Nacht länger.“

Er blickte seine Tochter liebevoll an. „Ich habe heute mit einem Physiker gesprochen. Der hält die schwache Strahlung von Keramikfliesen für ungefährlich. Aber wenn es dich beruhigt ... Meinetwegen kannst Du mit Stefano das Zimmer tauschen. Bei ihm ist der Boden mit Terracotta ausgelegt, und die ist bestimmt nicht radioaktiv.“

Luciana versuchte, ihre Enttäuschung zu verbergen. „Aber Fabrizio hat doch schon mit seiner *mamma* gesprochen. Eine Nacht muß ich mindestens dort schlafen. Sonst denken seine Eltern, du würdest ihnen nicht trauen."

„Non ci sono problema", sagte Trattoni. „Wenn du willst, rufe ich Fabrizios Mutter an und sage ihr, daß du in Stefanos Zimmer umziehen kannst."

Luciana schüttelte den Kopf. „Das brauchst du nicht. – Aber glaubst du wirklich, daß Stefano mich in sein Zimmer umziehen läßt?"

„Bestimmt! Männer machen sich wegen solcher Sachen nicht so viele Gedanken. Aber was gibt es denn heute zum Abendessen?"

„Für euch *saltimbocca alla Romana*", sagte Luciana, während sie anfing, ihre Sporttasche auszupacken. „Ich esse wie immer nur die Pasta. – Übrigens, *mamma* ist wütend, weil du heute mittag nicht zum Essen gekommen bist. Du hättest sie wenigstens vorher anrufen müssen."

Trattoni senkte schuldbewußt den Kopf. „Du hast recht. Aber ich hatte einen sehr anstrengenden Tag." Er ging in die Küche, und als er sah, daß Giulia gerade Schinken und Salbeiblätter an die Kalbsschnitzel heftete, umarmte er schweigend seine Frau und küßte behutsam ihren Hals. Danach eilte er in sein Zimmer, suchte einen Zettel und schrieb sich einen Namen auf, den er nicht vergessen durfte: Tadeusz. Er hielt es für unwahrscheinlich, daß ein erfolgreicher Rechtsanwalt einem Studenten bei seiner Doktorarbeit geholfen hatte.

Kapitel 7

Am nächsten Tag bemerkte er beim Frühstück auf der Terrasse, daß sich das Wetter erheblich verändert hatte. Bereits am Morgen lag der Himmel wie Blei über der Stadt. Ein scirocco, der feinen Sand aus der Sahara mit sich trug, hatte sich mit der feuchten Luft des Mittelmeers vermählt und war zugleich eine Liason mit dem faulig riechenden Dunst aus den *canali* eingegangen.

Trattoni hielt ein solches Wetter zu dieser Jahreszeit für ungewöhnlich, aber was blieb ihm anderes übrig, als sich ständig verändernden Verhältnissen so gut wie möglich anzupassen?

Er hatte wieder einen leichten beigefarbigen Sommeranzug aus dem Schrank geholt, über den er vor vierzehn Tagen den Plastiküberzug für die Überwinterung gestülpt hatte. Schon jetzt, während der Fahrt zur Questura, stand ihm der Schweiß auf der Stirn, und zusätzlich taten ihm der Rücken und die Schultern weh wie schon seit langer Zeit nicht mehr.

Vielleicht war es ein Fehler, überlegte er, daß ich gestern nach dem Abendessen Stefano geholfen habe, zuerst die Möbel aus seinem Zimmer auf die Terrasse, danach Lucianas Möbel in sein

Zimmer und schließlich seine Möbel in Lucianas Zimmer zu transportieren. Vor fünf Jahren noch, davon war er überzeugt, hätte es ihn nicht angestrengt, zwei Betten, ein paar Bretter aus Kleiderschränken und Regalen sowie zwei Tischplatten zu tragen. Inzwischen erinnerten ihn seine Muskeln und Gelenke an jede körperliche Tätigkeit noch Tage später.

Wie an vielen Tagen verließ er am Ponte di Rialto den Vaporetto, und als er über die Brücke ging, erinnerte er sich an seinen Besuch bei der Contessa Brambilla und sortierte in seinem Kopf, was sie ihm erzählt hatte. Die Dottoressa Elias hätte als Ärztin zwar jedes Gift besorgen können, aber seit er das Testament des Anwalts gelesen hatte, nahm er nicht mehr an, daß sie ihn umgebracht hatte. Sie hätte nicht einmal seine Wohnung geerbt. Die Contessa kam, davon war er überzeugt, als Täterin auch kaum in Frage. Sie hatte ihren Bruder geliebt und war, so vermutete er, wirtschaftlich gut gestellt. Zugegeben, ihr Haß und ihre Eifersucht auf die Frau ihres Bruders könnten sie durchaus zu einem Mord getrieben haben. Doch wenn es so wäre, hätte sie vermutlich die Dottoressa umgebracht. Aber seit dem Mord – Trattoni war inzwischen überzeugt, daß jemand den Anwalt vergiftet hatte – waren erst wenige Tage vergangen. Im Laufe seiner Ermittlungen würde er auch diesmal in der Vergangenheit des Opfers und dessen Umfeld so lange herumstochern, bis der Fall gelöst wäre.

Obwohl ihm die Schwüle immer bedrückender erschien und ihm längst der Schweiß über das Gesicht lief, genoß er heute den Weg zur Questura. Er arbeitete endlich wieder einmal an einem Fall, der ihn voll in Anspruch nahm. Er ging über *campi* und durch mehr oder weniger enge *calli*, vorbei an alten *palazzi*, und als sich der Commissario einer Bar schräg gegenüber des Palazzo Malipiero näherte, entschloß er sich, eine kleine Erfrischung zu genießen. Er trat an die Theke, trank einen *caffè*, und als er seine Geldbörse suchte, fand er einen Zettel, auf dem er einen Namen notiert hatte. *Tadeusz*, las er, während er die Kaffeebar verließ. Er überlegte, weshalb er sich diesen Namen aufgeschrieben hatte, doch als ihm vor dem Palazzo ein älterer Mann mit einem wesentlich jüngeren Begleiter begegnete, fiel es ihm ein.

Ach ja, dachte er. Dieser Student, dem der Avvocato angeblich beim Examen geholfen haben sollte. Das hielt er für gänzlich ausgeschlossen; ein Venezianer, der etwas uneigennützig getan hätte, war ihm noch nie begegnet.

Vermutlich war dieser Tadeusz einer seiner Liebhaber, den er seiner Schwester nur aus Rücksicht auf ihre Gefühle als Studenten vorgestellt hat. Ein Jammer, daß sie den Familiennamen des jungen Mannes vergessen hat. Das wird meine Ermittlungen in diesem Fall erheblich erschweren.

Trattoni wußte, daß in Venedig – nicht zuletzt wegen der vielen Priester und der Filmfestspiele – die gleichgeschlechtliche Liebe in einem Maße gefeiert wurde, das einen Eintrag ins Guiness Buch der Rekorde gerechtfertigt hätte. Noch immer erinnerte der Name des ehemaligen Sperrbezirks *Fondamenta delle tette* daran, daß sich hier die weiblichen Prostiuierten im 16. Jahrhundert mit bloßen Brüsten auf den Balkons zeigen mußten, um die männliche Bevölkerung an die Existenz des anderen Geschlechts zu erinnern. Es gab aber keine überschaubare Schwulen-Szene, in der gezielte Ermittlungen möglich gewesen wären. Wer als Homosexueller Kontakt suchte, tat das – schon seinem guten Ruf zuliebe – gewöhnlich auf dem Festland.

Wie immer salutierte der unformierte Wachhabende vor der Questura, und Trattoni nickte freundlich. Im Büro angekommen hielt er ein Handtuch, das an heißen Tagen für ihn bereit lag, unter den Wasserhahn. Sobald er sich abgekühlt hatte, ließ er sich hinter dem Schreibtisch nieder und rief Vitello.

„*Buon giorno,* Sergente Vitello“, begrüßte er ihn so freundlich, daß sein Assistent mißtrauisch wurde.

„*Buon giorno,* Commissario. Was kann ich für Sie tun?“

„Eine wichtige Ermittlung. Sie kennen doch alle Schwulenlokale hier in unserer Stadt?“

„Auf keinen Fall. So etwas gibt es hier nicht.“

„Wirklich nicht? Nicht einmal eine Sauna?“

„Nicht daß ich wüßte, Commissario. Das heißt ...“ Er zögerte. „Es gibt da wohl einen Saunaclub in der Via Cappuccina ...“

„Dachte ich mir. Also Sergente, ich vermute, daß der *avvocato* von einem seiner Freunde umgebracht wurde. Er soll Tadeusz heißen oder so. Und da dachte ich ... Also ich hätte in diesem Milieu nicht die geringste Chance. Aber Sie ... Sie sind groß und kräftig gebaut, und wenn Sie sich unter die Leute mischten ...“

Vitellos Gesicht war rot angelaufen. „Nein, Commissario. Wenn Antonella oder ihre Eltern das erführen ...“ Er blickte den Commissario fast empört an. „Das können Sie mir nicht zumuten.“

„Ich bin Ihr Vorgesetzter und kann Ihnen alles zumuten“, erwiderte Trattoni scharf. „Aber, naja, war wohl keine so gute Idee.“

„Nein, Commissario. Wirklich nicht. Antonella meint zwar, ich sähe besser aus als Brad Pitt, Leonardo Di Caprio und Tom Cruise zusammen, aber in solche Clubs gehe ich nicht.“

„Ich wollte Sie auch keinesfalls dazu ermutigen“, sagte Trattoni nachdrücklich. „War wohl wirklich keine gute Idee. – Aber ich brauche alles über die Partner aus Brambillas Kanzlei. Würden Sie Signorina Elektra darum bitten?"

„Mit Vergnügen, Commissario. Für Sie tue ich alles."

„Fast alles", korrigierte Trattoni leicht gekränkt. „Aber das ist jetzt nicht so wichtig."

Sobald der Sergente das Büro verlassen hatte, zeichnete der Commissario hastig die Totenscheine ab und holte sein kleines grünes Buch aus der Tasche. Er wollte alle Details der Mordsache Brambilla erneut durchdenken und stutzte, als er auf eine durchgestrichene Notiz stieß, die etwas mit einem Hut zu tun hatte.

Neuen Hut kaufen, überlegte er, was habe ich mir dabei gedacht? Aber er erinnerte sich jetzt an die Boutique in der Rughetta del Ravano, wo sich Giuila oft Hüte und andere modische Artikel kaufte. Den Eigentümer dieses Geschäfts hatte er auf ihr Drängen sogar vor Jahren vom Vorwurf des Versicherungsbetrugs befreien müssen, nachdem ein eifersüchtiger Liebhaber nachts Gasolin in seinen Laden geschüttet und angezündet hatte. An den Namen der Boutique konnte er sich genauso wenig erinnern wie an den seines Eigentümers, aber für solche Fälle gab es das Telefon.

„Lorenzini", sagte Giulia. „Francesco Lorenzini. Richte ihm einen schönen Gruß von mir aus und frage ihn, ob die neuen Sachen von *Gucci* schon angekommen sind."

„Daran werde ich bestimmt denken", versprach er und fügte noch hastig *„ti amo, sono pazzo di te"* hinzu.

Als der Commissario das Telefongespräch mit seiner Frau beendet hatte, meldete er sich bei Signorina Elektra ab. Er müsse die Questura für höchstens zwei Stunden verlassen und sei jederzeit über das Handy zu erreichen, falls der Vize-Questore nach ihm fragen sollte.

„Das will ich gern erledigen", sagte die Sekretärin. „Aber das ist nur möglich, wenn Sie Ihr *telefonino* nicht wieder auf dem Schreibtisch liegen lassen."

Trattoni ging langsam aus dem Vorzimmer, die Treppen hinunter, und als er aus der Questura auf die Straße trat, war ihm, als wäre er – nein, nicht in eine Sauna, aber zumindest in eine Waschküche geraten. Die Sonne war höher gestiegen, und, kennzeichnend für die Serenissima, es wuchsen in der Stadt nur wenige Bäume, die im Sommer Schatten spendeten. Aber es gab wenigstens viele Kirchen, in deren kühle Gewölbe er von Zeit flüchten konnte. Zuerst bekreuzigte sich Trattoni in der Santa Maria Formosa, danach in Santa Maria di Fava und endlich in San Bartolomeo. Von dort war es nicht mehr weit zur Boutique Lorenzini.

Trattoni war überrascht, als er sah, wie sich das Geschäft entwickelt hatte. Damals, als der Laden abgebrannt war, hatte der Commissario in einer winzigen Boutique in der Asche herumgestochert. Inzwischen leuchtete Lorenzinis Name in goldenen Lettern auf drei großen Schaufenstern über den Namen von *Prada, Versace, Armani* sowie *Gucci* und *Valentino*. Preisschilder gab es an den Ausstellungsstücken in den Schaufenstern nicht.

Trattoni hatte die Boutique kaum betreten, da kam ihm ein in edelsten Zwirn gekleideter, nach *Acqua di Parma* duftender junger Mann entgegen, und musterte ihn abschätzig vom Kopf bis zum Fuß.

„Sie suchen gewiß ein Geschenk für die Frau Gemahlin“, sagte er fast verächtlich. „Ich rufe am besten meine Kollegin.“

„Sehr freundlich. Aber ich hätte gern Signor Lorenzini gesprochen.“

„Und in welcher Angelegenheit?“

Der Commissario hielt ihm seinen Dienstausweis unter die Nase. „Das geht Sie überhaupt nichts an. Holen Sie Ihren Chef. Sonst verhafte ich Sie wegen Behinderung einer polizeilichen Untersuchung.“

Der junge Mann fiel in sich zusammen wie eine aufblasbare Puppe, deren Besitzer versehentlich das Ventil geöffnet hat. Doch da kam Signor Lorenzini schon aus einem der hinteren Räume. Sobald er Trattoni erkannt hatte, verscheuchte er den jungen Verkäufer wie eine lästige Fliege und eilte mit weit ausgebreiteten Armen auf den Commissario zu. *„Buon giorno,* Commissario Trattoni. *Che gioia.* Welche Freude, Sie endlich wieder einmal zu sehen."

„Ganz meinerseits", sagte Trattoni, und nach einem kurzen Blick auf den Angestellten, der im Hintergrund eine Glasvitrine polierte: „Ich würde gern einen Augenblick unter vier Augen mit Ihnen sprechen."

„Selbstverständlich. In meinem Büro oder darf ich Sie zu einem kleinen *spuntino* einladen?"

„Ihr Büro genügt mir. Ich will Ihre Zeit nicht lange in Anspruch nehmen."

Lorenzini nickte. „Wie Sie wünschen, Dottore. Wenn Sie mir damals nicht geholfen hätten ..."

„Aber ich bitte Sie, Signor Lorenzini. Ich habe nicht mehr als meine Pflicht getan."

Der Commissario folgte Lorenzini in dessen mit eindrucksvollen modernen Möbeln aus Milano eingerichtetes Büro, wo der Boutiquebesitzer auf einen edlen Sessel deutete: *„Si accomodi. Un aperitivo?"*

„Grazie. Aber ich trinke nie, wenn ich dienstlich unterwegs bin. – Haben Sie den Nachruf auf Avvocato Brambilla im *Gazzettino* gelesen?"

„Damit kann ich leider nicht dienen. Ich lese

dieses Blatt nicht. Ich habe nur *La Nuouva Venezia* abonniert. Und einen Avvocato Brambilla ... Nein. Ich habe zwar schon einmal den Namen irgendwo gelesen, aber ich hatte noch nie mit ihm zu tun."

„Dann werde ich Ihre Zeit nicht länger in Anspruch nehmen", sagte der Commissario. Er erhob sich vom Sessel, und als er sein Taschentuch suchte, um sich den Schweiß vom Gesicht zu wischen, fiel das Foto des Notars aus seiner Tasche.

„*Permesso*", sagte Lorenzini und bückte sich. Vermutlich wollte er nur hilfsbereit sein, aber er war auch neugierig. Er betrachtete das Bild und stutzte. „Davide Gillette? Sagen Sie nur, Davide hat etwas verbrochen?"

„Nein. Nur etwas Falsches gegessen. Aber warum haben Sie ihn gerade Gillette genannt?"

„Das ist mir nur so herausgerutscht. So haben wir ihn in Jesolo immer genannt. In unseren Kreisen ..." Er zögerte, weil er seine Bemerkung bereute. „Er ist bisexuell, verstehen Sie? Wie eine Rasierklinge scharf nach beiden Seiten."

„So kann man das wohl auch sehen. Leider hat ihn jemand vergiftet. Möglicherweise einer seiner Freunde. Wissen Sie, mit wem er in letzter Zeit Umgang hatte?"

„Keine Ahnung. Ich habe ihn völlig aus den Augen verloren. Ich hörte, daß er eine Ärztin geheiratet hat. Danach habe ich ihn nie mehr in der Szene gesehen. Er hat sehr zurückgezogen gelebt."

Trattoni holte sein grünes Buch aus der Tasche und begann, sich Notizen zu machen. „Was meinen Sie mit zurückgezogen? Hat dieses Wort in Ihren Kreisen auch eine besondere Bedeutung?"

„Nein", sagte Lorenzini, zögerte erneut einen Augenblick und redete weiter. „Nun gut, Dottore. Sie haben mir damals auch geholfen. Also diese Heirat ... Das war nur für seine Reputation. Er hat seit Jahren einen festen Freund, dem er die Wohnung eingerichtet hat. Die beiden waren fast wie ein altes Ehepaar."

„Wie schön für ihn", sagte Trattoni. „Dann hat er vor seinem Tod wenigstens eine Zeitlang in geordneten Verhältnissen gelebt. – Wissen Sie zufällig, wie sein ... ja also, wie sein Lebensgefährte heißt und wo er wohnt."

„Tadzio Garise. Aber wo Davide das Liebesnest gemietet hat ..." Er dachte kurz nach. „Ich glaube auf der Giudecca. Am besten, Sie erkundigen sich mal im Restaurant *La Bitta* nach Tadzio. Wenn ich mich recht erinnere, hat Tadzio dort als Koch gearbeitet. Aber Sie wissen ja, wie schnell sich heutzutage alles ändert. Vielleicht ist er längst ausgewandert."

„Vielleicht", sagte Trattoni. „Aber vielleicht auch nicht." Er suchte in den Taschen seiner

Jacke und in beiden Hosentaschen vergeblich sein Handy, bis Lorenzini ihm das Telefon der Boutique anbot, von der aus er in der Questura anrief. „Ich brauche Sie als Zeugen bei einer Vernehmung in Dorsoduro", sagte er, nachdem Signorina Elektra ihn mit Sergente Vitello verbunden hatte. „Vermutlich habe ich Brambillas Mörder gefunden. Kommen Sie mit einem schnellen Boot zum Ponte di Rialto. Ich erwarte Sie an der Anlegestelle."

„*Come desidera*", antwortete Vitello. „Aber unsere Boote sind leider nicht besonders schnell."

„Dann schalten Sie Blaulicht und Sirene ein", herrschte Trattoni ihn an. „Ich nehme das auf meine Kappe."

Lorenzini hatte dem Gespräch gelauscht und sah den Commissario betroffen an. „Ich war vor Jahren auch mal kurze Zeit mit Tadzio befreundet und muß gestehen, daß ich noch immer manchmal von ihm träume. Aber einen Mord ... Glauben Sie wirklich, Tadzio hat Davide vergiftet?"

„Ich rede nie über dienstliche Angelegenheiten", sagte Trattoni schroff. „Doch Brambillas Schwester scheidet als Täterin ebenso aus wie seine Ehefrau. Und wir dürfen nicht übersehen, daß er vergiftet wurde. Durch Messer und Gabel kommen in dieser Stadt mehr Menschen ums Leben als durch Schußwaffen. Denken Sie doch mal daran, was die Touristen hier zu essen bekommen."

Er steckte sein kleines grünes Buch ein, verabschiedete sich und wollte zur Tür, doch Lorenzini hielt ihn zurück. „Das Foto. Vergessen Sie das Foto nicht."

„*Mille grazie.* Dieses Bild brauche ich bestimmt noch. – Aber da wir gerade von Fotos reden ... Besitzen Sie zufällig ein Bild des jungen Mannes?"

Lorenzini nickte zögernd. „Vermutlich in meiner Wohnung."

„Heben Sie es bitte gut auf. Es kann sein, daß ich es benötige. – Ach übrigens, Giulia hätte gern gewußt, ob Sie die neuen Sachen von *Gucci* schon bekommen haben."

„Vorgestern", erwiderte der Boutiquenbesitzer. „Zauberhaft. Ihre Gattin wird begeistert sein. Richten Sie Ihr bitte meine Grüße aus. Und die neue Kollektion von *Valentino* ... Einfach hinreißend! Ein Mann wie Sie hat vermutlich nicht viel Zeit, aber wenn ich Ihnen die Anzüge mal zeigen dürfte ..."

„Auf gar keinen Fall", sagte Commissario Trattoni. „*Valentino* übersteigt gewaltig meine finanziellen Möglichkeiten."

Er ging schnell zur Tür und schob sich durch Massen von Touristen zur Anlagestelle der Vaporetti. Jetzt waren auf dem Canal Grande viele Gondeln unterwegs. Trattoni wunderte sich, daß sie nicht dauernd zusammenstießen.

Höchstwahrscheinlich hat dieser Tadeusz das

Gift in eine Mahlzeit des Notars gerührt, dachte er. In dieser Stadt sind die Köche zu allem fähig. Aber falls Tadeusz nichts damit zu tun hat ... Signor Lorenzini könnte ihn auch umgebracht haben, um einen Nebenbuhler aus der Welt zu schaffen. Doch empfanden Menschen heutzutage noch ihre Gefühle so stark wie zur Zeit der Borgias, die alles vergifteten, was ihnen im Wege stand? – Wahrscheinlich, dachte er. Nur zu Bauwerken wie dem Ponte di Rialto sind sie nicht mehr fähig.

So wartete er geduldig an der Anlegestelle, bis die Sirene der Polizeibarkasse über den Canal Grande gellte und ihr blaues Licht über dem schwarzen Wasser zuckte. Das Boot legte kurz an, um ihn an Bord zu lassen. Es hatte kaum abgelegt, da kam ihm Vitello aus der Kabine entgegen und gab ihm sein Handy.

„Signorina Elektra hat dreimal versucht, Sie anzurufen", schrie er.

„Ich weiß", schrie der Commissario zurück. „Aber das ist im Augenblick nicht so wichtig." Er wandte sich dem Bootsführer zu. „Dorsoduro", brüllte er. „Und schalten Sie die verdammte Sirene aus. Wer hat Ihnen das eigentlich erlaubt?"

„Sie", sagte Vitello. „Sie haben das ausdrücklich angeordnet."

Trattoni blieb noch ein paar Minuten auf dem Deck und betrachtete schweigend die Fassaden der alten Paläste an den Ufern des Kanals, der die beiden Hälften Venedigs zusammenhält wie ein Reißverschluß. Nach einer Weile ging er in die Kabine, suchte vergeblich nach einem Handtuch und wischte sich schließlich den Schweiß mit dem Ärmel von der Stirn. Danach zog er die Jacke aus und setzte sich erschöpft auf die harte Bank, auf der er wenig später einschlief.

Es dauerte geraume Zeit, bis die Barkasse vom breiten Kanal in den viel schmaleren Rio di San Bàrnaba fuhr, und als sie sich dem Anlegesteg näherte, weckte Vitello seinen Vorgesetzten. Der Bootsführer griff nach einem langen Tau und schlang es um einen Pfosten am Ufer.

„Kommen Sie mit", sagte Trattoni zum Sergente. „Diesmal brauche ich einen Zeugen."

Vitello nickte. Die beiden Männer gingen von Bord und zuerst ein Stück am Ufer entlang. „In diesem *rio* wäre Katherine Hepburn vor fünfzig Jahren fast ertrunken", sagte Vitello.

„Das wußte ich nicht. Und wer hat sie gerettet?"

„Keine Ahnung, Commissario. Das war während der Dreharbeiten für einen Film."

„Ach so", sagte Trattoni. „Ich gehe nur noch sehr selten ins Kino. Wenn Sie Familie haben, wird Ihnen dafür die Zeit auch fehlen."

„Das weiß ich. Aber ohne die Familie hätte das Leben doch überhaupt keinen Sinn."

„Das sehe ich nicht anders“, erwiderte Trattoni. Inzwischen stand die Sonne im Zenit. Er hätte sich gern einen Augenblick in der Kirche San Bàrnaba abgekühlt, doch er verzichtete darauf, weil er nicht allein war. Zu seiner Erleichterung stellte ihnen ein Kellner im *La Bitta* unaufgefordert eine große Flasche *San Pellegrino* auf den weiß gedeckten Tisch, sobald sie sich niedergelassen hatten. Er brachte zwei Speisekarten, doch Trattoni schüttelte den Kopf und holte seinen Ausweis und das Notizbuch aus der Jackentasche. „*Polizia*. Ich möchte mit Signor Garise sprechen.“ Der Kellner wirkte plötzlich unsicher. „Der hat heute keinen Dienst. Warten Sie bitte. Ich hole den *padrone*.“ Er eilte in die Küche, und wenig später trat ein grauhaariger Mann an ihren Tisch, eine saubere weiße Schürze vor dem Bauch und eine Kochhaube auf dem Kopf. „Sie wollen Tadzio sprechen? Hat er etwas verbrochen?“

„Das weiß ich noch nicht“, sagte Trattoni. „Ich will nur mit ihm reden.“

„Da werden Sie sich leider gedulden müssen. Er hat mich vorige Woche um ein paar Tage Urlaub gebeten.“

„Was?“ entfuhr es Trattoni. „Mitten in der Herbstsaison?“

Der Koch nickte. „Mitten in der Herbstsaison. Tadzio ist ein sehr guter Mann. Die findet man heutzutage nicht mehr an jeder Ecke.“

Vitello griff nach der Wasserflasche und füllte wieder beide Gläser. „Hat er Ihnen gesagt, weshalb er plötzlich Urlaub brauchte?“ fragte er. Trattoni sah den Sergente verärgert an. „Stören Sie mich nicht bei der Arbeit. Oder wollen Sie das Verhör übernehmen?“

„Ich glaube, Tadzio wollte zu seiner Mutter“, sagte der Koch. „Sie wurde kürzlich operiert, und es geht ihr nicht besonders gut. Dafür hat man natürlich Verständnis.“

Trattoni nickte. „Das ehrt Sie. Ich nehme mir auch Urlaub, wenn meine Frau im Winter erkältet ist, damit sie nicht allein im Bett liegen muß. – Wissen Sie zufällig, wo der junge Mann wohnt?“

Der *padrone* sah Trattoni erstaunt an. „In seinem Zimmer. Er hat zwar oft bei seiner Freundin übernachtet ...“

„Interessant. Kennen Sie diese Freundin?“

„Nein. Ich interessiere mich nicht für das Privatleben meiner Angestellten. Mein Restaurant ist bis spät in die Nacht geöffnet. Meine beiden Kellner wohnen auch hier. Bei den Mietpreisen hier in Venedig ...“

„Da haben Sie recht“, sagte Trattoni. „Die sind viel zu hoch. – Könnten wir mal einen Blick in sein Zimmer werfen?“

Der *padrone* überlegte einen Moment. „Dagegen ist wohl nichts einzuwenden. Kommen Sie, ich zeige Ihnen, wo er schläft.“

Er stand auf, holte ein Schlüsselbund und führte den Commissario und den Sergente zu einer steilen Treppe neben den Toiletten. Trattonis Knie schmerzten schon, als er diese Treppe sah, aber er folgte wie Vitello dem Wirt hinauf in den *piano terzo*. Es dauerte eine Weile, bis der *padrone* den richtigen Schlüssel gefunden hatte und die Tür zu einem engen Zimmer öffnen konnte, in dem ein schmales Bett, ein Stuhl sowie ein wurmstichiger Kleiderschrank standen. Auf dem Fensterbrett reckten zwei Topfpflanzen ihre ausgetrockneten Zweige wie anklagend zum Licht.

„*Grazie*", sagte der Commissario. „Den Rest erledigen wir allein." Der Gastwirt entfernte sich widerwillig, und Trattoni öffnete den Kleiderschrank und warf drei teure Designeranzüge auf das Bett. „Suchen Sie in allen Taschen", sagte er Vitello. „Ich nehme mir den Rest vor."

Er nahm einen Stapel Oberhemden aus dem Schrank, durchsuchte ihn, warf sie auf das Bett und griff nach dem ersten der Blumentöpfe, bückte sich, zog die Pflanzen heraus und klopfte die Erde von den Wurzeln.

„Was suchen wir eigentlich, Commissario?" fragte Vitello.

„Keine Ahnung", erwiderte Trattoni. „Das weiß man immer erst, nachdem man es gefunden hat."

„Das stimmt. Ich war eine Zeitlang bei der Drogenfahndung." Er nahm ein großes Kruzifix von der Wand und hielt es Trattoni hin. „Soll ich unseren Herrn abschrauben? – In so einer Figur habe ich in Santa Croce schon einmal LSD gefunden."

Trattoni untersuchte das Kruzifix flüchtig und gab es ihm zurück. „Nein. Das ist sauber. Aber gucken Sie mal auf den Schrank." Vitello nickte, rückte den Stuhl neben den Schrank und stieg auf den Sitz, der unter seinem Gewicht zusammenbrach.

„Ziemlich alte Möbel hier", sagte Trattoni, schob den Nachttisch neben den Kleiderschrank und sah Vitello auffordernd an. „Na tun Sie endlich Ihre Pflicht. Ich habe Familie."

Der Sergente stieg vorsichtig auf den Nachttisch, suchte auf dem Schrank und fand eine kleine dünne Mappe, die er dem Commissario zuwarf.

„Dachte ich mir", sagte Trattoni. „Wer sucht, der findet." In der Mappe waren Fotos eines sehr gut aussehenden jungen Mannes mit halblangen Haaren zu einem *leporello* zusammengefügt: eine Set-Karte, wie Fotomodelle sie für ihre Agentur anfertigen lassen.

„Alle Achtung", sagte Trattoni und reichte die Karte Vitello. „Da können Sie mal sehen, wie ein attraktiver Mann heute aussehen sollte. Nehmen Sie sich ein Beispiel daran."

„Besser nicht“, antwortete der Sergente und gab dem Commissario die Fotomappe zurück. „Antonella bevorzugt kräftige Männer wie mich.“

„Meine Frau auch. Sie besteht lediglich darauf, daß ich jeden Morgen dusche.“ Er steckte die Set-Karte in seine Jackentasche und ging zur Tür. „Kommen Sie. Ich habe, was ich brauche.“

„Aber Commissario. Wir können das Zimmer nicht so verlassen. Das sieht ja wie auf einer Schuttkippe aus.“

„Das soll es auch. Sinn und Zweck jeder Durchsuchung ist es zu allererst, dem Verdächtigen die Staatsgewalt deutlich vor Augen zu führen. Merken Sie sich das, Sergente.“

Vitello stellte den Blumentopf zurück auf die Fensterbank, und die beiden Männer gingen wieder ins Restaurant, wo der Commissario die Schlüssel dem Wirt zurückgab.

„Rufen Sie mich an, sobald er zurück ist“, sagte Trattoni, während er ihm seine Visitenkarte gab. „Aber sagen Sie ihm nicht, daß wir nach ihm gefragt haben. Das wäre Behinderung einer polizeilichen Ermittlung. Sie wissen, daß das strafbar wäre.“

Der *padrone* nickte, und die beiden Polizisten verließen das Lokal. „Müssen wir das Wasser nicht bezahlen?“ fragte Vitello, als sie zurück zur Barkasse gingen.

„Ach was“, sagte Trattoni. „Das ist nicht so wichtig.“ Er griff nach seinem Notizbuch, holte mit der anderen sein Handy aus der Tasche und rief Signorina Elektra an. „Stellen Sie bitte fest, ob in letzter Zeit ein gewisser Tadzio Garise hier oder in Milano einen Flug gebucht hat. Und ich will wissen, wo seine Eltern wohnen. Alles andere sage ich Ihnen später."

„Mit Vergnügen, Commissario. – Übrigens, jemand aus der Casa di Cura San Marco di Mestre rief vor drei Stunden bei uns an. Heute morgen wurde eine schwer kranke Frau mit Lebensmittelvergiftung eingeliefert."

„Und weshalb erfahre ich das erst jetzt?"

„Weil Sie Ihr *telefonino* vergessen haben, Commissario. Über Funk konnte ich das Boot leider auch nicht erreichen."

„Das weiß ich. Aber sagen Sie bitte wenigstens meiner Frau Bescheid. Aus dem Mittagessen wird heute wieder nichts." Er schaltete das Telefon aus und wandte sich Vitello zu. „Ich muß in die Casa di Cura. Möglicherweise haben wir es diesmal mit einem Doppelmord zu tun."

Kapitel 8

So sehr Trattoni es schätzte, daß man sich in Venedig nur zu Fuß oder auf Booten bewegen konnte, es verzögerte die Arbeit der Polizei erheblich. Obwohl er angeordnet hatte, daß die Polizeibarkasse mit Sirene und Blaulicht fuhr, dauerte es fast eine Viertelstunde, bis er sich von Vitello verabschieden konnte. Er verließ das Boot in der Nähe des Piazzale Roma und stieg vor einem der Parkhäuser in einen Streifenwagen, der ihn – auch mit Blaulicht und Sirene – über den Ponte della Libertá auf der *strada statale* nach Mestre und zur Casa di Cura brachte.

„Warten Sie hier auf mich", sagte er vor der Klinik zu dem uniformierten Beamten hinter dem Lenkrad. „Haben Sie etwas zu lesen im Auto?"

Der Beamte nickte, und seine Augen leuchteten. „Gewiß, Commissario. Einen Kriminalroman von Donna Leon. Aber leider nur auf Englisch."

„Wie schön für Sie. Bilden Sie sich weiter, bis ich wieder zurückkomme. Wer zu Zeiten der Globalisierung kein Englisch kann, der ist verloren."

Er stieg aus dem Auto und ging ins Krankenhaus, wo vor der Pförtnerkabine viele Leute warteten, vermutlich Angehörige von Patienten.

Aber er hatte seinen Dienstausweis schon am Portal gezückt, und sie ließen ihm widerwillig den Vortritt.

„Commissario Adriano Trattoni", stellte er sich der weiß gekleideten Nonne in der Pförtnerkabine vor. „Ich möchte mit der Frau sprechen, die heute vormittag eingeliefert wurde."

„Bei diesem Wetter wurden viele Leute eingeliefert. Zu welcher Patientin wollen Sie denn?"

„Keine Ahnung. Man hat mir nur gesagt, daß es sich um eine Lebensmittelvergiftung handelt."

„Dann liegt sie auf Station 4 A. Einen Augenblick." Der Commissario sah durch die Glasscheibe der Pförtnerkabine, daß die Nonne telefonierte, den Kopf schüttelte und den Hörer auflegte. Sie griff nach einem Zettel, schrieb etwas darauf und wandte sich ihm wieder zu.

„Sie wollen vermutlich zu Frau Tanyeli", sagte sie und gab ihm den Zettel. „Giuseppina Tanyeli. Aber ich weiß nicht, ob Sie mit ihr sprechen können. Sie liegt auf der Intensivstation."

„Und wo ist die?"

„In der zweiten Etage. Fahren Sie mit dem Lift hoch und folgen Sie den Hinweisschildern."

„*Grazie*", sagte Trattoni, suchte den Lift und genoß es einen Moment, einmal keine Treppen steigen zu müssen. So einen Lift hätte er sich in jedem Palazzo gewünscht, doch das verbot der Respekt vor der Architektur. Er klingelte an der

Glastür der Intensivstation. Er wußte, daß die Klinik einen ausgezeichneten Ruf hatte, aber er war dennoch überrascht, daß es nur Sekunden dauerte, bis ihm eine gleichfalls weiß gekleidete Nonne die Tür öffnete.

Trattoni stellte sich vor, und als er sagte, daß er – er schaute auf den Zettel in seiner Hand – mit Signora Giuseppina Tanyeli sprechen wolle, nickte die Nonne. „Einen Moment bitte. Ich hole die diensthabende Ärztin."

Sie ging schnell den Korridor entlang und verschwand in einem Zimmer, aus dem wenig später Dottoressa Elias kam, diesmal im Arztkittel und an Stelle der Perlenkette ein Stethoskop um den Hals.

„*Buon giorno,* Commissario", begrüßte sie ihn nicht unfreundlich. „Kommen Sie diesmal, um mich zu verhaften?"

„Leider noch nicht. Ich will nur kurz mit Signora Tanyeli sprechen. Wäre das möglich?"

„Nein. Sogar der Polizei nicht. Wir haben getan, was wir konnten, doch sie ist vor zwei Stunden gestorben. Aber kommen Sie. Wir brauchen uns nicht im Korridor zu unterhalten."

Trattoni nickte und begleitete die Ärztin in einen kleinen Raum, der nur mit einer schmalen Untersuchungsliege, einem Infusionsständer, einem Schreibtisch und zwei Stühlen möbliert war.

„Haben Sie diese Patientin behandelt?“ fragte Trattoni, nachdem er Platz genommen hatte.

Die Dottoressa griff nach einem Patientenblatt. „Zusammen mit Dottor Rodario. Frau Tanyeli wurde um zehn Uhr fünfzehn bei uns eingeliefert. Dottor Rodario hat sie eine halbe Stunde später untersucht. Sie war noch bei vollem Bewußtsein. Nur das Atmen fiel ihr sichtlich schwer. Sie war so schwach, daß sie nicht mehr laufen konnte. Der Kollege hat zuerst einen Zekkenbiss vermutet, aber danach habe ich sie nochmal gründlich untersucht. Nachdem mein Mann an Botulismus verstorben ist ... Da denkt man natürlich an diese Möglichkeit. Wir haben ein Antitoxin gespritzt, aber viel zu spät. Leider war kein Beatmungsgerät mehr frei. Sonst hätten wir sie wahrscheinlich retten können. Sie ist friedlich entschlafen.“

„Friedlich ist wohl nicht ganz richtig“, sagte Trattoni verärgert. „Sie ist vermutlich erstickt. – Aber woher wissen Sie eigentlich, woran Ihr Gatte verstorben ist? Er wurde doch in einem anderen Krankenhaus behandelt.“

Die Dottoressa lächelte. „Halten Sie mich immer noch für eine Mörderin? – Nein, ich kenne Dottor Martucci ganz gut. Guido würde sich zwar nie festlegen, bevor die serologischen Untersuchungen abgeschlossen sind, doch die bestätigen meistens, was er vermutet.“

Trattoni holte sein kleines grünes Buch aus der Jackentasche. „Wenn die Patientin bei der Einlieferung sprechen konnte ... Haben Sie wenigstens danach gefragt, was sie gegessen hat, bevor sie sich krank fühlte?“

Jetzt schien die Dottoressa fast beleidigt. „Selbstverständlich, Commissario. Wir müssen jede Lebensmittelvergiftung der *Unità Sanitaria* melden. Frau Tanyeli sagte, sie hätte jeden Tag zweimal gekocht und immer dasselbe gegessen, wie ihr Mann und die Kinder. Das ist wohl bei Türken noch so üblich.“

„Wieso?“ fragte Trattoni erstaunt. „Ist die Frau Türkin?“

„Nein. Italienerin. Aber sie hat einen Türken geheiratet. Der Mann muß Ihnen begegnet sein. Vor einer Viertelstunde saß er noch weinend hier im Zimmer. – Die Sache gefällt mir auch nicht. Gewöhnlich erkrankt in solchen Fällen die ganze Familie.“

„Allerdings“, erwiderte Trattoni. Er bat die Dottoressa noch um die Adresse des Türken, notierte sie sich, und als er sagte, daß auch diese Tote obduziert werden müsse, sah die Ärtin ihn nahezu feindlich an. „Viel Spaß, wenn der Ehemann das erfährt. Wir Muslime schätzen es nicht, wenn man unsere Toten aufschneidet.“

„Wir Christen auch nicht. Aber ich möchte wissen, woran diese Frau gestorben ist. Schon der zweite Fall. Das scheint zur Gewohnheit zu werden." Er stand auf, ging zur Tür und drehte sich wieder um: „Können Sie sich das erklären? Ich habe noch nie von diesem Gift gehört."

„Ich auch nicht. Früher, als die Frauen hier noch Gemüse für den Winter einkochten, hat es das wohl gelegentlich gegeben. Aber wenn Sie mich fragen ... Vor Frau Tanyeli habe ich das noch nie diagnostiziert."

„Und weshalb hatten Sie ein Gegengift griffbereit?"

„Weil man in einer guten Klinik für alle Notfälle vorbereitet sein muß. Aber jetzt entschuldigen Sie mich bitte. Ich muß mich um meine Patienten kümmern."

Trattoni nickte und verließ wortlos ihr Zimmer. Er fuhr mit dem Lift ins Erdgeschoß und lief langsam durch die drückende Hitze des späten Nachmittags zum Parkplatz. Als er die Autotür öffnete, spürte er einen angenehm kühlen Luftzug, und er lobte den uniformierten Polizisten. „Endlich mal jemand, der nachdenken kann", sagte er, während er sich auf dem Beifahrersitz niederließ. „Ich werde Sie zur Beförderung vorschlagen, weil Sie die Klimaanlage eingeschaltet haben."

Der Beamte legte den Kriminalroman ins Handschuhfach. „Besser nicht. Wir dürfen das erst, wenn es heißer ist als fünfunddreißig Grad. Klimaanlagen verbrauchen zu viel Treibstoff."

„Dann sollte Berlusco sein Büro auch erst ab fünfunddreißig Grad in einen Eiskeller verwandeln dürfen“, sagte Trattoni. „Bringen Sie mich jetzt zurück zum Piazzale Roma.“

„Wie Sie wünschen, Commissario,“ antwortete der Uniformierte, und während er das Fahrzeug durch die engen Straßen der schmutzigen Industriestadt zurück zur *strada statale* lenkte, merkte Trattoni, daß auch eine gute Klimaanlage nichts gegen den beißenden Gestank aus den Tausenden von Schornsteinen der *Petrolchimico* am Industriehafen Marghera ausrichten konnte. Das größte Zentrum der chemischen Industrie in Europa vergiftete nicht nur die Erde und die Luft. Seine Abwässer flossen auch in die Lagune. In Venedig aßen die meisten Einheimischen Muscheln und Fisch nur noch in sehr guten Restaurants, die ihre Meeresfrüchte vom Fischmarkt Milano bezogen.

Trattoni konnte erst wieder halbwegs frei atmen, als das Auto den schmalen Damm erreichte, der Venedig mit Mestre verbindet. Auf dem *Ponte della Libertà* herrschte so viel Verkehr, daß Trattoni genug Zeit hatte, die Lastkähne und Boote auf beiden Seiten der Brücke zu betrachten, die im schmutzigen und giftigen Wasser der Lagune dümpelten.

Der Fahrer setzte Trattoni auf dem Piazzale Roma ab, und auf dem Weg zur Anlegestelle spürte der Commissario deutlich, daß er nach dem Frühstück nichts mehr gegessen hatte. Daran konnte er im Augenblick nichts ändern. Er ging an Bord des nächsten Vaporetto und blieb auf dem Deck, wo der Fahrtwind die Hitze geringfügig milderte. An der Anlegestelle Ferrovia gegenüber des Bahnhofs kamen viele Touristen mit Koffern an Bord. Sie unterhielten sich laut und wurden von Zeit zu Zeit noch lauter, sobald das Boot an einem besonders eindrucksvollen Palazzo vorbeifuhr.

Trattoni verglich solche nach Italien süchtigen Besucher manchmal mit einem Schwarm Heuschrecken, die über ein Getreidefeld herfielen, aber diesmal nahm er sie kaum wahr.

Als ob ihm ein ungewöhnlicher Todesfall nicht schon genug Probleme bereitet hätte, hatte er es jetzt mit zwei Toten zu tun, die durch dasselbe Gift umgekommen waren. Er konnte zwar noch immer nicht ausschließen, daß ein Mandant Brambilla getötet hatte, aber Tadzio erschien ihm noch immer verdächtiger.

Nach dem Gespräch mit dem *padrone* im Restaurant *La Bitta* hatte er es nur noch für eine Frage der Zeit gehalten, bis er genügend Beweise gegen Tadzio Garise gesammelt hätte und ihn verhaften konnte, doch der zweite Mord warf dieses Konzept über den Haufen.

Daß zwei Menschen nur zufällig innerhalb

weniger Tage in derselben Stadt auf dieselbe ungewöhnliche Weise gestorben sein konnten, ohne daß es sich um Verbrechen handelte, hielt er für unwahrscheinlich. Schon daß Dottoressa Elias mit dem ersten Opfer verheiratet war und das zweite ärztlich behandelt hatte, sprach dagegen. Trattoni glaubte nicht an Zufälle. Der geniale Psychologe Carl Gustav Jung hatte es auch nicht für einen Zufall gehalten, daß ein Mistkäfer in sein Zimmer flog, während ihm eine Patientin erzählte, daß sie von einem Skarabäus geträumt hatte.

Mit Contessa Brambilla muß ich auch noch einmal sprechen, dachte Trattoni, während er am Ca'd'Oro den Vaporetto verließ. Er ging langsam zum Palazzo Gozzi, in dessen Nähe er ein gutes Restaurant entdeckt hatte, das ausnahmsweise nicht erst am Abend öffnete. Er trank zwei Glas *Orvieto* und verzehrte eine vorzügliche *lasagne con funghi e prosciutto*. Als er das Lokal verließ, hatte sich seine Stimmung wesentlich gebessert. Er stieg wieder in ein Dampfboot, fuhr diesmal bis San Zaccaria, und als er die Questura erreicht hatte, kam ihm auf der Treppe Signorina Elektra entgegen.

„Machen Sie denn nie Feierabend, Commissario? – Übrigens, Signor Garise ist am Samstag mit der ersten Maschine nach Zürich geflogen. Den Rückflug hat er für morgen gebucht. Über seine Familie habe ich leider nichts gefunden."

„Das besagt überhaupt nichts."

„Das stimmt", sagte Signorina Elektra. „Der Duce hat schon zweimal nach Ihnen gefragt. Ich habe ihm gesagt, Sie sind dienstlich unterwegs."

„Das war ich auch. Ist er noch in seinem Büro?"

Sie nickte. „Ja. Und seine Laune ist heute unerträglich."

„Das ist sie immer", erwiderte der Commissario. Er stieg die Treppe zu seinem Büro hoch und nahm sich vor, in Zukunft vielleicht doch lieber auf *pasta* zu verzichten. Er hielt beide Hände unter den geöffneten Wasserhahn, kühlte sich die Schläfen mit dem nassen Handtuch, und als er hinter dem Schreibtisch saß, rief er Vitello und übergab ihm die Set-Karte, die er auf Tadzios Schrank gefunden hatte. „Besorgen Sie einen Haftbefehl für Tadeusz Garise, und lassen Sie ihn von Interpol suchen. Der ist nach Zürich geflüchtet."

Vitello zögerte. „*Come desidera,* Commissario. Aber ist das nicht ein wenig verfrüht? Wir haben noch nichts gegen den Mann in der Hand."

„Aber im Kopf, Sergente. Das ist doch offensichtlich. Avvocato Brambilla hatte ein Bankkonto und wahrscheinlich dazu noch ein Schließfach bei einer Bank in Zürich. Tadeusz ist hingeflogen, um abzuräumen. Vermutlich ist er mit dem Geld längst in Südamerika."

„Das wäre möglich“, sagte der Sergente. „Dieser junge Mann heißt übrigens Tadzio. Nicht Tadeusz. Nur der Ordnung halber.“

„Kümmern Sie sich lieber um die Ordnung in Ihren Dienstberichten. Veranlassen Sie, daß Frau Tanyeli obduziert wird, die in der Casa di Cura verstorben ist. Ich will wissen, an was. Und ich brauche alles über ihren Mann.“ Er holte sein Notizbuch aus der Tasche und blätterte darin. „Murat Tanyeli soll er angeblich heißen. Wahrscheinlich Türke.“

Vitello schüttelte verärgert den Kopf. „Schon wieder ein Ausländer. Wenn es so weitergeht, müssen bald wir hier eine Aufenthaltsgenehmigung beantragen“, konnte er noch sagen, da klingelte das Telefon auf dem Schreibtisch, und der Commissario schüttelte den Kopf. „Mit dem will ich jetzt nicht reden. – Warten Sie einen Moment und sagen Sie dem Vize-Questore, ich sei dienstlich unterwegs.“

Er nahm seine Wasserflasche vom Aktenschrank, trank sie leer und verließ die Questura. Er lief zur Anlegestelle San Zaccaria, fuhr bis Santa Marcuola, und als er die vielen Stufen zu seiner Wohnung hochstieg, fühlte er sich müde und erschöpft. Er schloß die Tür auf und ging in die Küche, wo Giulia eine kalte Platte anrichtete. „So geht das aber nicht“, sagte sie. „Bereits der zweite Tag ohne *pranzo*.“

„Ich kann leider nichts daran ändern. Ich arbeite an einem Doppelmord."

„Paß auf, daß du dich dabei nicht auch noch umbringst. Hast du wenigstens etwas gegessen?"

„Nur eine Kleinigkeit. Ich muß ohnehin ein wenig abnehmen."

„Nicht nur ein wenig", sagte Giuila. „Ich mache uns gerade einen Teller *antipasti*. Laß uns noch ein Glas Wein trinken."

„Das wollte ich dir auch gerade vorschlagen", sagte Trattoni. „Ich darf mich vom Beruf nicht auffressen lassen." Er ging auf die Terrasse. Inzwischen leuchtete im Westen der Himmel blutrot, weil endlich die Sonne über Venedig unterging. Es dauerte nicht lange, bis Giulia einen Teller mit *formaggio, prosciutto, pomodori secchi* sowie eine Flasche *Verdicchio* auf den Tisch stellte. Er öffnete den Wein, füllte zwei Gläser, und als Giulia mit ihm anstieß, kam Stefano auf die Terrasse. „Luciana hat recht. In diesem Zimmer kann man wirklich nicht schlafen. Mir gehen auf einmal die Haare aus."

Giulia lächelte. „Unsinn. Du bist erst gestern abend eingezogen."

„Na und? – Ich habe mir vorhin den Kopf gewaschen. Mindestens zwanzig Haare im Waschbekken. So viele hab ich noch nie verloren."

„Nun übertreibe mal nicht", sagte Trattoni.

„Wenn es nicht mehr als fünfzig sind, ist das völlig normal.“

„In deinem Alter vielleicht. Aber ich stehe kurz vor der Prüfung, und wenn ich mir auch noch um meine Haare Sorgen machen muß ...“

„Das sollst du keinesfalls. Ich werde morgen mit Dottor Santorio sprechen. Wenn er auch nur die geringsten Bedenken hat, lassen wir die Fayence herausreißen und in dem Zimmer einen neuen Fußboden legen.“

Giulia wartete, bis Stefano die Terrasse verlassen hatte, und schüttelte langsam den Kopf. „Das ist doch wohl nicht dein Ernst, Adriano. Meine Mutter ist in diesem Zimmer fast hundert Jahre alt geworden.“

„Ich weiß“, antwortete Trattoni und griff nach seinem Glas. „Entweder fürchtet sich Stefano vor seiner Prüfung, oder er hat Liebeskummer. Aber da müssen junge Leute leider durch.“

Kapitel 9

In der Nacht hatte Commissario Trattoni einen ungewöhnlichen Traum. Er stand mit einem Geigerzähler in der Hand neben Luciana und erschrak, als das Meßgerät zuerst langsam, danach immer schneller tickte. Schließlich schrillte es laut. Er erwachte und lag benommen in seinem Bett, bis er bemerkte, daß das Telefon auf dem Nachttisch klingelte. „Was ist denn los?" fragte er schlaftrunken, warf einen Blick auf den uralten Wecker und nahm den Hörer ab. „Es ist noch nicht einmal sieben Uhr."

„*Scusi*, Commissario", sagte Vitello. „Ich habe gerade einen Anruf vom Flughafen bekommen. Signor Garise wurde vor einer halben Stunde festgenommen."

„Was für ein Garise? Ich kenne den Mann überhaupt nicht."

„Tadzio Garise", sagte Vitello vorsichtig. „Der Bekannte von Avvocato Brambilla."

Trattoni war plötzlich hellwach: „Dieser Tadeusz? In Milano?"

„Nein. Bei uns. Die Carabinieri haben ihn in eine Zelle gesteckt. Aber lange wollen sie ihn nicht festhalten. Wir haben noch keinen Haftbefehl, Commissario."

„Das weiß ich. Besorgen Sie uns ein Auto und kommen Sie so schnell wie möglich zum Piazzale Roma. Wir treffen uns vor der Wache."

„*Va bene*", antwortete der Sergente. Der Commissario legte den Hörer zurück auf die Gabel und tastete behutsam nach Giulia, die neben ihm noch im Tiefschlaf lag. „Ich muß leider zum Flughafen", sagte er. Als seine Frau nicht reagierte, fiel ihm ein, daß sie sich seit einem Vierteljahr jeden Abend kleine Wachskügelchen in beide Ohren steckte, weil er zu laut schnarchte. Er bemühte sich, einen dieser Ohrenstöpsel herauszuholen, doch sie schob unwillig seine Hand weg. „*Scusi*", flüsterte er und stieg aus dem Bett. Er zog sich an und ging in die Küche, wo er eine Tasse unter die *Gaggia* stellte und eine *brioche* aus dem Brotkorb nahm. Er verzehrte sie, während der *caffè* aus der Maschine gepreßt wurde, und nach der zweiten Tasse war er halbwegs wach.

Er schrieb auf einen Zettel, daß er leider schon zum Dienst müsse, heftete ihn an den Kühlschrank und verließ so leise wie möglich die Wohnung. Als er aus dem Haus kam, sah er, daß über der Lagune dunkle Wolken hingen. Er ärgerte sich, weil er wieder den Sommeranzug angezogen und den Regenschirm nicht mitgenommen hatte, doch daran war jetzt nichts mehr zu ändern. Er wollte nicht schon so früh am Morgen die hundert Stufen hinaufsteigen. Auf dem Weg zum Canal Grande merkte er, daß es nicht mehr so heiß war wie am Vortag. Er ging zur Anlegestelle San Marcuola, wartete eine Viertelstunde auf den nächsten Vaporetto, und als das Boot zuerst am Palazzo Gritti und danach am Palazzo Correr Cantorini vorbeifuhr, holte er sein Notizbuch aus der Tasche. *Beerdigung Davide Brambilla elf Uhr* las er und erschrak. In drei Stunden konnte er es kaum bis zur Trauerfeier schaffen, wenn er vorher noch zum Flughafen mußte. Er überlegte, ob es nicht sinnvoller wäre, Garise von Vitello abholen zu lassen, doch er entschied sich dagegen. Es gab noch keinen Haftbefehl, und der mit einer Überstellung verbundene Papierkram würde den Sergente vermutlich überfordern.

Trattoni verließ das Boot am Piazzale Roma und wandte sich dem Gebäude zu, in dem eine Wache stationiert war. Er wartete eine halbe Stunde, bis Sergente Vitello endlich auftauchte und sie in einen Polizeiwagen steigen konnten. Da Trattoni anordnete, mit Blaulicht und Sirene zu fahren, erreichten sie den zehn Kilometer entfernten Flughafen schon in einer Viertelstunde.

Danach dauerte es allerdings fast ebenso lange, bis zwei uniformierte Beamte der Grenzkontrolle den Verdächtigen in das schmutzige enge Zimmer brachten, in dem sonst meistens Ausländer vernommen wurden, die mit einem gefälschten Visum einzureisen versuchten.

Tadzio Garise sah bei weitem nicht so gut aus wie auf seiner Set-Karte. Der vielleicht achtundzwanzig Jahre alte Mann war unrasiert und sichtlich übermüdet. Seine verschlissene hellblaue Jeans war ebenso leicht angeschmutzt wie sein T-Shirt. Nein, dachte Trattoni. So würde sich Stefan nicht einmal in den Hörsaal wagen, obwohl Informatikstudenten auf ihr Äußeres kaum Wert legten.

Der junge Mann wirkte unsicher. „Könnten Sie mir freundlicherweise verraten, weshalb ich hier festgehalten werde? In knapp drei Stunden wird mein Freund beerdigt. Ich muß mich vorher noch umziehen."

Trattoni nickte. „Commissario Adriano Trattoni", stellte er sich vor, während er sein Notizbuch auf den Tisch legte. „Mein herzliches Beileid. Wir werden Sie nicht länger aufhalten als nötig. – Weshalb waren Sie in Zürich?"

Garise warf den Kopf in den Nacken und strich sich nervös eine Haarsträhne aus dem Gesicht. „Das habe ich bereits Ihren Kollegen von der Grenzkontrolle erklärt. Ich hatte Fototermine bei verschiedenen Werbeagenturen. Ist das neuerdings auch verboten?"

Trattoni fragte mißtrauisch: „In Zürich? Wieso ausgerechnet in Zürich?"

Garise nickte. „Weil einer meiner Geschäftspartner dort ansässig ist. Am Samstag war ich in Zürich, am Montag in Paris und gestern noch in Milano. Ich bin international gefragt."

„Mein Kompliment", sagte der Commissario. „Aber weshalb arbeiten Sie dann noch als Kellner?"

„Ich war niemals Kellner. Ich bin gelernter Koch. In meinem Beruf muß man an das Alter denken. Gucken Sie mich doch an. Ich bekomme schon die ersten Falten um die Augen. Als *dressman* habe ich keine große Zukunft mehr."

Aber wohl eine große Vergangenheit, dachte Trattoni und fragte Garise, ob er seine Fototermine beweisen könne.

„Selbstverständlich. Ich habe die Verträge in meiner Reisetasche. Die hat man mir auch weggenommen, bevor man mich zu zehn Negern in eine enge Zelle gesperrt hat."

Der Commissario schüttelte den Kopf. „Nun werden Sie nicht auch noch rassistisch. Das sind keine Neger, sondern arme Menschen aus Afrika, die was zum Essen verdienen wollen. Aber Sie als Koch wissen ja überhaupt nicht, was Hunger ist."

Er blickte Vitello kurz auffordernd an. Der Sergente verließ das Zimmer, und der Commissario wandte sich wieder Tadzio Garise zu. „Jetzt mal ganz unter uns: Wieviel erben Sie von Ihrem

... naja, Ihrem Freund? Für zehntausend Euro in bar stelle ich alle Ermittlungen ein."

Garise wurde so zornig, das er nur mit Mühe sprechen konnte. „Wofür halten Sie mich? Davides Vermögen hat mich nie interessiert. Weshalb wollen Sie Geld von mir? Ich habe nicht das geringste verbrochen. Glauben Sie etwa, ich hätte meinen Freund umgebracht?"

„Nein", sagte Trattoni. „Wir sind hier in keinem Roman von Patricia Highsmith. Aber beruhigen Sie sich. Ich hätte Ihre lumpigen Zehntausend sowieso nicht angenommen. War nur ein Versuch. Also jetzt mal ohne irgendwelche Ausflüchte: Wann und wo waren Sie mit Conte Brambilla zuletzt zusammen?"

„Am Donnerstag. Ich hatte meinen freien Tag und habe nicht für ihn gekocht. Wir haben am Lido in Jesolo gegessen. Prompt hat er sich den Magen verdorben. Ich konnte kaum schlafen, weil er sich ständig im Bett bewegte. Am liebsten hätte ich sämtliche Termine abgesagt, aber Vertrag ist Vertrag."

„Das ist wohl so", sagte Trattoni und sah in sein Notizbuch. „Und wann haben Sie erfahren, daß er gestorben ist?"

„Erst vorgestern. Ich habe nach der Landung in Zürich bei ihm in seiner Wohnung angerufen und ..."

„In der Calle Bernado?" fragte Trattoni.

„Genau. Wenn ich verreist war, schlief er meistens dort. Er wollte, daß jemand nachts in der Wohnung war. Notfalls sogar seine Frau. Aber die war dauernd verreist. Also, ich habe ihn angerufen und konnte ihn in der Wohnung nicht erreichen ...“

„Über sein *telefonino* auch nicht?“

„Nein. Das war ausgeschaltet. Und als mir seine Sekretärin am Montag sagte, daß er nicht in die Kanzlei gekommen ist, habe ich vermutet, daß ihm etwas zugestoßen ist. Wir haben sonst mindestens zweimal täglich telefoniert. Ich war völlig verzweifelt. Und dann ... Es fiel mir wirklich nicht leicht, weil Davide mir das verboten hatte, aber ich konnte nicht anders. Ich habe seine Schwester angerufen. Sie hat mir gesagt, daß er gestorben ist und heute beerdigt wird.“

Trattoni nickte nachdenklich. „Die Contessa wußte nichts von Ihrem Verhältnis mit Davide?“

„Leider nicht. Er stand nicht zu mir. Sie können sich nicht vorstellen, wie das ist. Er hat mich vor seiner Schwester versteckt, seine Frau durfte nichts von mir wissen, und in Venedig ist er auch nie mit mir ausgegangen ... Er hat meistens im *La Bitta* gegessen, und seit wir die Wohnung auf der Giudecca hatten, habe ich oft bei ihm geschlafen. Aber was tut der Mensch nicht für jemanden, den er liebt ...“

„Wie oft, wo und auf welche Weise Sie mit Conte Brambilla geschlafen haben, interessiert mich nicht“, sagte Trattoni. „Ich hätte lediglich gern die Adresse der Wohnung.“

„Kein Problem. An der Fontamenta San Biagio. Zwei Etagen über *Harry's Dolci*. Können Sie mir bitte sagen, wie spät es ist? – Meine Uhr haben mir Ihre Kollegen auch weggenommen.“

„Nur damit Sie Ihnen nicht in der Zelle gestohlen wird“, sagte Trattoni, als Vitello mit Garises Reisetasche ins Zimmer zurückkam und sie auf den Tisch stellte. Der Commissario öffnete den Reißverschluß und räumte die Tasche aus. „Schöne Unterwäsche tragen Sie“, sagte er anerkennend, während er drei schwarze Tanga-Slips und die dazu passenden Tank-Tops neben die Tasche auf den Tisch legte. „Giorgio Armani?“

„Nein, Calvin Klein. Aber meine Verträge sind im Außenfach. Bringen Sie meine Sachen nicht durcheinander.“

„Ich muß Ihre Sachen durcheinanderbringen. Das gehört zu meinen Dienstpflichten. Glauben Sie etwa, das macht mir Spaß? – Übrigens, kennen Sie eine Giuseppina Tanyeli?“

„Nein. Diesen Namen habe ich noch nie gehört. Ich möchte gern einen Rechtsanwalt anrufen.“

„Können Sie später. Aber versprechen Sie sich nicht zu viel davon. Vor elf Uhr ist kein Rechtsanwalt in seinem Büro. Das müßten Sie doch wissen." Er öffnete das äußere Fach der Reisetasche und fand, in einer durchsichtigen Mappe, Verträge des jungen Mannes. Trattoni sah auf den ersten Blick, daß sie nicht gefälscht waren. Er wunderte sich nur über die vereinbarten Honorare. Tadzio Garise bekam zweitausend Euro dafür, daß er sich ein paar Stunden fotografieren ließ. Vitello erhielt für einen ganzen Monat Arbeit in der Questura kaum mehr.

„Sie können Ihre Sachen meinetwegen einpacken", sagte der Commissario. „Ihre Unterlagen werde ich mir in Ruhe ansehen und für die Akten kopieren. Und Ihre Honorare ... Das Geld haben sie vermutlich in der Schweiz gelassen."

Der junge Mann wirkte plötzlich unsicher, und Trattoni bemühte sich, ihn zu beruhigen: „Das interessiert mich nicht. Ich arbeite nicht für die *Fiamme Giallo.* Sie müssen ja an das Alter denken." Er klappte sein Notizbuch zu und steckte es in die Jackentasche. „Falls ich mich noch einmal mit Ihnen unterhalten möchte ... Wollen Sie in den nächsten Wochen verreisen?"

„Nicht daß ich wüßte. Bislang habe ich keine neuen Termine. Kann ich jetzt endlich gehen?"

Trattoni nickte. „Selbstverständlich." Er zögerte und blickte auf seine Uhr. „Ich werde Ihrem Freund auch die letzte Ehre erweisen. Wenn Sie wollen, nehme ich Sie in der Polizeibarkasse mit. – Die Contessa hält Sie übrigens für einen Rechtsanwalt, dem ihr Bruder beim Examen geholfen hat. Wir sollten sie in diesem Glauben lassen."

Tadzio Garise sah den Commissario erstaunt an. „Ich habe nichts anderes beabsichtigt. Aber Ihr Verständnis für meine Situation überrascht mich."

„Ach was", antwortete Trattoni. „Kümmern Sie sich lieber um Ihre Armbanduhr. Aus dem Flughafen hier sind sogar schon Bechsteinflügel auf Nimmerwiedersehn verschwunden."

Nachdem der Commissario seinen Dienstausweis vorgewiesen hatte, gab der Verwalter der Asservatenkammer Tadzio widerstrebend seine *Piaget* zurück. Die drei Männer gingen zum Parkplatz, und als Vitello wie gewohnt schützend seine Hand über Garises Kopf hielt, bevor er ihn auf die Rücksitze des Polizeifahrzeugs stieß, tat Trattoni der junge Mann leid. Tadzio Garise starrte wie geistesabwesend aus dem Fenster. Er begann offenbar erst jetzt zu begreifen, daß sein Freund nicht mehr lebte.

„In welcher Kirche findet die Trauerfeier für Conte Brambilla eigentlich statt?" fragte Trattoni, während sie auf der Autostraße nach Mestre fuhren. „Ich vergaß, die Contessa danach zu fragen."

„Sie sagte mir in Santo Stefano", antwortete Tadzio mit trockener Stimme, ohne dem Commissario das Gesicht zuzuwenden.

„Das schaffen wir auch, wenn wir den Sergente vorher noch zur Questura bringen." Trattoni dachte an die Möglichkeit, die Sirene einschalten zu lassen, doch er verzichtete darauf. Der Fahrer setzte sie am Piazzale Roma ab, wo die Polizeibarkasse noch am Landesteg lag. Als sie zum Boot gingen, kam es Trattoni vor, als bereite Tadzio jeder Schritt Mühe. „Es wird Sie zwar nicht trösten", sagte er. „Aber ein Mensch ist erst dann gänzlich tot, wenn sich keiner mehr an ihn erinnert." Der junge Mann blieb plötzlich stehen. Trattoni sah, daß ihm die Tränen in den Augen standen, und als er laut schluchzte, legte er ihm die Hand auf die Schulter und führte ihn schweigend an Bord.

Kapitel 10

Der Commissario behielt wieder einmal recht. Obwohl sie einen Umweg machen mußte, um den Sergente Vitello vor der Questura abzusetzen, kam die Polizeibarkasse auf dem Canale di San Marco – nicht zuletzt dank Blaulicht und Sirene – so schnell vorwärts, daß sie auf dem Weg zum Campo Santo Stefano die langsame, von Gondolieri bewegte Totenbarke überholte, auf der, mit Blumen und vielen Kränzen geschmückt, der schwarz verhangene Sarg mit dem Toten zur Kirche gebracht wurde. An seinem Kopf- und Fußende standen Priester und Ministranten. Auf beiden Seiten der Barke brannten Kerzen.

Als die Polizeibarkasse am schmalen Landesteg auf dem Rio di San Stefano anlegte, ging Trattoni aus der Kabine an Deck, wo Tadzio an der Reling stand und wie geistesabwesend ins Wasser starrte.

„Na, kommen Sie", sagte Trattoni. Er bückte sich nach der Reisetasche des jungen Mannes, die unbeachtet in einer Ecke stand, und drückte sie ihm in die Hand. Tadzio war entsetzt. „Damit kann ich nicht in die Kirche."

Trattoni hängte ihm die Tasche über die Schulter „Können Sie. Ist sogar ganz gut, falls die Contessa Sie wiedererkennt.“

Danach wandte er sich dem Bootsführer zu. „Fahren Sie zurück zur Questura. Ich brauche Sie hier nicht mehr.“

Die beiden Männer gingen an Land, und als sie wenig später den Campo Santo Stefano erreichten, begann die Glocke der kleinen alten Kirche zu läuten.

„Ich habe mich nicht einmal für ihn umziehen können“, sagte Tadzio, während die beiden Männer am Denkmal für Niccolò Tommaseo vorbei gingen. Der Commisario wußte, daß die Venezianer dieses Denkmal liebevoll und deftig *cacca libri* nennen, weil hinter dem Schriftsteller auf dem Denkmalssockel ein hoher Stapel Bücher dargestellt ist, aber er verkniff es sich, Tadzio jetzt einen Vortrag über den Freiheitshelden zu halten.

„Ich weiß zwar nicht, wieviel Wert Ihr Freund auf Ihre Kleidung gelegt hat“, sagte er stattdessen vorsichtig. „Aber ich glaube kaum, daß sich Tote dafür noch interessieren.“

Trattoni war überrascht, als er sah, wie viele Menschen in die Kirche gingen. Davide Brambilla war offenbar sehr beliebt gewesen. Der Commissario grüßte höflich ein wohlhabendes Ehepaar, das in Giuilias Galerie kürzlich zwei Renoirs aus dem Atelier des großen Meisters Elmyr de Hory erworben hatte.

Tadzio wollte durch den Haupteingang in die Kirche gehen, doch Trattoni schüttelte den Kopf. „Nein. Die Barke legt vermutlich auf dem Rio di San Angelo an. Der liegt näher an der Kirche. In unserer Stadt gehen sogar die Totenträger keinen Schritt mehr als notwendig."

Am Landesteg sah er schon von weitem Contessa Brambilla und ihre Haushälterin. Beide Frauen waren schwarz gekleidet. Die Contessa trug wieder das schwarze Kostüm, das sie auch bei Trattonis Besuch in ihrer Wohnung angehabt hatte, und einen schwarzen Hut, aber keinen Schleier. „Sie sind also doch noch gekommen", begrüßte sie Trattoni, während sie seinen Begleiter skeptisch musterte. „Ich habe nicht mehr mit Ihnen gerechnet."

„Ich hätte mich tatsächlich fast verspätet", sagte der Commissario. „Ich habe Signor Centonze noch vom Flughafen abgeholt. Sie erinnern sich vermutlich an ihn. Er hat übrigens wirklich bei uns in der Questura praktiziert." Die Contessa zögerte einen Augenblick und reichte Tadzio die Hand. „Wundern Sie sich nicht über seine Kleidung", sagte Trattoni. „Er arbeitet gerade undercover. – Kommt die Dottoressa zur Trauerfeier?"

„Keine Ahnung. So wie ich sie kenne, bringt sie das glatt fertig. Die Frau hat keine Spur von Gewissen."

„Vielleicht“, sagte der Commissario. „Das verlieren viele auf dem Weg zum Erfolg.“ Er sah nachdenklich ins faulige Wasser, und als sich wenig später die Totenbarke dem Landesteg näherte, hörte er die Ruder der Gondolieri im Wasser plätschern. Vier Männer in dunkelblauen Anzügen hoben den Sarg auf einen schwarz verhangenen Katafalk, den sie, dem Priester folgend, zum Kirchenportal rollten. Vor der Kirche hoben sie den Sarg auf die Schultern und trugen ihn durch den langen Gang zwischen den Sitzreihen nach vorn vor den Altar. Fast sämtliche Bänke in der Kirche waren besetzt.

Trattoni warf Tadzio einen kurzen Blick zu und deutete auf einen freien Platz. Tadzio nickte und ließ sich mit seiner Reisetasche nieder. Der Commissario faßte die Contessa am Arm und ging mit ihr weiter nach vorn, wo die erste Bank für die Angehörigen freigehalten wurde. Er hatte erwartet, die Dottoressa dort zu sehen, aber sie saß, neben einem gut gekleideten Mann von etwa fünfundvierzig Jahren, am Rande der dritten Reihe. Als sie in seine Richtung schaute, nickte er höflich und nahm neben der Contessa Platz.

Wenig später eröffnete der Priester die Trauerfeier mit ihren uralten Ritualen, und es dauerte nicht lange, bis Trattoni über seinen Fall – nein, inzwischen über seine beiden Fälle nachzudenken anfing. Daß Tadzio den Notar vergiftet hatte, hielt er inzwischen für so gut wie ausgeschlossen. Er war zwar überzeugt, daß Menschen zu den aberwitzigsten Täuschungen fähig waren, aber die Trauer des jungen Mannes erschien ihm echt. Er dachte an die Möglichkeit, daß ein Prozeßgegner des Anwalts oder sogar einer seiner Mandanten Brambilla umgebracht haben könnte, aber das vertrug sich nicht mit dem Tod der Frau des Türken, die demselben Gift zum Opfer gefallen war.

Ich muß mich so schnell wie möglich mit diesem Türken unterhalten, dachte er, und plötzlich regten sich seine Zweifel.

Vielleicht ging es in beiden Fällen überhaupt nicht um Mord, sondern sie waren doch nur die Folge des Verzehrs verdorbener Lebensmittel, für den die Polizei nicht zuständig ist.

Er nahm sich vor, möglichst heute noch den Türken zu besuchen und – etwas in ihm wehrte sich zwar dagegen, aber er wollte keine Fehler machen – mit einem der Lebensmittel-Inspektoren zu sprechen. Er konnte nicht ausschließen, daß man in der *Unità Sanitaria* inzwischen von den Botulismusfällen erfahren hatte und die Inspektoren längst nach ihrer Quelle suchten.

So hing der Commissario den Gedanken nach, bis die Trauerfeier endete. Der Sarg wurde aus der Kirche zurück zum Katafalk getragen und auf ihm zur Totenbarke gerollt, hinter der auf dem schmalen *rio* schon eine Gondel angelegt hatte. Darin würden die nächsten Angehörigen den Toten bei seiner letzten Reise zur Friedhofsinsel San Michele begleiten. Auf dem Gebiet der Stadt durfte niemand mehr beerdigt werden, das hatte schon Napoleon Bonaparte verbieten lassen.

Trattoni hätte zwar gern noch einen Blick auf die drei *Tintoretti* in der Sakristei geworfen, die Jacopo Robusti sogar persönlich gemalt haben soll, doch er begleitete die Contessa zur Gondel und sagte, daß er sie morgen noch einmal besuchen wolle.

„Morgen paßt es mir nicht", antwortete sie. „Aber in ein paar Tagen bin ich aus Campione wieder zurück. Ich möchte mich nach Davides Tod am Luganer See ein wenig erholen."

Der Commissario nickte verständnisvoll. „Selbstverständlich, Contessa", sagte er, und nachdem er sich vergewissert hatte, daß ihm niemand zuhören konnte: „Aber betreten Sie niemals in Trauerkleidung eine Bank. In vielen Fällen erlischt die Vollmacht für ein Konto oder einen Safe mit dem Tode des Eigentümers, und die Bank verlangt einen Erbschein. Auf diesem Wege erfährt unsere *Guardia di Finanza* oft von im Ausland deponierten Vermögenswerten."

„Ich weiß überhaupt nicht wovon Sie reden, Commissario", sagte die Contessa, aber ihr dankbarer Blick bestätigte ihm, daß er sich nicht geirrt hatte.

Contessa Brambilla verabschiedete sich und stieg mit ihrer Haushälterin zu drei Männern in die Gondel, die nach der Trauerbarke vom Ufer ablegte. Wahrscheinlich der Partner und Angestellte des Rechtsanwalts, dachte Trattoni, als er den beiden Booten nachsah, die sich auf dem schmalen Rio di San Angelo langsam entfernten.

Er wartete noch einen Augenblick und ging zurück zum Kirchenvorplatz. Als er dort weder Tadzio noch Brambillas Witwe sah, nahm er an, daß die Dottoressa bereits zum Krankenhaus unterwegs war. Tadzio würde wahrscheinlich in der Wohnung auf der Giudecca seine Sachen packen und das Liebesnest aufgeben.

Während er langsam zur Anlegestelle Accademia ging, überlegte Trattoni, ob es Sinn hätte, sich in der Zweitwohnung des Anwalts umzusehen. Er entschied sich dagegen. Tadzio erschien ihm nicht mehr verdächtig. Er ging an Bord eines Boots der *Linea 82*, aus dem er bei San Zaccaria in ein Wassertaxi umstieg, das ihn wenig später vor der Questura absetzte.

Ich muß Giulia anrufen, dachte er, während er die Treppe zu seinem Büro hinaufging. Er nahm seine Wasserflasche vom Aktenschrank und wollte gerade einen Schluck trinken, als Vitello ins Zimmer kam. „Sie sollen sofort zum Vize-

Questore kommen. Unser Duce geht vor Wut die Wände hoch."

„Na und? – Machen Sie sich keine Sorgen, Sergente. Bisher ist er noch jedesmal wieder runtergekommen."

Er trank langsam die Flasche leer, und als er Giulia anrief, merkte er schon am Tonfall ihrer Stimme, daß sie bedrückt war.

„Schade, daß du wieder nicht zum *pranzo* kommen kannst. Ich mache mir Sorgen um Stefano. Entweder hat er die Matheprüfung nicht geschafft oder etwas anderes setzt ihm zu."

„Nimmst du das nur an oder hat er es dir gesagt?"

„Kein Wort. Nach der Uni hat er sich in seinem Zimmer eingeschlossen und macht keinem die Tür auf. Er hört nicht mal seine Musik. So hat er sich noch nie benommen. Irgend etwas stimmt nicht."

„Dann klopfe noch einmal an und sage ihm, daß du den Hausmeister kommen läßt, wenn er die Tür nicht aufmacht. Sofern er nicht reagiert, ruf Signor Centozzi an und laß sie aufbrechen."

„Hältst du das nicht für gewaltig übertrieben?"

„Durchaus nicht. Man weiß nie, was in einem Menschen vorgeht. Ich kenne die Zahl der Selbstmorde unter Studenten."

Es dauerte einen Moment, bis Giulia antwortete. „Danke. Das war wirklich sehr hilfreich.

Wenn man dich mal braucht, bist du immer mit was anderem beschäftigt."

„Ich kann es leider nicht ändern. Falls du es noch nicht gemerkt haben solltest, ich habe zufällig einen Beruf und zwei ungeklärte Leichen am Hals."

„Dann kümmere dich um deine ungeklärten Leichen. Aber vergiß nicht, daß du eine Familie hast. Wir müssen heute schon zum dritten Mal mittags ohne dich essen."

„Ich kann es leider nicht ändern, *cara mia*", sagte Trattoni.

Als er den Telefonhörer aufgelegt hatte, blieb er noch einen Moment nachdenklich hinter seinem Schreibtisch sitzen, bis er den üblichen Stapel Totenscheine fand. Der Mensch ist sterblich, dachte er, während er einen Schein nach dem anderen abzeichnete. Aber wenigstens sterben die meisten noch immer aus natürlichen Gründen. Er stand auf und wollte das Zimmer verlassen, doch er stutzte an der Tür und ging zurück zum Schreibtisch, wo er sich sämtliche Totenscheine noch einmal ansah.

Jetzt wäre mir fast ein Fehler unterlaufen, dachte er, als er merkte, daß er versehentlich auch Giuseppina Tanyeli zur Bestattung freigegeben hatte. Er überlegte einen Moment, ob er seine Unterschrift einfach durchstreichen sollte, aber das würde vermutlich unnötige Fragen nach sich ziehen. Er zerknüllte den Totenschein, warf ihn in den Papierkorb und ging ins Vorzimmer des Vize-Questore, wo ihn – das geschah nicht selten – Signorina Elektra auf sein Gespräch mit Berlusco vorbereitete. „Heute morgen dachte ich zuerst, ich wäre versehentlich in ein fremdes Büro geraten. Der Chef hat mir Blumen auf den Schreibtisch stellen lassen."

„Das ist in der Tat ungewöhnlich. Er muß was Falsches zum Frühstück gegessen haben."

„Habe ich zuerst auch vermutet. Aber nach dem Besuch von Signor Tanyeli war er wieder ganz der Alte."

„Signor Tanyeli? Was für ein Tanyeli? Etwa dieser Türke, dessen Frau gestorben ist?"

Signorina Elektra nickte. „Genau der. Begleitet vom türkischen Konsul. Beide sind empört, daß Frau Tanyeli obduziert werden soll. Der Konsul fragte, ob man seinem Landsmann erneut ohne jeglichen Grund Schwierigkeiten bereiten wolle."

„Wieso erneut? – Ich hatte mit diesem Mann noch nie etwas zu tun. Ich habe ihn noch nicht einmal vernommen."

„Aber der Vize-Questore hat seine Firma schon zweimal durchsuchen lassen. Signor Tanyeli importiert Glasartikel aus der Türkei und verkauft sie hier. Bei mir zu Hause steht in der Vitrine auch eine Vase aus seinem Geschäft. Nicht halb so teuer wie Muranoglas."

„Na und? Das ist doch nicht verboten. Sind wir etwa neuerdings auch für Glas- und Porzellanläden zuständig?““

„Bestimmt nicht. Aber der Vize-Questore ist mit dem Besitzer einer großen Glashütte auf Murano befreundet. Dem gefällt das natürlich nicht.“

„Mir gefällt auch manches nicht. Aber solange auf einer Zuckerdose aus der Türkei kein Etikett einer der hiesigen Manufakturen klebt, ist dagegen überhaupt nichts einzuwenden.“

Signorina Elektra lächelte. „Das sieht die Justiz auch so. Das Gericht hat beide Verfahren gegen Signor Tanyeli eingestellt. Unser Duce empfindet das als persönliche Niederlage. Seien Sie vorsichtig. Der würde dem Türken mit Vergnügen einen Mord anhängen. Er haßt ihn aus ganzem Herzen.“

„Wieso“, fragte Trattoni, „hat er neuerdings eins? – Aber was gibt es denn beim *Ufficio Stranieri* über diesen Signor Tanyeli?“

Die Sekretärin nahm einen Schnellhefter von ihrem Tisch und drückte ihn dem Commissario in die Hand. „Über ihn haben die Kollegen so gut wie nichts. Trotz der haltlosen Anschuldigungen unseres geliebten Duce hat er sich in zwanzig Jahren kaum etwas zuschulden kommen lassen. Er hätte längst die italienische Staatsangehörigkeit erwerben können. Aber die will er anscheinend nicht.“

„Kann man manchmal ganz gut verstehen", sagte der Commissario. Er klemmte sich die dünne Akte unter den Arm, zögerte einen Moment vor der Tür seines Chefs und klopfte an. Einen Augenblick später hörte er das laute *Avanti* Berluscos und ging in dessen Zimmer.

„Was machen Sie eigentlich so den ganzen Tag?" fragte der Vize-Questore. „Ich wollte schon eine Großfahndung nach Ihnen anordnen."

„Sehr freundlich. Ich habe mich lediglich um einige ältere Fälle gekümmert. Der Brand in der Boutique Lorenzini ist immer noch nicht gänzlich geklärt."

„Typisch. Sie brüten über verstaubten Akten, und unsere Türken können völlig ungestört ihre Angehörigen vergiften. Haben Sie zufällig gemerkt, daß Murat Tanyeli seine Frau umgebracht hat?"

„Nein, Vize-Questore. Ich weiß lediglich, daß sie verstorben ist. Über die Todesursache ist mir noch nichts Genaues bekannt. Vermutlich eine Vergiftung durch verdorbene Lebensmittel. Das kommt leider von Zeit zu Zeit vor."

„Aber nicht in diesem Fall. Ist Ihnen bekannt, daß dieser Mann Glaswaren aus der Türkei importiert?"

Trattoni nickte. „Meine Frau hat einen großen Armleuchter bei ihm gekauft. Soweit ich weiß, ist das nicht verboten. Die Sachen müssen lediglich verzollt sein."

„Unsinn", sagte Berlusco schroff. „Wer bei uns Glas aus Kirklareli verkauft, dem ist alles zuzutrauen." Danach wurde seine Stimme versöhnlicher. „Aber Sie wollen die Frau ja obduzieren lassen. Das wird uns mehr Beweise liefern."

„Möglicherweise. Sobald der Autopsiebericht vorliegt, werde ich die Sache an die Gesundheitsbehörden abgeben. Für Lebensmittelvergiftungen sind wir nicht zuständig."

Berluscos Gesicht lief rot an. „Was?" schrie er. „Sie wollen das abgeben? Kommt überhaupt nicht in Frage. Für mich ist dieser Fall glasklar. Das war eiskalter Mord."

Er blickte Trattoni mit zusammengekniffenen Augen an und nahm einen Aktenordner von seinem Schreibtisch. „Ich habe mir heute mal die Berichte unserer Bootsführer angesehen. Weshalb lassen Sie sich eigentlich ständig spazierenfahren, statt sich um die Gewaltverbrechen zu kümmern?"

Er blätterte im Ordner und wurde immer zorniger. „Gestern ein Feinschmecker-Restaurant und ein Krankenhaus ... Heute zum Flughafen und danach in die Kirche ... Ich frage mich manchmal, wann Sie mit einem unserer Boote nach Paris fahren. Wissen Sie, wie teuer der Treibstoff geworden ist?"

Trattoni nickte. „Neunzig Cent der Liter. Aber Ihr Vorschlag ist interessant. Die Bilder im Louvre will sich Giulia schon seit langem ansehen. Aber bei meinem kleinen Gehalt ..."

Der Vize-Questore sah den Commissario irritiert an. „Über Ihr Gehalt wollte ich mich nicht mit Ihnen unterhalten. In Zukunft konzentrieren Sie sich ausschließlich auf den Fall Tanyeli. Sie bekommen alle Unterstützung, die Sie brauchen. Dieser Mann muß so schnell wie möglich hinter Gitter, haben Sie mich verstanden?"

„Voll und ganz, Vize-Questore." Diesmal hatte Berlusco dem Commissario keinen Stuhl angeboten, und Trattoni nutzte die Gelegenheit, sich das Gemälde an der Wand genauer anzusehen.

„Interessant", sagte er. „Ich wußte gar nicht, daß Tizian seine Bilder mit dem Filzschreiber signiert hat."

„Das stört mich nicht. Mir kommt es nur auf die Qualität eines Kunstwerks an. Wer es gemalt hat, ist mir völlig egal. – Übrigens, weshalb wollen Sie einen gewissen Tadzio Garise verhaften lassen? Den Antrag auf einen Haftbefehl können Sie vergessen. Den unterschreibe ich nicht. – Kümmern Sie sich lieber um diesen Türken."

„*Come desidera*", antwortete Trattoni. „Wenn Sie es wünschen, bleibt Signor Garise selbstverständlich auf freiem Fuß." Er verließ erleichtert das Zimmer, und auf dem Weg zu seinem Büro überlegte er, weshalb er Tadzio überhaupt verhaften lassen wollte. Er setzte sich hinter den

Schreibtisch, und als er sah, daß seine Wasserflasche leer war, rief er den Sergente.

„Besorgen Sie mir sechs Flaschen *San Pellegrino*, einen großen *caffè* und eine *brioche*. Ich habe seit dem Frühstück nichts mehr gegessen."

Er wartete noch, bis der Sergente das Zimmer verlassen hatte, und begann, im *Gazzettino* zu lesen. Er studierte nachdenklich die riesige Todesanzeige für Avvocato Brambilla. Sie war offenbar der Grund dafür, daß so viele Leute an der Trauerfeier teilgenommen hatten. Ich muß mich endlich in Brambillas Kanzlei umsehen, dachte er, und mit der Dottoressa muß ich auch nochmal sprechen. Eine Frau von dreißig Jahren und ein zwanzig Jahre älterer Mann ... Das mußte ja in einer Katastrophe enden.

Als ihm einfiel, daß Giulia immerhin auch achtzehn Jahre jünger war als er, wollte er die Zeitung zur Seite legen, doch da brachte Vitello ihm den Imbiß. Trattoni biß in das köstliche Hefegebäck. Und als ihm das unvergleichliche Aroma des Kaffees in die Nase stieg, das sogar hundertprozentiger *Arabica* nur dann entwickeln kann, wenn eine gut gewartete *Gaggia* mit reinem Quellwasser aus den Dolomiten betrieben wird, dachte er schon nicht mehr an seine Ehe.

Er genoß seine kleine Zwischenmahlzeit und studierte dabei die Akte aus dem *Ufficio Stranieri*. Viel war es nicht, was man bei der Ausländerpolizei über Murat Tanyeli wußte: Er war im Alter von zwanzig Jahren aus Istanbul legal nach Venedig gekommen und hatte hier fünf Jahre auf einem der Kähne gearbeitet, mit denen der Müll abtransportiert wurde, den die Bewohner der Palazzi nicht in den nächsten *canale* warfen.

Danach hatte er als Provisionsvertreter einer der Glashütten auf Murano sechs Jahre lang deren Produkte verkauft. Vor fünfzehn Jahren hatte er die Italienerin Giuseppina Murroni geheiratet, zwei Jahre später wurde eine Tochter geboren.

Das Unternehmen Tanyeli Trading gab es seit zehn Jahren und lief auf den Namen der Ehefrau. Es importierte Agrarprodukte und Glasartikel aus der Türkei. Der größte Teil der Glaswaren wurde seit vier Jahren in einem Laden nahe der Piazza verkauft, der gleichfalls auf den Namen seiner Frau eingetragen war.

Trattoni ahnte, wie dem Türken am Tag nach dem Tod seiner Frau zumute sein mußte, aber er kam nicht umhin, ihn anzurufen.

„Commissario Adriano Trattoni von der Questura. Mein herzliches Beileid. Es tut mir leid, aber ich muß möglichst noch heute mit Ihnen sprechen."

Es dauerte einen Moment, bis Tanyeli antwortete. „Wollt Ihr mich denn nie zur Ruhe kommen lassen? Können Sie sich vorstellen, wie es meiner Tochter geht? Haben Sie Kinder, Commissario?"

„Einen Sohn und eine Tochter. Aber ich denke auch an Ihre Familie, wenn ich den Tod Ihrer Frau so schnell wie möglich aufklären möchte. Ich kann es leider nicht ausschließen, daß sie vergiftet wurde."

„Vergiftet? Warum? Wer könnte so etwas tun?"

„Das weiß ich noch nicht", sagte der Commissario. „Aber Sie haben bestimmt nicht nur Freunde in unserer Stadt."

Kapitel 11

Eine Stunde später saßen Trattoni und Vitello in dem schnellen Motorboot, das sonst nur der Vize-Questore benutzen durfte. Der Sergente konnte es noch immer kaum fassen, daß man ihnen erlaubt hatte, das Statussymbol ihres Vorgesetzten für eine Dienstfahrt zu mißbrauchen. Doch Trattoni arbeitete schon so lange in der Questura, daß ihn kaum noch etwas überraschen konnte. Berlusco wollte ihm auf diese Weise vermitteln, welche Bedeutung er dem Fall Murat Tanyeli beimaß. Er hatte offenbar noch immer nicht begriffen, daß Trattoni gegen Versuche, seine Ermittlungen zu beeinflussen, völlig immun war.

„Wem haben wir es denn zu verdanken, daß wir mit diesem Boot fahren dürfen?“ fragte Vitello vorsichtig, als sie auf dem Canale di San Marco am Palazzo Navagero vorbeifuhren.

„Vermutlich den Glasmachern auf Murano“, antwortete Trattoni. „Denen gefällt es nicht, daß jemand Glas aus der Türkei importiert. Die halten scheinbar nichts von der Globalisierung, und unser Duce versucht, ihnen eine Gefälligkeit zu erweisen.“

„Ich mag die Globalsierung auch nicht, Commissario. Von Löhnen wie in Bangladesh kann man hier die Miete nicht bezahlen."

Trattoni nickte. „Das sehe ich auch so. Aber erklären Sie das besser unseren Politikern. Ich rege mich über sowas nicht mehr auf." Er blickte zum Ufer, wo die Kuppeln von San Marco ebenso unter einer dicken grauen Wolkendecke lagen wie der Palazzo Ducale, von dem aus Venedig einmal den Handel zwischen Orient und Okzident beherrscht hatte.

Und in diesem Venedig, das seine Macht Jahrhunderte lang durch ein undurchschaubares Geflecht von Brüderschaften und Zünften abgesichert hatte, wagte es ausgerechnet ein Türke, ein Geschäft zu eröffnen. Sollten die Glasmacher auf Murano sich an eine Verordnung des *Rates der Zehn* aus dem 15. Jahrhundert erinnert haben, die es ihnen gestattete, jeden aus dem Weg zu räumen, der ihr Monopol gefährdete?

Bereits der Gedanke an diese Möglichkeit erschien Trattoni aberwitzig, doch er hatte mehr als einmal erfahren, daß die Wirklichkeit oft mühelos die absurdesten Vorstellungen übertraf.

Murat Tanyeli besaß noch immer die türkische Staatsangehörigkeit, was seine Rechte erheblich einschränkte. Seiner Frau dagegen, einer Italienerin, hatte man die Eröffnung eines Ladengeschäfts widerstrebend gestatten müssen.

Aber wenn die Glasmacher eine unbequeme Konkurrenz aus der Welt schaffen wollten, hätten sie vermutlich den Türken vergiftet und nicht seine Frau, dachte Trattoni. Abgesehen davon: Avvocato Brambilla war höchstwahrscheinlich an demselben Gift gestorben wie Signora Tanyeli. Das deutete darauf hin, daß er demselben Täter zum Opfer gefallen war. Oder handelte es sich sogar um ein Komplott?

Je länger sich Commissario Trattoni die beiden Fälle durch den Kopf gehen ließ, desto weniger wohl fühlte er sich. Zu allem Übel kam auch noch ein scharfer Ostwind auf, der das Wasser in die Lagune drückte. Trattoni kam es vor, als ob die Wellen immer höher wurden, als ob das Wasser im *Canale di San Marco* kochte, von weißem Gischt bedeckt, der ihn an den Sahneschaum auf einer Tasse *cappuccino* erinnerten. Das kleine Boot wurde hin und her geworfen. Aber es regnete wenigstens noch nicht.

„Bei diesem Wetter kann ich nicht anlegen", rief der Bootsführer Trattoni zu. „Ich darf das Boot nicht beschädigen."

„Natürlich dürfen Sie", sagte Trattoni. „Ich nehme das auf meine Kappe. Der Vize-Questore mißt diesem Fall besondere Bedeutung bei. Er hat mir seine volle Unterstützung zugesichert."

„Das ist Wahnsinn", schrie der Bootsführer und sah Trattoni entsetzt an. Der Commissario nickte ruhig, deutete auf den noch ziemlich weit entfernten Landesteg am Ufer, und der Bootführer wandte sich an Vitello: „Sie sind mein Zeuge, Sergente. Ich muß dem Befehl des Commissario folgen. Aber Sie haben gehört, daß ich ihn gewarnt habe."

„Was wollen Sie?" brüllte Vitello. „Bei diesem Sturm versteht man kein Wort." In diesem Moment erfaßte eine kräftige Sturmböe das Boot, griff nach ihm wie eine riesige Hand, schob es zur Anlegestelle San Marco Giardinetti und schleuderte es gegen einen Vaporetto, der wegen des Wetters Schutz gesucht hatte. Trattoni hörte einen lauten Knall, es knirschte, und das faulige Wasser begann in das Motorboot zu strömen.

„Sie kommen am besten mit", sagte Trattoni zu Vitello. „Und warten im Caffé Lavena, während ich mit dem Türken spreche. Hier holen Sie sich nur nasse Füße."

Als die beiden Beamten ausgestiegen waren, sah Trattoni, daß das Boot über die ganze Länge der Steuerbordseite aufgerissen war. Der Bootsführer betrachtete den Schaden, und als er sich an Trattoni wandte, klang seine Stimme verzweifelt. „Damit kann ich Sie nicht zur Questura zurückbringen, Commissario. Ich werde das Boot bergen lassen müssen."

„Na und?" erwiderte Trattoni. „Ich habe nichts dagegen. Aber besorgen Sie uns stattdessen eine

Barkasse. Oder wollen Sie meine Ermittlungen behindern?" Er warf Vitello einen auffordernden Blick zu und ging mit ihm zum Palazzo Ducale, wo er lange zur Ponte di Sospiri, zur Seufzerbrücke, hinaufschaute, über die zur Zeit der alten Republik der Weg vom Dogenpalast zu den Gefängniszellen führte. In solchen Momenten empfand er sich manchmal als würdigen Nachfolger eines *sbirro*, eines Häschers der alten Republik Venedig. Er bedauerte lediglich, daß er zweihundertfünfzig Jahre zu spät geboren war; ihm wäre Giacomo Casanova nicht entkommen. Daran zweifelte er keinen Augenblick.

Es dauerte nur Minuten, bis die beiden Polizeibeamten über die Piazzetta schlendern konnten. Hier drängten sich die Touristen und fotografierten, als wären sämtliche Ansichtskarten ausverkauft. Wie immer, wenn ihn seine Ermittlungen auf diesen Platz führten, machte Trattoni einen großen Bogen um den Campanile und sah mißtrauisch zu den beiden Säulen hinauf, die ein Doge im zwölften Jahrhundert als Souvenir aus dem Libanon mitgebracht hatte.

Praktisch, wie die Venezianer schon damals waren, hatten sie auf einen der Monolithen ihren *Markuslöwen* gestellt, zu dem sie ein persisches Fabelwesen weiterentwickelt hatten; sie klebten ihm Flügel an und legten ihm ein Buch unter eine angehobene Pfote.

Zur Statue des heiligen Theodor auf dem anderen Monolithen hatten Bildhauer den Kopf eines römischen Kaisers und Überreste einer Darstellung St. Georgs samt Drachen zusammengefügt. Giulia liebte die Skulpturen auf den beiden Monolithen. Sie wies Kunden ihrer Galerie gern darauf hin, daß sogar das berühmte Wahrzeichen Venedigs wie der heilige Theodor, nun ja, eine Fälschung war.

Obwohl der Wind nicht mehr kräftig wehte, hielt sich Trattoni auch von diesen Säulen fern, zwischen denen man früher die zum Tode Verurteilten hingerichtet hatte. Was immer Menschen zusammenfügten, es fiel über kurz oder lang entweder mit lautem Krach zusammen, oder es zerbröselte geräuschlos. Daran erinnerte Venedig auf Schritt und Tritt. Dagegen hatte er nichts. Er wollte nur möglichst nicht in der Nähe sein, wenn die salzhaltige Seeluft im Bündnis mit dem Zahn der Zeit wieder einmal ihr Werk vollendete und die beiden stummen Zeugen der großen Vergangenheit in einen Haufen Bauschutt verwandelte.

Der Commissario begleitete den Sergente noch bis zum Caffé Lavena unter eine der Arkaden auf der Piazza, vor dessen Eingangstür er Vitello bat, ihm die Uniformmütze zu leihen.

„Was wollen Sie mit meiner Mütze, Commissario? Die ist Staatseigentum. Ich bin dafür verantwortlich."

„Sie sollen sie mir nur kurz borgen. Ich habe meinen Hut vergessen, und hier gibt es gefährliche dressierte Tauben."

„Da haben Sie recht, Commissario", sagte Vitello, während er Trattoni seine Mütze gab. „Mich greifen die auch jedesmal an."

Trattoni wartete noch, bis Sergente Vitello im Kaffeehaus verschwunden war, und wagte es, quer über die Piazza San Marco zu gehen. Wie immer wanderten unzählige Touristen über die quadratischen Marmorplatten, mit denen der Platz gepflastert war. Sie saßen auf Korbstühlen vor den Kaffehäusern oder drängten sich vor den Karren der Straßenhändler, die auch hier Souvenirs verkauften. Sie boten Aschenbecher an und kleine bunte Gondeln samt Gondoliere. Sie verkauften Nachbildungen des Campanile, gläserne Markuslöwen und sogar Rialtobrücken aus Glas.

Am schlimmsten aber waren die Tauben. Sie hockten auf den Säulen wie auf den Dächern der Palazzi. Sie spazierten zwischen den Touristen über die Marmorplatten. Trattoni hatte die Piazza San Marco fast schon gänzlich überquert, da streute einer der Straßenfotografen eine Handvoll Mais in die Haare einer alten Frau, und ein Taubenschwarm landete nach kurzem Sturzflug auf ihren Schultern und ihrem Kopf, wo die Vögel so aufgeregt um das Futter kämpften, als fände hier noch ein *casting* für einen Film Alfred Hitchcocks statt.

Commissario Trattoni lief unter den Kolonnaden von Schaufenster zu Schaufenster. Er sah teure mit Pailetten bestickte Abendtaschen und Hüte, Schuhe und Handtaschen, bis ihn sein kleines grünes Notizbuch daran erinnerte, daß sich Murat Tanyelis Geschäft auf der anderen Seite des Platzes befand. Es gelang ihm zum zweiten Mal, die Piazza San Marco unbeschädigt zu überqueren, und er entdeckte, zwischen dem Geschäft der alten Familie Cenedes und einer Weinschänke, das Ladenlokal, über dessen Tür ein Schild mit der Aufschrift *Tanyeli Trading* hing.

In einem großen Schaufenster kämpften nicht nur gläserne Gondeln, Campaniles, Rialtobrücken, Dogenpaläste und Markuslöwen in allen Größen um das Interesse der Passanten, sondern auch Vasen, Schalen, Leuchter und Aschenbecher aus Glas in allen nur vorstellbaren Farben. Trattoni nahm Vitellos Mütze vom Kopf, entfernte mit seinem Taschentuch sorgfältig Taubenkot, steckte sie zusammengeknüllt in die Jackentasche und betrat den Laden.

Hier standen viele Touristen vor Glasregalen und bewunderten gläserne Kunstwerke, die im Licht zweier Kristallüster glänzten und glitzerten, als hätten die Designer sie aus riesengroßen Edelsteinen gefräst.

Hinter der Ladentheke, selbstverständlich auch aus Glas, arbeiteten zwei Verkäuferinnen. Die ältere von beiden, die er auf höchstens fünfunddreißig Jahre schätzte, war blond, und ihre Haarpracht erinnerte den Commissario an die Sängerin *Milva.* Die jüngere Verkäuferin mochte knapp zwanzig Jahre alt sein. Sie trug einen kurzen Rock und ein Top, das den Bauchnabel frei ließ. Sie war eindeutig eine Italienerin. Keine Türkin, die etwas auf sich hielt, hätte sich in diesem Aufzug in die Öffentlichkeit gewagt.

„Commissario Adriano Trattoni", stellte er sich vor und zückte den Dienstausweis. „Ich will mit dem *padrone* sprechen."

„*Si,* Commissario", antwortete die ältere der beiden Verkäuferinnen, die auf seinen Besuch vorbereitet schien. „Signor Tanyeli erwartet Sie in seinem Büro."

Während Trattoni ihr folgte, nahm er unauffällig eine blaue Glasschale aus einem Regal und stellte sie behutsam wieder zurück. Sie war nicht als Produkt aus Murano gekennzeichnet und kostete weniger als halb soviel wie ähnliche Schalen von der Glasinsel. Obwohl das Geschäft sehr eng war, gelang es dem Commissario, weder mit der Schulter an eines der Glasregale zu stoßen noch mit dem Ellenbogen einen der Aschenbecher von der Verkaufstheke zu wischen.

Wie viele übergewichtige Männer seines Alters konnte er sich – wenn er wollte – leichtfüßig und mit geschmeidiger Eleganz bewegen. Er wollte nur meistens nicht.

Die Verkäuferin führte ihn in ein kleines Zimmer, in dem hinter einem uralten Schreibtisch ein Mann saß, den Trattoni wiedererkannte. Er vergaß oder verwechselte zwar gelegentlich Namen, aber er erinnerte sich noch nach Jahren an jedes Gesicht. Er sah auf den ersten Blick, daß Murat Tanyeli jener Mann war, der in der Kirche neben Dottoressa Elias gesessen hatte. Er hatte ein blütenweißes Hemd und eine schwarze Krawatte an und denselben dunkelgrauen Anzug wie bei der Trauerfeier für den Anwalt.

„Es tut mir leid, daß ich Sie aufsuchen muß", sagte Trattoni. „Ich mache mir Sorgen um Sie und Ihre Familie."

„Das sagten Sie bereits am Telefon. Aber nach meinen Erfahrungen mit der hiesigen Polizei ... Verstehen Sie mich bitte nicht falsch, aber ..."

„Ich verstehe nie etwas falsch", antwortete der Commissario schroff. „Haben meine Kollegen Sie verprügelt, in eine Zelle gesteckt oder Ihnen alle Wertsachen gestohlen?"

Signor Tanyeli sah den Commissario erstaunt an. „Nein. Aber weshalb fragen Sie?"

„Weil mir das passiert ist. Ich bin in Bodrum mal festgenommen worden, weil meine Tochter einen alten Stein am Strand gefunden hat.

Sie wollte ihn als Souvenir mit nach Hause nehmen."

Signor Tanyeli nickte. „Derlei geschieht leider gelegentlich. Wir wollen nicht, daß uns auch noch die letzten Antiquitäten gestohlen werden. Oder halten Sie die Schätze von Troia oder den Pergamonaltar für alte Steine?"

Trattoni holte sein Notizbuch aus der Tasche. „Also wie das Stück von einem Altar sah der Stein meiner Tochter nicht aus. Aber das ist jetzt nicht so wichtig. – Haben Sie zufällig einen Bleistift für mich?"

Signor Tanyeli nickte und reichte dem Commissario einen *biro* aus buntem Glas, dessen Design dem Campanile nachempfunden war.

„Ein schönes Geschäft haben Sie sich hier aufgebaut", sagte Trattoni. „Meine Frau kauft auch manchmal Ihre Sachen. In unserem Wohnzimmer hängt ein Kristallüster aus Beykoz."

Der Türke zog erstaunt die Augenbrauen hoch. „Das Geschäft gehörte meiner Frau. Ich bin als Geschäftsführer bei ihr angestellt. – Darf ich Ihnen ein Glas Tee anbieten?"

Der Commissario nickte. „Sehr freundlich. Aber bitte ohne Zucker, ich bin Diabetiker."

Murat Tanyeli stand auf, öffnete die Tür zu einem Nebenraum und rief etwas auf Türkisch durch die Türöffnung. Minuten später huschte ein junges Mädchen herein, das Haar unter einem türkisfarbigen Kopftuch verborgen. Es stellte ein Messingtablett mit zwei gefüllten Teegläsern auf den Tisch und verließ schnell das Zimmer.

„Verstehen Sie meinen Besuch bitte nicht falsch“, sagte Trattoni, während er nach einem Teeglas griff und es fallen ließ, als er bemerkte, daß es kochend heiß war. „Aber einige Tage vor Ihrer Frau ist ein Rechtsanwalt unter ähnlichen Umständen wie sie gestorben. Kannten Sie Conte Brambilla zufällig?“

Der Türke nickte. „Avvocato Brambilla hat für mich hier alle Angelegenheiten mit den Behörden geregelt. Ein sehr tüchtiger Mann. Ich war bei seiner Trauerfeier.“

„Ich auch. – War das gerade Ihre Tochter, die uns den Tee gebracht hat?“

„Natürlich“, sagte Signor Tanyeli. „Sieht sie mir nicht ähnlich? Sie will später mal Kunstgeschichte studieren.“

„Das will unsere Luciana auch. – Wie nimmt es Ihre Tochter denn auf, daß sie ihre Mutter so plötzlich verloren hat?“

Der Türke hob hilflos beide Schultern und ließ sie wieder sinken. „Schwer zu sagen. Gestern hat sie den ganzen Tag geweint, und heute morgen brachte sie mir das Frühstück ans Bett, als wäre nichts passiert. Ich glaube, sie hat das alles noch nicht begriffen.“ Er zögerte einen Moment, bevor er weiterredete. „Dottoressa Brambilla sagte mir, daß der Staatsanwalt eine Autopsie meiner Frau angeordnet hat. Können Sie mir sagen, wie ich das meiner Tochter erklären soll? Nach unserer Religion muß jeder Tote so schnell wie möglich bestattet werden. Ich war schon deswegen mit dem Konsul bei Ihrem Chef."

„Ich weiß. Aber ich kann Mord leider nicht ausschließen. Wenn man Ihrer Frau verdorbene Lebensmittel verkauft hätte, wären zumindest Sie und Ihre Tochter auch erkrankt. Hat Ihre Frau manchmal in einem Restaurant gegessen?"

„Das hat mich ein Mann von der Lebensmittelkontrolle gestern auch gefragt. – Nein. Sie hat jeden Tag zweimal gekocht. Aybige hat ihr dabei meistens geholfen. Wir haben immer gemeinsam gegessen. Meine Tochter und ich ... Wir haben uns nicht mal den Magen verdorben." Er sah den Commissario ernst an. „Sie haben am Telefon von einer Vergiftung gesprochen. Halten Sie es wirklich für möglich, daß meine Frau umgebracht wurde?"

„Für möglich halte ich alles. Das lernt man in meinem Beruf. Gibt es bei Ihnen eine Küchenhilfe? Hat Ihre Frau manchmal Fertiggerichte zubereitet oder konservierte Lebensmittel?"

„Niemals. Sie ging jeden Tag zum Markt, und was sie nicht fand, kaufte sie meistens im *supermercato*. Sie hat immer sehr genau auf das Verfalldatum geachtet. Einmal hat sie eine Packung *lasagne* zurückgebracht, nur weil es drei Tage überschritten war."

„Und Ihre Angestellten, Signor Tanyeli? Hatten Ihre Verkäuferinnen Zugang zur Küche?"

„Die beiden Frauen? – Nein. Die waren nie in meiner Wohnung. Giuseppina mochte sie nicht. Sie hat oft gesagt, anständige Frauen ziehen sich anders an."

Comissario Trattoni nickte nachdenklich. „Das sagt meine Frau auch oft, wenn Luciana mit einer neuen Bluse nach Hause kommt. – Können Sie sich zufällig noch daran erinnern, was Ihre Frau in den letzten vierzehn Tagen gekocht hat? Ich meine ... hat sie irgendein neues Gericht ausprobiert? Etwas, das es vorher nicht gab?"

Der Türke hob wieder die Schultern und ließ sie sinken. „Nein. Meine Frau kochte immer dasselbe. – Wissen Sie etwa noch, was Sie vorgestern gegessen haben?"

„Keine Ahnung", antwortete Trattoni. „Genau so wenig wie Sie."

Der Türke blickte ihn unsicher an. „Ich kann mir das alles überhaupt nicht erklären. Vor einer Woche fühlte sich Giuseppina plötzlich nicht wohl. Zuerst vermutete sie, sie hätte verdorbene Muscheln gegessen. Als es ihr nach zwei Tagen nicht besser ging, habe ich sie zum Arzt geschickt. Der hat von einer Mageninfektion gesprochen und ihr Antibiotika verordnet."

Der Commissario nickte. „Ich weiß. Das geben manche Ärzte jedem Patienten. Auch gegen Viren."

„In der Türkei wäre das wohl nicht passiert. Und als meine Frau sagte, sie sieht alles doppelt, habe ich sie mit der Ambulanz ins Krankenhaus bringen lassen. Sie konnte kaum noch laufen. Ich hätte das eher tun müssen."

„Nun machen Sie sich nicht auch noch Vorwürfe", sagte Trattoni, und fügte feierlich hinzu: „Kein Mensch ist unfehlbar."

Er steckte sein Notizbuch und den Kugelschreiber in die Jackentasche und stand auf. Als Tanyeli ihn zur Tür begleitete, fragte der Commissario ihn, ob er immer noch Ärger mit der Konkurrenz hätte. Der Kaufmann schüttelte den Kopf. „Seit sechs Wochen hat man mir keinen Stein mehr ins Schaufenster geworfen. Und die Polizei läßt mich anscheinend neuerdings auch in Ruhe. Vor zwei Monaten hat man noch mal alles bei uns auf den Kopf gestellt, aber nicht ein einziges Etikett aus Murano gefunden. Wie sollte man auch. Ich bin stolz auf unser Glas aus der Türkei. – Wissen wenigstens Sie, daß die Glasmacher auf Murano ihr Handwerk von den Persern und Mauren gelernt haben?"

„Nein", antwortete Trattoni. „Das war mir bisher nicht bekannt. Aber ich werde Ihre Frau trotzdem spätestens morgen zur Bestattung freigeben lassen. Bis dahin hat Dottor Martucci herausgefunden, woran sie gestorben ist. – Beabsichtigen Sie, in den nächsten Wochen zu verreisen?"

„Auf keinen Fall. Ich muß mich jetzt um Aybige und das Geschäft kümmern. Vermutlich werde ich mich um die italienische Staatsangehörigkeit bemühen müssen, aber jetzt geht es mir erst einmal nur um meine Tochter."

„Das wäre bei mir genauso", sagte Trattoni. Er verabschiedete sich höflich, und als er den Laden verlassen hatte, setzte er sich Vitellos Mütze wieder auf. Der Sturm hatte sich inzwischen gelegt. Dafür waren Nebel aus den *canali* aufgestiegen und vom Meer her über die Mole in die Stadt gekrochen. Auf San Marco konnte man die Hand kaum vor den Augen sehen. Aber wenigstens waren die Tauben verschwunden. Trattoni nahm Vitellos Mütze wieder ab und steckte sie in die Tasche.

Vor den Kaffeehäusern unter den Bögen der alten *Prokuratien* standen die Stühle jetzt auf den Tischen, mit eisernen Ketten zusammengebunden vor jedem Dieb sicher. Da auch das Caffé Lavena inzwischen geschlossen war, kam der Commissario nicht umhin, Vitello in den *bacari* zu suchen. Es dauerte eine Weile, bis er ihn endlich in der Weinschänke *Fiori* aufspürte. Der Sergente hatte so viele *ombri* getrunken, daß er kaum noch laufen konnte und Trattoni ihn stützen mußte.

Im Hinblick auf den dichten Nebel konnten sich beide Männer nur langsam und vorsichtig bewegen, und es verging fast eine halbe Stunde, bis sie am Anlegeplatz die Umrisse einer Polizeibarkasse wahrnahmen, aus der ihnen der Bootsführer entgegen kam. „Bei diesem Wetter kann ich nicht fahren", sagte er. „Mein Radargerät ist defekt."

„Na und? – Fahren Sie gefälligst nach Gehör! Der Vize-Questore hat mir jegliche Unterstützung zugesichert."

Kapitel 12

Im Gegensatz zu den Vaporetti, die bei Nebel gar nicht oder nur höchst unregelmäßig verkehrten, machten die *motoscafi* bei schlechtem Wetter gute Geschäfte, aber auch sie fuhren dann nicht schnell. Es dauerte länger als eine halbe Stunde, bis das Boot an der Anlegestelle San Marcuola anlegte und Trattoni aussteigen konnte.

Inzwischen war es dunkel. Der Commissario lebte fast dreißig Jahre in Cannaregio und kannte hier jeden Pflasterstein. Er wußte, daß man die meisten *canali* in der Nähe seines Wohnhauses zugeschüttet hatte, doch er ging bei Nebel trotzdem immer möglichst nahe an den Wänden entlang. In Venedig werden unachtsame Fußgänger nicht vom Auto überfahren, sondern sie fallen ins Wasser. Noch immer gibt es die Kirche, in der man früher die während der Nacht Ertrunkenen jeden Morgen einsegnete, nachdem man sie aus der Lagune und den Kanälen gezogen hatte.

Diesem Türken macht der Tod seiner Frau anscheinend wenig aus, überlegte Trattoni, während er an der Kirche San Marcuola vorbeiging. Dottoressa Elias trauert auch nicht um ihren Ehemann. Trattoni konnte sich zwar vorstellen, daß sich eine attraktive Frau eines älteren und dazu noch homosexuellen Ehemannes entledigen wollte, aber die Dottoressa wäre nicht so dumm, ihn zu ermorden. Sie hätte sich scheiden lassen, schon um sich ihren Anteil an seinem Vermögen zu sichern. Aber hatte sie überhaupt Ansprüche darauf?

Als er sein Haus erreichte, nahm er sich vor, morgen als erstes festzustellen, ob es zwischen dem Avvocato und seiner Frau einen Ehevertrag gab. Wenig später stieg er die Treppen zur Wohnung hinauf und ließ sich sein Gespräch mit dem türkischen Kaufmann durch den Kopf gehen. Daß Murat Tanyeli einen Tag nach dem Tod seiner Frau imstande gewesen war, an der Trauerfeier für den Rechtsanwalt teilzunehmen, überraschte ihn. Aber rechtfertigte das schon einen Tatverdacht? Im Gegenteil, der Tod seiner Frau, auf deren Namen das Geschäft lief, stellte den Türken vor nicht unerhebliche Probleme.

Ich muß prüfen lassen, ob der Anwalt für Tadeusz eine Lebensversicherung abgeschlossen hat, dachte er, und als er schnaufend das dritte Obergeschoß erreicht hatte, ertappte er sich plötzlich wieder bei dem Gedanken, daß er es diesmal überhaupt nicht mit einem Verbrechen zu tun hatte. Daß der Rechtsanwalt und die Frau des türkischen Kaufmanns schlicht und einfach nach dem Verzehr verdorbener Lebensmittel verstorben waren. Aber weshalb waren weder die Ärztin, noch der Türke und seine Töchter erkrankt, die dasselbe gegessen hatten?

Auf alle Fälle muß ich mehr über das Umfeld des Türken herausfinden. Möglicherweise hat ihn seine Frau betrogen, und er glaubte, seine Ehre wieder herstellen zu müssen. Und mit der Dottoressa bin ich auch noch nicht fertig. Während er wenig später die Tür zur Wohnung aufschloß, nahm er sich vor, die Dottoressa am nächsten Morgen zu besuchen, doch als Luciana ihm im Flur entgegen kam, vergaß er alle Pläne für den nächsten Tag.

„Schön, daß du endlich nach Hause kommst, *papà*", begrüßte sie ihn. „Weshalb hat *mamma* die Tür zu Stefanos Zimmer aufbrechen lassen?"

„Vermutlich, weil sie sich Sorgen um ihn gemacht hat", antwortete Trattoni. „Oder wüßtest du einen anderen Grund?"

Er ging in die Küche und wollte Giulia umarmen, doch sie entzog sich ihm geschickt und beugte sich wieder über die Pfanne, in der auf dem Herd in Scheiben geschnittene Auberginen, Paprika und Zucchini in Olivenöl schmorten. „Von wegen Matheprüfung", sagte sie, ohne Trattoni anzublicken. „Vor der hat er keine Angst."

„Schön für ihn", sagte der Commissario. „Dann kann er sich länger darauf vorbereiten." Er sah sich in der Küche um, suchte vergeblich nach etwas Eßbarem und wollte in den Salon gehen, doch Giuilia drückte ihm eine kleine Schüssel mit Tomaten, ein Messer und einen Löffel in die Hand. „Hier, du kannst wenigstens die Tomaten enthäuten und in das Ratatouille rühren. Ich sehe überhaupt nicht ein, weshalb ich immer alles machen soll. Ich habe ebenso einen Beruf wie du.“

„Das ist mir bekannt. Glaubst du etwa, ich wüßte nicht, wieviel du ständig im Haushalt zu tun hast?“

„Sieht ganz so aus. Jeden Tag einkaufen, die Wohnung in Ordnung halten, die Wäsche waschen, dauernd für euch kochen und dazu noch eine Kunstgalerie am Hals ...“

„Wieso Wäsche waschen und einkaufen?“ fragte Trattoni. „Kommt Rosaria etwa nicht mehr und hilft dir?“

„Natürlich kommt sie. Aber das spielt überhaupt keine Rolle. Und was du dir heute geleistet hast ... Hier die Türen aufbrechen lassen, nur weil Stefano Liebeskummer hat. Guck dir doch an, wie die Tür jetzt aussieht. Die hat mein Urgroßvater extra für diese Wohnung anfertigen lassen.“

„Ich weiß“, sagte der Commissario. Er versuchte, eine der Tomaten zu enthäuten, und als das Messer zweimal an ihrer glatten Schale abgerutscht war, legte er es auf die Anrichte.

„Hast du zufällig ein schärferes Messer?" Er ging zum Küchenschrank und wollte die Schublade öffnen, in der Giulia das Besteck aufbewahrte, doch sie rief erschrocken: „Nicht zu weit rausziehen! Sonst muß ich nachher alles wieder vom Fußboden aufsammeln."

Sie sah ihren Mann einen Moment nachdenklich an und nahm ihm die Schüssel mit den Tomaten aus der Hand. „*Thank you for trying.* Kümmere dich mal lieber um deinen Sohn. Bei Liebeskummer bist du der bessere Ansprechpartner. Du hast in solchen Sachen mehr Erfahrung als ich."

„Vielleicht weil wir Männer zu stärkeren Gefühlen fähig sind", sagte Trattoni. Er verließ die Küche und öffnete die Tür zu Stefanos Zimmer, wo ihn das große Poster von *Eminem* über dem Bett daran erinnerte, daß dieser Raum inzwischen von Luciana bewohnt wurde. Sie lag mit einem Kopfhörer auf dem Bett, ihren Walkman auf dem nackten Bauch. „Hi, *papà*", sagte sie und nahm den Kopfhörer ab. „Kann ich etwas für dich tun?"

„Ja. – Geh in diesem Aufzug nie in die Schule. Anständige Mädchen zeigen nicht der ganzen Welt ihren Bauchnabel."

„Solange ich mich nicht piercen lasse, hat Mamma nichts dagegen. Bei uns in der Klasse tragen fast alle solche Jeans und ein kurzes Top."

„Hoffentlich nicht auch die Lehrerin", sagte Trattoni und ging in das Zimmer schräg gegenüber, wo sein Sohn hinter dem Computer saß. „Was war denn heute los, Stefano ?" fragte er vorsichtig. „Wir machen uns Sorgen um dich. Stimmt irgendwas mit der Uni nicht?"

„Quatsch", sagte Stefano mit düsterer Stimme. „Ich wollte nur allein sein. Und da wird einem gleich die Tür aufgebrochen. Sieh dir das doch mal an. Der Centozzi hat das mit der Brechstange gemacht."

Trattoni bemerkte erst jetzt, daß die Tür schief in den Angeln hing, und überlegte, wer das in Ordnung bringen könnte.

„Naja", sagte er, während er sich auf das Bett setzte. „Mit einer Pinzette hätte er diese Tür wohl kaum aufbekommen. Aber was ist los mit dir? Hast du etwa Angst vor deiner Prüfung?"

„Quatsch. Die schaff ich mit links. Aber Gianna ... Gestern sitze ich völlig ahnungslos mit ihr in der Mensa, und da sagt sie mir plötzlich ... Ja, ich könne ihr gratulieren. Sie hat für ein Jahr ein Auslandsstipendium in Paris bekommen."

„Schön für sie. Ist das nicht gut für ihre Zukunft?"

Es dauerte eine Weile, bis Stefano antwortete. „Für sie vielleicht. Aber ich ... Wir sind jetzt fast zwei Jahre zusammen, und wenn sie mich wirklich liebte, hätte sie sich überhaupt nicht um ein Stipendium im Ausland beworben."

Trattoni hob zwei Bücher auf, die sein Sohn auf den Fußboden geworfen hatte, und legte sie auf den Tisch. Er wollte sich wieder setzen, und als er nervös die dunkelgrüne Schale vom Arbeitstisch nahm, in der Stefano Büroklammern aufbewahrte, versuchte sein Sohn schnell, sie ihm aus der Hand zu nehmen.

„Ich wollte nur feststellen, ob diese Schale aus echtem Muranoglas ist", sagte Trattoni. In diesem Moment fiel ihm auf, daß eine Menge feiner weißer Asche zwischen den Klammern in der Schale lag. Gleichzeitig bemerkte er einen süßlichen Geruch in der Luft. Haschisch, dachte er. Giulia fragte ihn oft, was er täte, wenn sein Sohn oder seine Tochter wie so viele andere Jugendliche Rauschgift ausprobierten. Er versicherte ihr jedesmal, dafür seien beide Kinder zu intelligent und gut erzogen.

Am wichtigsten erschien es ihm zunächst, sich seine Enttäuschung nicht anmerken zu lassen oder gar ein Donnerwetter zu veranstalten. Damit würde er alles noch schlimmer machen. Wenn er Druck auf eines seiner Kinder ausübte, würde es lediglich trotzig aus Protest alles tun, was er nicht wollte.

So sagte er nur, er könne verstehen, daß Stefano über die Trennung von der Freundin enttäuscht sei, aber er solle doch nicht nur an sich denken, sondern auch an Giannas Zukunft.

„Weshalb behauptest du, sie liebte dich nicht, nur weil sie ein Jahr im Ausland studieren will? Wie groß ist denn deine Liebe, wenn du ihr diese Erfahrung nicht gönnst und nur an dich denkst? Aber ich kann dich gut verstehen. Mir ging es damals nicht anders, als deine Mutter mir sagte, sie wolle zwei Semester in Florenz studieren."

„Mamma hat in Florenz studiert? Das wußte ich gar nicht."

„Ja", sagte Trattoni. „Und danach zwei weitere Semester in Rom. Was glaubst du, wie mir damals zumute war. Aber wenn ich damals nur an mich gedacht hätte ... Ich glaube nicht, daß sie mich dann geheiratet hätte."

Er stand auf, warf seinem Sohn einen schnellen Blick zu, und als er bemerkte, daß seine Worte nicht ohne Wirkung blieben, ging er zurück in die Küche. „Wieso riecht es so merkwürdig in Stefanos Zimmer?" fragte er Giulia. „Stefano scheint Cannabis zu rauchen."

„Ach was", sagte Giulia und drückte ihm die Schüssel mit den Spaghetti in die Hand. „Hast du das Foto des Dalai Lama auf dem Nachttisch noch nicht bemerkt? Wenn Stefano Probleme hat, meditiert er davor, und bei besonders großen Problemen brennt er zusätzlich Räucherstäbchen ab."

Wenn Trattoni fromm gewesen wäre, hätte er jetzt ein kurzes Dankgebet zum Himmel geschickt. Er war aber nicht fromm, und so sagte er nur: „Ach so. – Ich hab ihm übrigens erzahlt, daß du in Florenz und Rom studiert hast, und ich unter unserer Trennung wie ein Hund gelitten habe. Stefano gefällt nicht, daß seine Freundin ein Jahr in Paris studieren wird. Er fühlt sich von ihr verlassen."

„Also wie ein Hund gelitten hast du nicht", sagte sie, während sie ihm mit dem Ratatouille in den Salon folgte. „Ich habe manchmal befürchtet, es wäre an der Zeit, dich in eine Trinkerheilanstalt einweisen zu lassen."

Trattoni lächelte. „Jetzt übertreibst du aber gewaltig. So schlimm war es nun wirklich nicht."

An ein gemeinsames Abendessen auf der Terrasse war bei diesem Wetter nicht mehr zu denken. Es dauerte nicht lange, bis sich auch Luciana und Stefano im Salon einfanden, und als Trattoni die erste Gabel mit Spaghetti al dente zum Mund hob, die im Licht des Kristallüsters über dem Tisch noch verführerischer glänzten als auf der Terrasse, nahm er sich vor, den Sommeranzug endgültig einzumotten. Die kalte Jahreszeit hatte unwiderruflich angefangen. Ihm graute schon vor dem Tag, an dem auch in diesem Jahr die Sirenen wieder heulten und vor *acqua alta* warnten, das zwei Stunden später die tiefer gelegenen Teile Venedigs überfluten würde. Aber wie alles im Leben hatte auch das seine Vorteile. Am höchsten stand das Wasser immer auf der Piazza San Marco. Manchmal kam es Trattoni vor, als wäre *acqua alta* nur ein Versuch des Himmels, den schönsten Platz auf dem Planeten Erde wenigstens für ein paar Stunden oder Tage von Touristen zu säubern. Vergeblich – bei Hochwasser wurden Gehstege auf den Platz gestellt, auf denen die Besucher von der Basilica zum Palazzo Ducale und zurück wandern konnten. Jeder Venezianer wußte, daß ihnen das besonders gut gefiel.

Mit den Touristen kämpfen selbst Götter vergebens, dachte Trattoni, und als er sah, wie Lucianas Augen leuchteten, während sie sich eine riesengroße Portion Ratatouille auf den Teller häufte, mußte er an Giuseppina Tanyeli und Davide Brambilla denken, die ihre tödliche Mahlzeit vermutlich mit demselben Vergnügen genossen hatten.

„Du kaufst ja selten Konserven", sagte er zu Giulia. „Aber wir sollten in nächster Zeit auch nichts essen, was in Plastik luftdicht verpackt ist. Bei Fleisch, Fisch und Wurstwaren muß man jetzt wohl auch besonders vorsichtig sein."

Luciana nickte. „Das habe ich schon immer gesagt. Ich esse keine toten Tiere."

„Das schützt dich leider auch nicht. Botulismus kann man auch bekommen, wenn man ungewaschenes Gemüse ißt. Wir mußten zwei Menschen obduzieren lassen, die daran gestorben sind. Dieses Nervengift ist äußerst gefährlich. 0,01 Milligramm reichen aus, um einen Menschen zu töten."

Giulia war verärgert. „Mußt du ausgerechnet beim Essen davon reden? Abgesehen davon – die beiden Leute, von denen du sprichst, sind ermordet worden."

Trattoni nickte nachdenklich. „Das hoffe ich doch. Alles andere wäre eine Katastrophe."

„Ich verstehe dich nicht", sagte Giulia. „Ich weiß schon, was bei uns auf den Tisch kommt."

„Natürlich", sagte Trattoni. „Aber man darf nicht übersehen, daß in Italien jedes Jahr mindestens zwanzig Menschen an diesem Gift erkranken. Und wenn das jetzt sogar in Venedig passiert ... Aber ich will uns nicht den Appetit verderben."

Giulia und Luciana schoben ihren Teller in die Mitte des Tisches. „Das ist dir bereits gelungen", sagte Giulia. „In meinem nächsten Leben heirate ich bestimmt keinen Polizeibeamten."

Stefano zog die Schüssel mit Ratatouille näher zu sich heran und aß ungerührt weiter. „Mathematisch betrachtet sind zwanzig Infektionen im Jahr bei einer Bevölkerung von fast sechzig Millionen völlig insignifant", sagte er kauend mit einem schnellen Seitenblick zu seinem Vater.

„Das Risiko eines Diabetikers, vorzeitig an zuviel Pasta zu sterben, ist erheblich größer."

Giulia stand auf. „Jetzt reicht es mir!" sagte sie und verließ den Salon. Als Luciana ihr folgte, schmeckte auch Trattoni das Abendessen nicht mehr. Er versprach Stefano, während des Essens nie mehr über seine Arbeit zu reden, und ging ins Schlafzimmer, wo er den Anzug mit dem Kimono vertauschte, den ihm seine Kinder zum Geburtstag geschenkt hatten. Danach zog er die Schutzfolie wieder über den Anzug und hängte ihn in den Kleiderschrank.

Zwei Vergiftungen, überlegte er. Ich weiß viel zu wenig über Vergiftungen. Er ging in sein kleines Arbeitszimmer, nahm aus dem Stapel Langspielplatten auf dem Fußboden eine Opernaufnahme und legte sie auf den Plattenteller. Als er die ersten Töne der Arie *Qual cor tradisti* aus der *Norma*, von Maria Callas gesungen, aus den beiden alten Lautsprechern hörte, setzte er sich in seinen Liebelingssessel. Er suchte im Bücherregal Pitavals *Unerhörte Kriminalfälle* und vertiefte sich in den Bericht über die Marquise von Brinvillier, die im 17. Jahrhundert mehrere Menschen vergiftet hatte.

Die Italiener sind feiner in ihrer Rache, las er. *Sie haben es in ihrer Kunst so weit gebracht, daß sie Gifte bereiten können, die dem geschicktesten Arzt verborgen bleiben. Ein schneller oder langsamer Tod, wie es ihre Zwecke erfordern, steht in ihrer Macht.*

Und als er auch noch las, daß in beiden Fällen die Mittel des Giftmischers keine Spuren hinterließen und Ärzte folglich den Tod des Opfers auf natürliche Ursachen zurückführten, stellte er den Pitaval ernüchtert in das Bücherregal zurück. Ernüchtert, nicht entmutigt.

Man wurde zwar in Venedig nicht auf Schritt und Tritt daran erinnert, doch das 17. Jahrhundert war lange vorbei. Die Ärzte hatten – nicht zuletzt dank ihrer modernen Untersuchungsmethoden – die Todesursache in beiden Fällen schnell entdeckt. Jetzt mußte er nur noch den oder die Täter ermitteln. Trattoni ahnte inzwischen, daß das diesmal nicht leicht sein würde, aber das ängstigte ihn nicht. Wenn die Arbeit eines Kriminalkommissars leicht wäre, dachte er oft, hätte ich mich für einen anderen Beruf entschieden.

Er lauschte noch eine Weile der Callas, die von seiner alten zerkratzten Schallplatte so klang, als würden im Orchestergraben gleichzeitig Spiegeleier gebraten. Er wartete noch, bis die *prima donna assoluta* ihr unvergleichliches *Père adieu* gehaucht hatte, wischte mit dem Ärmel seines Kimonos den Staub von der Platte und schob sie in die Hülle zurück.

Als er sich im Schlafzimmer auszog, sah er im schwachen Licht der Lampe auf dem Nachttisch, daß Giulia bereits im Bett lag.

„Wahrscheinlich haben die Glasmacher in Murano die beiden auf dem Gewissen“, sagte er leise. „Der türkische Kaufmann hat ihre Preise unterboten, und der Rechtsanwalt hat für ihn die Prozesse geführt.“ Er wartete auf eine Antwort seiner Frau, bis ihm einfiel, daß sie nachts Wachskugeln in den Ohren hatte. Auch gut, dachte er. Bei meinen Ermittlungen kann mir sowieso niemand helfen.

Kapitel 13

Wie an vielen Tagen mit schlechtem Wetter erinnerten seine Kniegelenke Trattoni am nächsten Morgen daran, daß er noch lebte. Er zog seine lange Unterhose aus weicher Angorawolle an und stieg in die Hose eines seiner Flanellanzüge. Er nahm sich ein sauberes weißes Baumwollhemd aus dem Schrank, wollte es anziehen, doch es fiel ihm ein, daß er weder geduscht noch sich rasiert hatte. Er ging zum Badezimmer, und als er dessen Tür verschlossen fand, zögerte er einen Augenblick und klopfte kräftig. „Es tut mir leid, aber ich muß in die Questura. Ich arbeite an einem sehr schwierigen Fall."

Es dauerte fünf Minuten, bis die Tür geöffnet wurde. Giulia hatte noch ihren weißen Frotteebademantel an und die Haare unter einem nassen Handtuch verborgen, das ihn an das Kopftuch der Tochter des türkischen Kaufmanns erinnerte. „Das behauptest du bei jedem deiner Fälle. Oder hast du jemals von einem einfachen Fall gesprochen, der im Handumdrehen zu lösen wäre?"

„Nein", antwortete er. „Meine leichten Fälle sind nicht der Rede wert." Er trat ins Badezimmer, schloß hinter sich ab, und als er sich im

Spiegel über dem Waschbecken sah, hatte er den Eindruck, sein Haar wäre in den letzten Tagen noch dünner und grauer geworden.

Vielleicht sollte ich wie Giulia jeden Morgen ein Viertelpfund Vitamine schlucken, dachte er, doch er schüttelte den Kopf. Nein. Das wäre sinnlos. Man kann machen was man will, die Biologie gewinnt immer.

Er zog sich aus, duschte drei Minuten und schäumte mit dem Rasierpinsel Seife auf, verteilte sie in seinem Gesicht und schabte sich mit dem Rasiermesser die Barthaare vom Kinn und den Wangen. Als er sich gerade wohlriechendes Haarwasser auf den Kopf träufelte, klopfte es an der Badezimmertür, und er hörte Stefanos Stimme. „Wie lange dauert das denn noch? Ich muß in die Uni."

„Daran wird dich bestimmt niemand hindern", sagte Trattoni. Er ging an seinem Sohn vorbei zurück ins Schlafzimmer, zog sich an, und als er sich der Küche näherte, bemerkte er, daß er schwitzte. Mein Nüchternzucker, dachte er. Ich muß endlich wieder zum Arzt.

Giulia stand schon im dunkelblauen Kostüm neben der *Gaggia*, aus der Kaffee in zwei Tassen tröpfelte. Trattoni nahm eine Brioche aus dem Korb auf dem Küchentisch und stillte den ersten Hunger. „So einen Fall wie diesmal hatte ich noch nie", sagte er, während er nach seiner Tasse griff. „Ich bin mir nicht einmal sicher, ob die beiden Toten überhaupt ermordet wurden ..."

„Aber tot sind sie?" fragte seine Frau. „Da bist du dir sicher?"

Trattoni nickte. „So tot wie San Michele. – Aber ob die Verdächtigen wirklich verdächtig sind, weiß ich noch nicht. Vielleicht werde ich langsam alt."

Giulia lächelte. „Du wirst nicht alt, sondern du bist alt. Aber ich mag dich immer noch, Adriano."

„Bleibt dir wohl auch nichts anderes übrig, was?" sagte er. Er wollte sie umarmen, doch als seine Tochter in die Küche kam, ließ er sie los.

„Ich muß heute eher weg", sagte Luciana. „Bei dem Wetter fahren die Vaporetti nicht nach Plan."

Trattoni sah zum Küchenfester, hinter dem weißer Nebel waberte, der ihn an nasse Zukkerwatte erinnerte. „Dann fährst du eben mit einem Wassertaxi zur Schule", sagte er, und als er seine Geldbörse aus der Tasche holte, schüttelte Giulia den Kopf, als hätte er den Verstand verloren. „Bist du verrückt? Wir sind keine Millionäre."

„Leider nicht. Ich habe nur gerade an meine nächste Spesenabrechnung gedacht. Auf ein paar Euro mehr oder weniger kommt es keinem von meinen Kollegen an. Der Vize-Questore läßt seine Kinder sogar mit dem Polizeiboot zur Schule bringen."

„Meinetwegen kann er sie mit dem Hubschrauber hinfliegen lassen. Korruption ist Korruption."

„Naja", sagte Trattoni. „War vielleicht keine so gute Idee."

Eine Viertelstunde später tastete er sich an den Fassaden der uralten Häuser entlang durch den Nebel zur Anlegestelle San Marcuola. Als er sich vergewissert hatte, daß die Vaporetti auf dem Canal Grande nicht fuhren, wollte er ein Wassertaxi bestellen, doch er hatte sein Handy irgendwo vergessen. So mußte er eine halbe Stunde warten, bis endlich ein Motorboot anlegte, dessen Fahrer ihn erst einsteigen ließ, nachdem der Commisario ihm den Dienstausweis unter die Nase gehalten hatte. „Zur Questura", sagte der Commissario schroff. „Und zwar so schnell wie möglich. Ich arbeite an einem Doppelmord."

„Schön für Sie", antwortete der Fahrer. „Aber das macht keinen Toten wieder lebendig."

„Da haben Sie leider recht", antwortete Trattoni. Er setzte sich auf die gepolsterte Sitzbank, und als er nach draußen sah, kam es ihm vor, als wäre der Nebel noch dichter geworden. Der Fahrer vertraute seiner Ortskenntnis. Er fuhr ziemlich schnell zum Canale delle Fondamente Nuove, über den dumpf die Nebelhörner der großen

Schiffe dröhnten. Er fuhr auf dem breiten Kanal an Venedig vorbei und bog nach einer Weile in den Rio di Santa Giustina ab. Danach dauerte es nur noch zehn Minuten, bis er auf dem Rio di San Lorenzo vor der Questura angelegt hatte.

„In Zukunft werde ich nur noch mit dem Polizeiboot fahren", sagte Trattoni verärgert, als der Bootsfahrer fünfundvierzig Euro Fahrgeld verlangte, doch was blieb ihm anderes übrig? Er bezahlte, stieg aus und ging langsam, mit ausgestreckten Armen und vorsichtig einen Fuß vor den anderen setztend, zur Pforte der Questura. „*Buon giorno,* Commissario", hörte er eine kräftige Männerstimme aus dem Nebel. Der uniformierte Polizist, der heute den Eingang bewachte, hatte offenbar bessere Augen als er.

Trattoni erwiderte den Gruß und stieg die Treppe zu seinem Büro hinauf, wo er sich hinter dem Schreibtisch auf den Stuhl fallen ließ. Wie jeden Morgen im Büro las er zuerst den *Gazzettino,* aber wie meistens war nichts Besonderes passiert. Zwei ertrunkene Chinesen waren aus dem Rio Nuovo geborgen worden. Die Suche nach ihren Fotoapparaten dauerte bei Redaktionsschluß noch an. Vom Dach des Palazzo Ducale hatten sich zwei Ziegel gelöst und eine amerikanische Autorin so unglücklich getroffen, daß sie ins *Casa di Cura* gebracht werden mußte. Auch das überraschte Trattoni nicht. Inzwischen wurden zwar die Fassaden und Dächer vieler alter Gebäude durch Stahlnetze gesichert, aber es passierte immer wieder, daß ein schwerer Stein das Netz durchschlug.

Als der Commissario einen Artikel über den Herrenausstatter Lorenzini las, der einen Beamten der Baubehörde mit zehntausend Euro und drei Valentino-Anzügen bestochen haben sollte, nickte er nachdenklich. Derlei war in Venedig an der Tagesordnung, aber anderswo war es auch nicht besser.

Trattoni bewunderte gerade das Foto einer jungen Frau, die man im Spielkasino zur Schönheitskönigin gekrönt hatte, als das Telefon klingelte. Er befürchtete, der Vize-Questore wolle sich erkundigen, ob er den türkischen Kaufmann festgenommen hatte, und atmete erleichtert auf, als er die unverwechselbare Stimme des Pathologen Dottor Martucci hörte.

„*Ciao,* Adriano", sagte Martucci. „Ich habe mir vorgestern noch die Giuseppina Tanyeli vorgenommen. Nicht die geringsten Spuren von Gewaltanwendung. Eine ganz normale Lebensmittelvergiftung. Dasselbe Zeug, an dem der Rechtsanwalt gestorben ist. Botulismus Typ A. Ich habe inzwischen die *Unità Sanitaria Locale* verständigt."

„Danke. – Und was wird die machen?"

Dottor Martucci lachte heiser. „Vermutlich nichts. Sie wird lediglich das *Ministerio Della Sanitaria* verständigen."

„Und was macht das Gesundheitsministerium?"

„Auch nichts. Nach den Richtlinien wird jeder Bauernhof, jeder Betrieb der Nahrungsmittelindustrie und jeder Händler regelmäßig kontrolliert. Dabei werden ein paar Stichproben auf Mikroorganismen untersucht. Mehr ist nicht möglich. Die können nicht jedes Rind oder Schwein rund um die Uhr durch einen Veterinär überwachen lassen."

„Leider nicht", anwortete Trattoni. Ihm fiel plötzlich ein, daß der Pathologe mit Dottoressa Elias bekannt war, und er lenkte das Gespräch vorsichtig auf sie. „Ich habe die Dottoressa Elias übrigens bei der Trauerfeier gesehen. Besonders traurig kam sie mir nicht vor."

„Das dürfte sie auch kaum sein", sagte Martucci. „In der Casa di Cura weiß jeder, daß sie seit Jahren mit dem stellvertretenden Direktor unseres Fernsehstudios liiert ist. Wenn sie nicht gerade auf einem Kongreß ist, verbringen die beiden das Wochenende gewöhnlich auf der Giudecca. Aber weshalb fragst du nach ihr?"

Er lachte kurz. „Du glaubst doch nicht etwa, sie hätte Davide vergiftet? Dafür gab es überhaupt keinen Grund. Der Mann vom Fernsehen hat drei Kinder und würde sich nie scheiden lassen. Davide dürfte ziemlich egal gewesen sein, mit wem seine Frau schlief. Der hatte seine Freunde."

„Einen", erwiderte der Comissario. „Aber das ist jetzt nicht so wichtig. Die Sache gefällt mir nicht, Guido. Zwei Menschen sterben nicht zufällig innerhalb weniger Tage an demselben Gift. Ich habe mich mit dem Türken unterhalten. Seine Frau hat immer für die Familie gekocht. Die haben dasselbe gegessen. Kannst du mir vielleicht erklären, weshalb weder er noch seine Tochter krank geworden sind?"

„Das habe ich unseren Mikrobiologen auch gefragt, Adriano. Keine Ahnung. Nach seinen Erfahrungen erkrankt in solchen Fällen gewöhnlich die ganze Familie."

„Davon gehe ich auch aus", sagte Trattoni. „Und dieses Toxin ... Kann man das Zeug irgendwo kaufen?"

„Nur in den hochgradigen Verdünnungen, mit denen Ärzte arbeiten. Damit kann man keinen umbringen. Manche sagen zwar, unser Militär experimentiere mit Botulismus-Toxinen, aber wohl nur zur Terrorismusabwehr. Adriano, wenn auch nur ein Milligramm davon hier ins Trinkwasser geriete, müßten wir halb Venedig beerdigen. Dieses Gift bildet sich zwar äußerst selten in verdorbenen Lebensmitteln, aber daß man jemanden damit ermordet hätte, habe ich noch nie gehört."

„Na und?" sagte Commissario Trattoni. „Alles passiert irgendwann zum ersten Mal. Aber das Gespräch mit dir war wieder ungemein aufbauend. *Grazie tante.* – Der Türke kann seine Frau übrigens bestatten lassen. Du bekommst die Freigabe spätestens morgen."

Als er den Hörer aufgelegt hatte, trat er ans Fenster und sah einen Augenblick durch das Glas, hinter dem ihm der unvergleichliche Nebel Venedigs vorkam wie saure Milch in einer schmutzigen Flasche. Er blickte noch einmal kurz in das dünne Aktenstück, das die Fremdenpolizei über Murat Tanyeli führte und ging in das Vorzimmer des Vize-Questore, in dem Signorina Elektra hinter ihrem Computer saß. Diesmal allerdings in einem sehr tief ausgeschnittenen gelben Pullover, den zu tragen er nicht nur seiner Tochter verboten hätte, sondern auch seiner Frau.

„Buon giorno, Commissario", begrüßte sie ihn mit einem bewundernden Blick. „Haben Sie die Queen Mary unseres Duce versenkt?"

„Wieso versenkt?" fragte Trattoni. „Das Boot ist lediglich etwas beschädigt. Wo gründlich ermittelt wird, sind Kollateralschäden unvermeidlich. – Ist der Chef schon im Büro?"

„Natürlich nicht", erwiderte die Sekretärin. „Bei diesem Wetter dürfte er seine Matratze kaum verlassen."

„Mätresse", korrigierte er nachsichtig. „Nicht Matratze. Aber das ist jetzt nicht so wichtig. Ich brauche so schnell wie möglich sämtliche Kontoauszüge unseres Türken, und ich brauche die Namen und Anschriften seiner Angestellten. Läßt sich das machen?"

„Kein Problem. Die Angestellten bekomme ich beim Finanzamt."

„Und ich muß wissen, ob er für seine Frau eine Lebensversicherung abgeschlossen hat. Dieser Tadeusz Garise und die Dottoressa Elias könnten auch Begünstigte aus einer Versicherung des Rechtsanwalts sein."

Signorina Elektra lächelte. „Auch kein Problem. In die Systeme der Versicherungen komme ich mühelos rein. Die sparen sogar am Datenschutz."

„Freut mich zu hören. Ich würde auch gern wissen, mit wem unsere Verdächtigen und ihre Opfer in den letzten vier Wochen telefoniert haben."

„Das allerdings ist ein Problem", sagte die Sekretärin. „Ich habe mich vorgestern von meinem Freund bei der Telefongesellschaft endgültig getrennt."

„Na und?" fragte Trattoni. „Dann versöhnen Sie sich wieder endgültig mit ihm, bis die beiden Fälle abgeschlossen sind." Er ging zur Tür und hatte sie gerade erreicht, als sie von der anderen Seite geöffnet wurde und der Vize-Questore in einem dunkelblauen Anzug vor ihm stand. „Kommen Sie gleich mit, Commissario“, sagte Berlusco. „Ich wollte ohnehin mit Ihnen über den Fall Tanyeli reden. Wie weit sind Sie in dieser Sache?“

„Ich arbeite daran. Oder denken Sie etwa, ich flirte hier mit Ihrer Sekretärin?“

„Keine Ahnung“, sagte der Vize-Questore. „Ihnen traue ich alles zu. – Was haben Sie eigentlich mit meinem Boot gemacht? Bei Windstärke zehn darf man nicht anlegen. Wir werden das Schiff verschrotten lassen müssen.“

„Das habe ich vermutet. Aber ich wollte Signor Tanyeli nicht entkommen lassen. Sie haben gesagt, er müsse so schnell wie möglich hinter Gitter.“

„Richtig“, sagte Berlusco. „Und das sehe ich immer noch so.“

Während dieser kurzen Unterhaltung war Trattoni notgedrungen dem Vize-Questore in dessen Zimmer gefolgt. Jetzt setzte sich sein Vorgesetzter hinter den Schreibtisch und deutete auf einen der beiden Besucherstühle. Trattoni ahnte, daß das Gespräch mit Berlusco diesmal besonders unangenehm sein würde, doch was blieb ihm anderes übrig? – Er setzte sich und sah seinen Chef abwartend an.

„Ich habe mir heute nacht nochmal die Fälle Tanyeli und Brambilla durch den Kopf gehen lassen", setzte der Vize-Questore das im Vorzimmer begonnene Gespräch fort. „Ist Ihnen zufällig aufgefallen, daß in beiden Fällen Italiener ermordet wurden, die mit Ausländern verheiratet waren?"

Trattoni nickte. „Ich habe die Akten des *Ufficio Stranieri* sehr gründlich durchgesehen."

Berlusco lächelte ironisch. „Freut mich zu hören. Und was schließen wir daraus?"

„Daß Sie ausländerfeindlich sind, Vize-Questore. Sie haben Signor Tanyeli schikanieren lassen, wo immer das möglich war. Aber das ist jetzt nicht so wichtig. Ich arbeite an beiden Fällen, und bis zum Beweis des Gegenteils ist für mich jeder verdächtig und jeder Verdächtige unschuldig."

„Natürlich", sagte Berlusco. „Aber nicht, wenn es sich um Ausländer handelt. Ich gehe davon aus, daß Dottoressa Elias und der Türke nur einen italienischen Staatsbürger geheiratet haben, um hier das Aufenthaltsrecht zu bekommen. Jetzt haben sie sich an ihre kulturellen Wurzeln erinnert und ihre christlichen Partner umgebracht, um sich einem Angehörigen der eigenen Glaubensgemeinschaft zuzuwenden. Leuchtet Ihnen das ein, Commissario?"

„Nicht unbedingt", antwortete Trattoni vorsichtig. „In diesem Falle wäre es nicht nötig gewesen, den Ehepartner zu ermorden. Wer solange verheiratet ist wie die beiden, behält auch nach einer Ehescheidung das Aufenthaltsrecht."

„Leider", sagte der Vize-Questore. „Aber Sie verkennen die Dimension dieser beiden Fälle. Wissen Sie, wie Samuel Huntington unsere Situation beurteilt?"

„Leider nicht. Aber Sie werden es mir jetzt gewiß erzählen."

Berlusco schien irritiert. „Eigentlich wollte ich das nicht. Aber wenn Sie mich fragen ... Wir befinden uns mitten in einer weltweiten Auseinandersetzung mit dem Islam. Die Türken haben uns zuerst Zypern weggenommen, danach Kreta, und jetzt greifen sie nach ganz Italien. Ist Ihnen das etwa entgangen?"

Commissario Trattoni begann zu schwitzen, aber nur, weil er unter seinem Anzug auch noch die Wollunterwäsche anhatte.

„Wahrscheinlich, Vize-Questore", sagte er. „Ich halte allerdings den Konflikt zwischen Signor Tanyeli und unseren Glasmachern für viel interessanter. Der Türke hat ihre Preise unterboten, und Rechtsanwalt Brambilla hat ihn vor Gericht vertreten. Ein klassisches Motiv für einen Doppelmord."

Berlusco blickte Trattoni verärgert an. „Das halte ich für ausgeschlossen. Unsere Glasfabrikanten sind keine Mörder. – Aber was soll das?

Während wir hier reden, liegt der Türke vermutlich mit der Dottoressa im Bett und feiert mit ihr das Zuckerfest. Lassen Sie den Mann wenigstens observieren?"

„Noch nicht, Vize-Questore. Dottor Martucci hat mir gerade bestätigt, daß die Frau an verdorbenen Lebensmitteln gestorben ist. Für eine Observierung besteht nicht der geringste Anlaß."

„Auch das sehe ich anders", sagte Berlusco. „Und hier bin noch immer ich der Chef. Ich überlege zwar schon, ob ich diesen Fall nicht am besten selbst übernehmen sollte, aber ich gebe Ihnen noch eine Chance. – Von jetzt an wird dieser Türke rund um die Uhr beobachtet. Haben Sie mich verstanden, Commissario? – Ich will, daß wir den Mann keine Sekunde mehr aus den Augen lassen."

„Come desidera", antwortete Trattoni. „Aber bei Nebel dürfte das nicht ganz einfach sein. Unser Infrarot-Sichtgerät ist defekt."

Trattoni sah einmal mehr, daß seinem Chef das Blut in den Kopf stieg. „Dann wird der Türke eben aus unmittelbarer Nähe observiert. Und zusätzlich lassen Sie Mikrophone in seiner Wohnung, seinem Geschäft und seinem Boot anbringen. Sein Telefon wird auch abgehört. Muß ich Ihnen denn erklären, wie man sowas macht?"

„Gewiß nicht, Vize-Questore. Ich werde alles Nötige veranlassen." Trattoni wartete noch einen

Augenblick, und als er merkte, daß Berlusco das Gespräch für beendet hielt, stand er auf und verließ schweigend das Zimmer.

Signorina Elektra begrüßte ihn mit einem teilnahmsvollen Blick. „War es sehr schlimm?"

„Nicht mehr als gewöhnlich. Ein Besuch beim Zahnarzt ist schlimmer."

Die Sekretärin nickte. „Das sage ich mir auch oft. Wenn es anders wäre, könnte ich hier nicht arbeiten. Aber ich habe etwas für Sie." Sie nahm einen Stapel Computerausdrucke von ihrem Tisch und überreichte sie ihm lächelnd. „Hier, die Kontoauszüge der Firma Tanyeli Trading und die Namen und Adressen der Angestellten. Eine Lebensversicherung wurde in Italien weder für den Rechtsanwalt noch für die Frau des Türken abgeschlossen. Tut mir leid."

„Das muß Ihnen nicht leid tun", sagte Trattoni. „Tote brauchen keine Lebensversicherung mehr. Aber ich hätte gern auch noch die Adressen sämtlicher Angehörigen der Frau des Türken. Die hat doch bestimmt Eltern und Geschwister."

„Eine Mutter hatte sie mit Sicherheit", sagte die Sekretärin. „Die hat fast jeder. Ob sie Geschwister hatte, läßt sich auch leicht herausfinden."

Trattoni nickt zufrieden. „Mehr brauche ich augenblicklich nicht. Wenn wir Sie nicht hätten ..."

Er ging zurück in sein Büro, wo er die Computerausdrucke auf den Schreibtisch legte und die

Anschriften der beiden Verkäuferinnen des Türken in sein kleines grünes Buch übertrug. Als er es in die Jackentasche steckte, erinnerte ihn sein Magen daran, daß er schon seit drei Stunden nichts mehr gegessen hatte. Es hätte aber keinen Sinn gehabt, zum Mittagessen nach Hause zu fahren. Wenn die Vaporetti den regelmäßigen Betrieb einstellten – das hatte er mit Giulia vereinbart –, kochte sie mittags nur für Luciana, Stefano und sich. Er trank an solchen Tagen meistens an der Theke einer Bar einen *caffè* und aß einen *tramezzino*. Ein Sandwich bekam man auch um diese Zeit überall.

Er überlegte, ob er jetzt schon die Questura verlassen sollte, doch ihm graute davor, durch den Nebel laufen zu müssen. Er wollte warten, bis man wenigstens sehen konnte, wer einem auf der Straße begegnete und nicht mehr Gefahr lief, in einen *canale* oder *rio* zu fallen.

Das Gespräch mit dem Vize-Questore beunruhigte ihn nicht sonderlich. Von Zeit zu Zeit versuchte Berlusco, ihm in die Arbeit reinzureden, doch Trattoni kümmerte sich längst nicht mehr darum. Wie überall in Italien hatte auch in Venedig ein Vorgesetzter das Recht, Anordnungen oder gar Befehle zu erteilen – und fand sich notgedrungen früher oder später damit ab, daß seine Untergebenen meistens nur taten, was sie für richtig hielten.

Wer klug war, hütete sich allerdings davor, den *padrone* merken zu lassen, was man von seinen Anweisungen hielt.

Trattoni ließ sich sein Gespräch mit Berlusco noch einmal durch den Kopf gehen und rief Sergente Vitello zu sich.

„Ich muß Ihnen leider einen Auftrag erteilen, den Sie nicht in Ihrer Uniform erledigen können."

Vitello kniff mißtrauisch die Augen zusammen. „Undercover? – Kommen Sie mir bloß nicht wieder mit der Sauna. Das mach ich nicht."

„Es ist sogar noch schlimmer. San Marco! Wir müssen Murat Tanyeli rund um die Uhr observieren. Sie übernehmen die erste Schicht."

„Sie haben gut reden, Commissario. Wie soll ich das denn machen bei diesem Wetter?"

„In Zivilkleidung. Sie ziehen sich um und setzen sich auf der Piazza in ein Weinlokal, von dem aus Sie Tanyelis Geschäft beobachten können. Sobald er den Laden verläßt, folgen Sie ihm unauffällig und rufen mich an."

„Und wenn er ihn nicht verläßt, bevor mein Dienst endet?"

„Dann gehen Sie nach Hause. Von dieser Observierung erwarte ich nicht viel. Aber was der Duce anordnet, machen wir selbstverständlich. Lassen Sie sich im *bacari* eine Quittung geben. Aber laden Sie nicht wieder die ganze Familie ein."

Vitello zögerte und griff in seine Tasche. „Hier, Ihr *telefonino*. Der Fahrer hat es bei der Bergung des Motorbootes auf Ihrem Sitz gefunden."

„Sehr aufmerksam. Ich wollte lediglich prüfen, ob unsere uniformierten Kollegen so sorgfältig arbeiten wie wir."

Trattoni wartete noch, bis der Sergente das Zimmer verlassen hatte, und trat ans Fenster. Der Nebel hatte sich inzwischen wenigstens so weit gelichtet, daß er die Umrisse der Polizeiboote am Landungssteg sehen konnte. Das half ihm in diesem Fall allerdings auch nicht viel.

Trattoni dachte an die Möglichkeit, die Spurensicherung in der Küche des Türken und der des Rechtsanwalts nach Fingerabdrücken suchen zu lassen, aber er entschied sich dagegen.

Er konnte nicht ausschließen, daß der Mörder in beiden Küchen Lebensmittel vergiftet hatte, aber wer mit einem hochwirksamen natürlichen Gift umzugehen verstand, wäre wohl auch so intelligent, keine Fingerabdrücke zu hinterlassen.

Verdächtig ist wie immer jeder, dachte er, aber ich stehe ja auch erst am Anfang. Er setzte sich an den Schreibtisch und ließ sich in der Casa di Cura mit der Krankenhausapotheke verbinden. Wie er erwartet hatte, versicherte ihm der Apotheker, daß er das Toxin noch nie für einen der Ärzte besorgen mußte.

Das besagt überhaupt nichts, dachte der Commissario und sah in sein kleines grünes Buch, in dem ihn eine Notiz daran erinnerte, daß Rechtsanwalt Brambilla den türkischen Kaufmann vertreten hatte.

Es dauerte zwar eine Weile, bis ihn Signorina Elektra endlich mit der Anwaltskanzlei verbunden hatte. Conte di Campello war zu einem Gespräch bereit. „Paßt es Ihnen gegen sechzehn Uhr? Ich möchte vorher noch mit einem wichtigen Klienten speisen."

„Dann wünsche ich Ihnen guten Appetit. Ich bin um sechzehn Uhr in Ihrer Kanzlei." Er steckte sein Notizbuch und das Handy in die Jackentasche, und als er sich den Mantel anzog, regte sich in ihm der Verdacht, daß der Rechtsanwalt ihn belogen hatte. Wo wollte er in Venedig mittags mit einem Klienten speisen? Etwa in einem der Touristenlokale, die um diese Zeit meistens nur ungenießbare Spaghetti und an Pappe erinnernde Pizza servierten? Die besseren Restaurants öffneten selten vor zwanzig Uhr. Commissario Trattoni setzte sich den Hut auf, ging schnell die Treppe hinunter und eilte in die Wache, wo bei schlechtem Wetter die Bootsführer den *Gazzettino* lasen oder Karten spielten. „Ich muß zum Campo della Madonna", sagte er. „Und zwar so schnell wie möglich."

Kapitel 14

Die Polizeibarkasse hatte Trattoni am dem Rio di Ca' Dolce abgesetzt, und als er die Auslagen im Schaufenster einer *pasticceria* sah, deren *pigolata stufoli* so berühmt waren, daß zweimal wöchentlich ein Lear-Jet auf dem Flughafen landete, dessen Pilot jeweils dreihundert Gramm dieser aus Mandelsplittern, Zucker und Honig geschaffenen kulinarischen Kunstwerke kaufte und in Rom beim Präsidenten ablieferte, konnte der Commissario der Versuchung nicht widerstehen. Er verzehrte drei der köstlich gebackenen Teigspiralen, trank zwei *caffè* und ging zum Campo della Madonna, wo er die Rechtsanwaltskanzlei Brambilla & di Campello auf Anhieb fand.

Als er den Palazzo betrat, blickte der Commissario kurz auf seine Armbanduhr und begann den Aufstieg zum *piano secondo.* Trattoni entdeckte – gleichfalls auf Anhieb – das Türschild der Kanzlei. Er drückte auf den Klingelknopf und hörte, zwar gedämpft und modifiziert, aber dennoch unverkennbar, den Klang der gewaltigen *Marangona,* der Glocke des Campanile, die um Mitternacht jeden in Venedig aus dem Schlaf reißt, um ihn daran zu erinnern, daß ein Tag unwiderruflich zuende ist.

Trattoni wartete einen Moment vor der Tür, klingelte zum zweiten Mal, und als er das dritte Mal geläutet hatte, öffnete endlich eine Frau von etwa vierzig Jahren die Tür. „Um diese Zeit ist unsere Kanzlei geschlossen. Haben Sie überhaupt einen Termin?“

„Ich brauche keine Termine“, sagte der Commissario und holte seinen Dienstausweis aus der Tasche. „Commissario Adriano Trattoni. Ich bin mit Conte di Campello verabredet.“

“Das weiß ich. Aber erst um sechzehn Uhr.“

„Na und? – Männer in meinem Alter verspäten sich entweder, oder sie kommen zu früh. Haben Sie das etwa noch nicht bemerkt?“

„Ich bin hier nur die Sekretärin“, sagte die Frau. „Wenn der Conte nicht anwesend ist, darf ich nur Termine vereinbaren.“

„Daran werde ich Sie keinesfalls hindern“, sagte Trattoni freundlich. „Ich hätte lediglich gern sämtliche Akten in den Sachen Tanyeli. Conte Brambilla hat ihn meines Wissens gegenüber den Behörden und den Glashütten vertreten.“

„Das ist zutreffend“, sagte die Sekretärin. „Aber ich weiß nicht ...“

„Natürlich nicht“, unterbrach Trattoni sie. „Es genügt, daß ich weiß.“ Er schob die Sekretärin zur Seite, trat in das Wartezimmer der Kanzlei, und als er an der Garderobe – vermutlich aus dem Quattrocento – den schwarzen Hut der Contessa Brambilla sah, den sie bei der Trauerfeier getragen hatte, hängte er seinen Hut daneben und zog den Mantel aus. „Das Privatleben Ihres *padrone* interessiert mich überhaupt nicht. Aber ein Doppelmord hat für mich leider Vorrang."

Er ging quer durch das Wartezimmer zu einer Tür, öffnete sie und trat in ein Zimmer, auf dem auf einem alten Schreibtisch – vermutlich Cinquecento – ein Computer – vermutlich IBM – stand. Offensichtlich das Büro der Sekretärin. Trattoni sah zwei andere Türen, und als er zu einer von ihnen ging, stellte sich die Sekretärin davor. „Das können Sie nicht machen. Sie dürfen hier nicht einfach eindringen."

Trattoni unterbrach sie: „Natürlich darf ich. Ich bin Polizeibeamter." Er riß die Tür auf, sah einen modernen Schreibtisch, und, in einer der Ecken des Zimmers, einen weiß gedeckten Tisch, an dem Contessa Brambilla saß. Sie trug das Haar offen und hatte Make-up aufgelegt. Ihr gegenüber saß ein schwarzhaariger Mann, von dem er nur den Rücken sah. Beide verzehrten eine Mahlzeit. Trattoni wunderte sich, daß schon jetzt, am frühen Nachmittag, auf dem Tisch drei Kerzen brannten.

„*Buon giorno,* Contessa", sagte er. „Welche Freude, Sie hier zu sehen. Ich vermutete Sie noch immer in Lugano. Wollten Sie sich nicht ein paar Tage erholen?"

„Der Mann hat sich einfach an mir vorbeigedrängt", sagte die Sekretärin.

Der Commissario nickte. „Das stimmt." Er blickte die Sekretärin freundlich an: „Wir brauchen Sie hier nicht mehr."

„In der Schweiz war leider schlechtes Wetter", sagte die Contessa. „Ich bin heute morgen zurückgekommen."

„Sehr klug von Ihnen. Erkälten kann man sich auch hier. Ich wollte Sie keinesfalls beim Essen stören, aber ich benötige dringend einige Unterlagen." Er wandte sich an den elegant gekleideten Mann mit randloser Brille, der ihr gegenüber saß. „Conte di Campello, wenn ich recht vermute."

„Sie irren sich nicht. Ich hatte Sie allerdings erst um sechzehn Uhr erwartet."

Trattoni nickte. „Ich bin untröstlich. Ich hatte hier in der Nähe zu tun und dachte ..."

„Willst du dem Commissario nicht endlich einen Stuhl anbieten?" fragte die Contessa den Conte. Trattoni hatte längst bemerkt, daß die beiden am Tisch *prosecco* tranken und *stracotto di manzo* aßen, den Rinderschmorbraten, der Giulia in der Küche regelmäßig verunglückte. Das Wasser lief ihm im Mund zusammen.

„Sehr freundlich", sagte er, zog sich einen Stuhl an den Tisch und setzte sich.

„Legen Sie bitte noch ein Gedeck für den Commissario auf", sagte die Contessa zur Sekretärin und wandte sich Trattoni zu. „Bitte speisen Sie mit uns. In den Restaurants gibt es um diese Zeit nichts Vernünftiges. Ich habe mittags hier oft für meinen Bruder gekocht, und seit er nicht mehr lebt ..."

Trattoni nickte. „Ich kann Sie sehr gut verstehen. Ich esse auch nicht gern allein." Die Sekretärin verschwand in einem Nebenraum, vermutlich der Küche, aus der sie mit zwei Tellern, einem Weinglas, Besteck sowie einer Serviette zurückkam, die sie vor Trattoni auf dem Tisch plazierte. Trattoni wartete, bis sie das Zimmer verlassen hatte, griff nach der Weinflasche und füllte sein Glas. „Signor Tanyeli sagte mir, Conte Brambilla hätte ihn in allen Angelegenheiten vertreten."

Conte di Campello schüttelte den Kopf. „Nur wenn es um Warenzeichen und Gebrauchsmusterschutz ging. Für das Ausländer- sowie das Verkehrsrecht bin ich zuständig. Die Anwälte aus Murano haben ihn regelmäßig verklagt. Eine ärgerliche Angelegenheit."

Contessa Brambilla legte Trattoni ein saftiges Stück Rinderschmorbraten sowie eine Portion Zucchini auf den Teller. Er warf ihr einen dankbaren Blick zu, griff nach Messer und Gabel und wandte sich wieder an den Conte. „Mit Warenzeichen kenne ich mich ein wenig aus. Niemand darf Glas aus der Türkei als Muranoglas verkaufen. Signor Tanyeli behauptet, das habe er niemals getan.“

„Hat er auch nicht“, sagte di Campello. „Aber er läßt in der Türkei Armleuchter sowie kleine Gondeln aus Glas herstellen. Wir wurden deswegen viermal vors Gericht gezogen und haben jedesmal gewonnen. Der Rechtsstreit wegen des Armleuchters hat Davide sehr viel Spaß gemacht. Eine der Glashütten behauptete, man hätte in der Türkei ihr Produkt nachempfunden. Wir haben beweisen können, daß sich der türkische Designer von einem Kerzenhalter aus dem Topkapi-Palast in Istanbul anregen ließ.“

Trattoni schmunzelte. „Ihre Akten in dieser Sache würde ich mir gern mal ansehen. Benötigen Sie dafür eine Anordnung des Staatsanwalts?“

„Durchaus nicht. Ich lasse Ihnen gern unsere Vorgänge kopieren. Ich gehe davon aus, daß mich der Mord an Signor Tanyelis Ehefrau von meiner Schweigepflicht entbindet.“

„Tut er“, sagte Trattoni. „Aber was veranlaßt Sie zu der Annahme, daß seine Frau ermordet wurde? Ich habe noch nichts darüber in den Zeitungen gelesen.“

Conte di Campello griff verlegen nach seinem Weinglas. „Ich auch nicht. Signor Tanyeli war heute vormittag bei mir und fragte, ob ich ihn verteidigen könne, falls man ihn in ein Strafverfahren verwickelt. Er befürchtet, man verdächtigt ihn, seine Frau umgebracht zu haben."

„Interessant", sagte Trattoni. „Ich würde mir die Akten über seine Schwierigkeiten mit unseren Glasmachern trotzdem gern mal in Ruhe ansehen."

Der Anwalt stand auf, ging in das Sekretariat, und sobald sie mit Trattoni allein war, fragte die Contessa, wie weit die Ermittlungen gegen Dottoressa Elias gediehen wären. Trattoni verzehrte mit Genuß das letzte Stück seiner Portion Schmorbraten, und die Contessa schob ihm einen kleinen Teller *tiramisù* über den Tisch. „Hoffentlich kümmern Sie sich nicht nur noch um die Frau des Türken."

„Keinesfalls", versicherte Trattoni und griff nach dem Dessertlöffel. „Ich vermute, daß zwischen diesen beiden Fällen eine Verbindung besteht."

Die Contessa hob die Augenbrauen, hielt sich die Hand vor den Mund und bekreuzigte sich. „*Maria santa*", flüsterte sie. „Dann hat die Dottoressa sogar zwei Menschen umgebracht."

„Das weiß ich noch nicht, Contessa. Aber ich verspreche Ihnen, daß ich auch diesen Fall lösen werde. Ich würde gern mal das Zimmer Ihres Bruders sehen. Ist das möglich?"

„Selbstverständlich. Kommen Sie."

Die Contessa stand auf und führte ihn ins Sekretariat, wo Conte di Campello hinter der Sekretärin stand, die am Computer arbeitete. „In zehn Minuten haben wir alles für Sie", sagte der Conte. „In unserer Kanzlei gibt es nicht mehr viel Papier. Wenn ein Vorgang abgeschlossen ist, wird die Akte eingescannt."

„Kein Problem", sagte Trattoni. „Ich nehme an, daß wir das in der Questura ausdrucken können."

Er folgte der Contessa in das Büro ihres Bruders. Es war wie das Zimmer di Campellos mit modernen Disgnermöbeln eingerichtet. Auf dem Schreibtisch stand ein Strauß Astern vor einem Foto Brambillas. Hinter dem Schreibtisch hing eine große Gouache, deren Schöpfer offensichtlich Picasso nicht weniger bewunderte als Jasper Jones. Das Bild war gleichzeitig eine Hommage für beide Künstler.

„Was wird denn jetzt aus dem Anteil Ihres Bruders an der Kanzlei?" fragte Trattoni, während er an das Gemälde trat, um es genauer zu betrachten.

„Darüber habe ich mit Conte di Campello heute gesprochen. Er wird Davides Geschäftsanteil übernehmen und mich auszahlen. Das wird in aller Ruhe abgewickelt. Zwischen Davide und seinem Partner gab es niemals auch nur den geringsten Streit. Conte di Campello wird sich mir gegenüber ebenso korrekt verhalten."

„Freut mich zu hören", sagte Trattoni. Er folgte der Contessa zurück ins Sekretariat, wo ihm di Campello eine Diskette gab.

„Mehr haben wir nicht über die Glasmanufaktur und Signor Tanyeli. – Ermitteln Sie wirklich gegen ihn? Ich kann mir nicht vorstellen, daß er seine Frau umgebracht hat."

„Das habe ich auch keinesfalls behauptet", sagte Trattoni. Er steckte die Diskette ein, verabschiedete sich, und als er im Wartezimmer seinen Mantel anzog, hörte er das Handy läuten.

„Vor einer Stunde hat der Türke den Laden verlassen und ist mit dem Vaporetto bis Accademia gefahren", sagte Sergente Vitello aufgeregt. „Ich habe ihn unauffällig verfolgt."

Trattoni merkte, daß sein Blutzucker stieg. „Und dann?"

„Vor einer halben Stunde ist er in einem Palazzo an der Calle del Pistòr verschwunden. Ich habe gleich Feierabend. Darf ich nach Hause gehen, Commissario?"

„Auf keinen Fall. Warten Sie auf mich."

Trattoni eilte aus der Anwaltskanzlei, die Treppen hinunter und zum Anlegesteg, wo der Fahrer der Polizeibarkasse auf ihn wartete. „Zur Accademia", sagte Trattoni. „So schnell wie möglich."

„In Venedig geht nichts schnell“, antwortete der Bootsführer und ließ den Motor an. „Das müßten Sie doch wirklich wissen.“

Trattoni antwortete nicht. Er ging in die Kabine, setzte sich, und als die Barkasse den Canal Grande erreichte, hatte er plötzlich das Gefühl, daß er die Adresse Calle del Pistòr in Zusammenhang mit diesem Fall schon einmal gehört oder gelesen hatte.

Er blätterte in seinem kleinen grünen Buch, und als er las, daß in dieser Straße Signorina Constanza Mancini wohnte, die ältere der beiden Verkäuferinnen des Türken, stieg zusätzlich zu seinem Blutzucker auch noch sein Blutdruck.

Ihm war auf einmal, als wäre ihm der Kragen zu eng. Er lockerte den Knoten seiner Krawatte, und als er aufs Deck trat, kam ihm das feine weiße Filigran der Fassaden am Ufer noch abweisender vor als sonst. Der Nebel hatte sich inzwischen gelegt. Der Abenddunst war noch nicht aus den Kanälen gestiegen. Das schrille Geschrei der Möwen war so laut, daß es das dumpfe Brummen des Dieselmotors zu übertönen schien, und als die Barkasse am Palazzo Moro vorbeibrummte, ließ er sich seinen Besuch in der Anwaltskanzei durch den Kopf gehen.

Nein, dachte er. Normal ist es nicht, daß die Schwester eines kürzlich verstorbenen Rechtsanwalts mittags mit seinem Partner in dessen Kanzlei speist. Genauso wenig wie der Versuch der Contessa, sich dafür besonders schön zu machen. Aber was ist heute überhaupt noch normal?

Als die Polizeibarkasse angelegt hatte, stieg er aus und ging an der Accademia vorbei zur Calle del Pistòr. Vitello stand vor einem schmalen Palazzo unter einem hohen Baugerüst und salutierte. „Lassen Sie das", sagte der Commissario. „In Zivilkleidung sieht das lächerlich aus." Er ging zur Haustür, fand sie verschlossen und suchte in seinem Notizbuch den Namen der Angestellten des Türken. „Habe ich erwartet. Er ist bei Signora Mancini in der Wohnung."

Vitello sah ihn bewundernd an. „Wieso wissen Sie das, Commissario?"

„Weil ich gründlich arbeite. Nehmen Sie sich das zum Beispiel, Sergente." Er betrachtete das Türschild, läutete zuerst bei Signorina Mancini, dann an allen drei Wohnungen des Hauses. Als die Tür nach drei Minuten noch nicht geöffnet wurde, klingelte Trattoni erneut bei sämtlichen Mietern und fragte Vitello, ob er das Haus etwa einen Moment nicht beobachtet hätte.

„Auch ein Polizist ist nur ein Mensch, Sergente. Wenn Sie in einer Bar die Toilette aufsuchen mußten, können Sie mir das sagen. Das kommt nicht in Ihre Personalakte."

„Auf keinen Fall, Commissario. Der Türke muß noch hier sein. Dieses Gebäude hat kein zweites Portal."

Trattoni nickte, ging auf die andere Seite der Straße, betrachtete die Fassade und lief zu Vitello zurück. „Signorina Mancini wohnt in der ersten Etage, und vor dem Palazzo steht ein Baugerüst. Was schließen Sie daraus, Sergente?"

„Daß die Fassade renoviert wird."

„Sehr richtig, und das sieht jeder. Aber ein Polizeibeamter sieht immer mehr."

Vitello sah an der Fassade hoch und schüttelte langsam den Kopf. „Das kann ich nicht machen, Commissario. Ich habe seit meiner Kindheit Höhenangst."

„Und weshalb sind Sie dann Polizist in Venedig geworden?" fragte Trattoni verärgert. Er zog den Mantel aus, nahm den Hut ab, und als er Vitello beides in die Hände drückte, bemerkte der Sergente ein gefährliches Flackern in den Augen seines Vorgesetzten. „Meine Knie sind zwar nicht mehr die besten", sagte Trattoni. „Aber ich bin in den Dolomiten aufgewachsen. Verglichen mit der *Marmolata* ist dieses Baugerüst lächerlich."

Er trat an das Gerüst, entdeckte eine eiserne Leiter, über die er ächzend und stöhnend ein breites Brett in Höhe der ersten Etage erreichte, auf dem er von einem Fenster zum nächsten lief, bis er in einem der Zimmer den Türken sah.

Signor Tanyeli lag, nur mit einem T-Shirt bekleidet, auf einem breiten Bett und bewegte sich nicht. Der Commissario zückte den Dienstausweis und klopfte an die Fensterscheibe. „Aufmachen!“ rief er. „Polizei!“ Der Türke bewegte sich ein wenig, aber er blickte immer noch nicht zum Fenster.

Die haben den Mann auch vergiftet, dachte Trattoni. Er zog seine Jacke aus, wickelte sie um die rechte Hand, drückte die Scheibe ein.

„Weshalb machen Sie die Tür nicht auf, wenn man bei Ihnen klingelt?“ fragte er, während er mit dem Fuß die Glasscherben vom Fensterbrett wischte. Er sprang ins Schlafzimmer, spürte einen stechenden Schmerz in seinem linken Knie und eilte zum Bett, griff nach dem Handgelenk des Türken und fühlte ihm den Puls. Das Herz schlug regelmäßig und kräftig. „Das ist Widerstand gegen die Staatsgewalt!“ rief der Commissario laut. Der Türke öffnete die Augen und riß seine Hand los. „Fassen Sie mich nicht an“, sagte er schlaftrunken. „Was wollen Sie überhaupt von mir?“

„Ich habe angenommen, die Glasmacher hätten Sie in eine Falle gelockt und umgebracht. Ist bei Ihnen alles in Ordnung?“

Signor Tanyeli wirkte verwirrt. „Wie Sie sehen, lebe ich noch. Also verschwinden Sie gefälligst. Das ist Hausfriedensbruch.“

„Durchaus nicht. Versuchte Gefahrenabwehr. Wenn Sie tot gewesen wären, hätte ich jede Menge Papierkram erledigen müssen. Wollen Sie einem alten Mann sowas zumuten?“

Der Türke gähnte und rieb sich die Augen. „Wieso wissen Sie überhaupt, daß ich hier bin? Lassen Sie mich beschatten?“

Trattoni nickte. „Natürlich werden Sie observiert. Ihre Frau ist vergiftet worden, und wir wollen nicht, daß Ihnen auch etwas passiert. Aber ordnen Sie erstmal Ihre Gedanken.“

Er sah sich im Schlafzimmer um, und als er unter dem Bett eine leere Raki-Flasche fand, stellte er sie auf den Nachttisch. Danach ging er in den Salon und war überrascht, wie geschmackvoll das Zimmer mit alten Möbeln eingerichtet war. Er wunderte sich nur, daß er an den Wänden kein einziges Bild sah. Manche Menschen kamen offenbar auch ohne Kunst gut durchs Leben.

Im Korridor hingen neben einem Herrenmantel zwei modische Damenmäntel. Der Commissario öffnete die schmale Tür des Badezimmers, wo er den Duschvorhang zur Seite zog, hinter dem ängstlich zusammengekauert, nackt und mit nassem Haar, Constanza Mancini hockte. Sie hielt sich erschrocken beide Hände vor die Brüste.

„Hier“, sagte Trattoni, nahm einen weißen Bademantel vom Haken an der Tür und warf ihn ihr zu. „Ziehen Sie sich etwas an. Wir sind hier nicht in einem Roman von Mickey Spillane. – Hat Murat Ihretwegen seine Frau vergiftet?“

„Sie verstehen das völlig falsch“, flüsterte die junge Frau, während sie sich den Bademantel anzog. „Signor Tanyeli fühlt sich bedroht, und er wird eine Zeitlang bei mir wohnen.“

„Aha. Und Sie haben sich ausgezogen, um Ihren *padrone* vor allen Gefahren zu schützen. Also mal ehrlich – wie lange schlafen Sie schon mit ihm? Oder kann man solche Wohnungen inzwischen vom Gehalt einer Verkäuferin bezahlen?“

Der Commisario suchte sein kleines Buch, doch das hatte er in der Manteltasche gelassen.

„Seit sechs Jahren“, sagte Signorina Mancini. „Giuseppina wußte das. Sie hatte nichts dagegen, weil sie auch einen Freund hatte.“

„Das kann sie mir nicht mehr bestätigen. Hat der Freund dieser unglücklichen Frau zufällig einen Namen?“

„Den kenne ich nicht. Aber Murat hat gesagt, ich brauche kein schlechtes Gewissen zu haben. Seine Frau sei tolerant.“

„Das behauptet jeder Mann, der fremdgeht. – Wer kümmert sich eigentlich um Ayse, während Sie Ihrem Chef beim Trauern helfen?“

„Sie meinen vermutlich Aybige“, sagte die Verkäuferin. „Murat hat sie heute morgen zum Flughafen gebracht. Sie wird eine Zeitlang in Istanbul bei ihrer Großmutter leben und dort zu Schule gehen."

„Sehr schön", sagte Trattoni. „Was halten Sie von einem Geständnis? Nach sechs Jahren waren Sie die Rolle der Geliebten des *padrone* leid und haben seine Frau getötet, um ihn heiraten zu können. Manche nehmen immer noch an, ein Mord wäre billiger als eine Ehescheidung. Möglicherweise haben Sie und Murat die Frau gemeinsam vergiftet, aber das ist jetzt nicht so wichtig."

Constanza Mancini blickte Trattoni so nachsichtig an, wie man ein kleines Kind anschaut. „Klingt logisch, aber Sie irren sich. Ich habe Giuseppina nicht umgebracht, und ich würde Murat unter keinen Umständen heiraten. Ich bin katholisch, und mein Vater ist Abgeordneter der *Lega Nord*. Der hält sogar Sizilianer für Ausländer. Er würde mich umbringen, wenn ich einen Muslim heiraten würde. Leuchtet Ihnen das ein?"

„Bedingt", sagte Trattoni. „Ich kann das Gegenteil leider noch nicht beweisen."

Er betrachtete die junge Frau einen Augenblick nachdenklich, schüttelte den Kopf und ging in den Salon. Murat Tanyeli hatte sich inzwischen angezogen. Er saß auf dem Sofa und rauchte nervös eine Zigarette. Erst jetzt bemerkte der Commissario, daß über dem Eßtisch der gleiche Kristallüster hing wie bei ihm zuhause.

„Also wie ein Fundamentalist benehmen Sie sich nicht", sagte er zu Tanyeli. „Oder gestattet Ihre Religion immer noch mehrere Frauen? Ist Giuseppina Ihnen auf die Schliche gekommen und war im Wege?"

Der Türke schüttelte den Kopf. „Durchaus nicht. Nach der Geburt hatte meine Frau ... wie soll ich das erklären ..."

„Sexuelle Schwierigkeiten?" fragte Trattoni. „Kommen Sie mir bloß nicht damit. Die habe ich auch, aber deshalb bringe ich niemanden um. Signorina Mancini sagte mir, Ihre Frau hätte einen Freund gehabt. Ich hätte gern seinen Namen und die Adresse."

„Ich habe meine Frau nicht getötet", sagte der Türke ruhig. „Und mit Ihnen rede ich kein Wort mehr ohne meinen Anwalt."

„Dazu hat Ihnen Conte di Campello geraten, was?" fragte Trattoni. „Richten Sie ihm einen schönen Gruß von mir aus. Im Moment habe ich keine Fragen mehr an Sie."

Er ging in den Flur und wollte den Mantel von der Garderobenleiste nehmen, doch ihm fiel noch rechtzeitig ein, daß der dem Türken gehörte. „Dann bis zum nächsten Mal", sagte er, während er die Wohnungstür öffnete. „Machen Sie in Zukunft gefälligst auf, wenn die *Polizia* etwas von Ihnen will. Und lassen Sie sich eine neue Fensterscheibe einsetzen. Venedig kann sehr kalt ein."

Als Trattoni auf die Straße trat, lag ein leichter Nieselregen in der Luft. Er nahm dem Sergente den Mantel ab und setzte sich den Hut wieder auf. Auf dem Weg zum Landesteg sagte Vittelo, Trattonis *telefonino* habe während seiner Abwesenheit mehrfach in der Manteltasche geläutet.

„Dieses Ding bringt mich nochmal um“, sagte der Commissario. „Vermutlich will meine Frau wissen, wann ich heute nach Hause komme.“ Er ließ sich die entgangenen Anrufe anzeigen. Als er sah, daß Dottor Martucci viermal versucht hatte, ihn zu erreichen, rief er zurück.

„*Scusi,* Guido“, sagte Trattoni, nachdem sich der Pathologe gemeldet hatte. „Ich war mit einer Vernehmung beschäftigt. Was kann ich für dich tun?“

„Eine ganze Menge. Wir müssen so schnell wie möglich mit dir reden.“

„Wer ist wir, und um was geht es?“

„Nicht am Telefon, Adriano. Wo bist du jetzt? Kennst du ein gutes Restaurant in der Nähe?“

„Mein Boot liegt an der Accademia“, sagte Trattoni zögernd. „Was hältst du von der Osteria *Quatro Feri* in der Calle Lunga San Bàrnaba?“

„Einverstanden. Wenn ich ein Ambulanzboot nehme, sind wir spätestens in einer halben Stunde dort. Aber warte auf uns. Es ist sehr wichtig.“

Trattoni wollte antworten, doch er hörte nur noch das Freizeichen und schaltete das Telefon aus. „Ich muß noch zu einer Besprechung“, sagte er zu Vitello. „Sobald mich das Boot dort abgesetzt hat, kann es Sie zurück zur Questura bringen.“

„*Grazie*, Commissario“, sagte Vitello, griff in die Tasche seiner Windjacke und gab Trattoni einen Stapel Quittungen. „Meine Spesenbelege. Ich mußte den Glasladen von verschiedenen Lokalen aus observieren. Sonst wäre ich aufgefallen.“

Kapitel 15

Eine Stunde später saß Commissario Trattoni mit Dottor Martucci und Dottoressa Carla Solaroli bei einem Glas Wein an einem der rohen Holztische in der Osteria. Er wußte inzwischen, daß Signorina Solaroli Mikrobiologie und Lebensmittelchemie studiert hatte und in einem Labor der *Unità Sanitaria* beschäftigt war.

Trattoni konnte noch immer kaum fassen, was ihm die Mikrobiologin und Dottor Martucci berichtet hatten.

„Eine ganze Familie mit Botulismus im Krankenhaus?" fragte er wütend. „Weshalb wissen wir in der Questura nichts davon?"

Die junge Mikrobiologin spielte nervös mit einer Strähne ihrer langen dunkelblonden Haare und sah Dottor Martucci unsicher an. „Du kannst offen mit dem Commissario reden", sagte der Pathologe. „Auf Adriano kann man sich verlassen."

Dottoressa Solaroli bemühte sich zu lächeln, doch es gelang ihr nicht besonders gut. „Weil mein Chef die Sache unter der Decke halten möchte", sagte sie. „Aber mit unseren Methoden bekommen wir das nie und nimmer in den Griff."

Dottor Martucci ließ sein heiseres Lachen hören. „Der Direktor unseres Krankenhauses hat sämtliche Ärzte an ihre Schweigepflicht erinnert. Sie sollen die Patienten im Glauben lassen, sie hätten nur eine Salmonelleninfektion. Eine riesige Sauerei."

„Ich verstehe das nicht", sagte Trattoni bedrückt. „Wer könnte eine ganze Familie ermorden wollen? – Der Mann ist wirklich Kraftfahrer?"

Martucci nickte. „Bei einer Spedition. Die Familie hat kein Vermögen und lebt von der Hand in den Mund."

„Natürlich sind sie arm", sagte Trattoni. „Sonst lägen sie in keinem öffentlichen Krankenhaus."

Martucci griff nach der Weinflasche und füllte wieder die Gläser auf dem Tisch. „Aber sie sind wenigstens gleich zum Arzt gegangen. Meine Kollegen haben ihnen das Antitoxin injiziert, und jetzt werden sie noch ein paar Tage beobachtet. – Ich habe es dir von Anfang an gesagt, Adriano. Davide Brambilla ist ebenso wenig ermordet worden wie Giuseppina Tanyeli. Das sind schlicht und einfach Lebensmittelvergiftungen."

„Auch ein Giftmörder ist ein Mörder", sagte Trattoni. „Und ich werde ihn vor Gericht bringen."

„Das erwarte ich auch von dir", sagte Dottor Martucci. „Diese Vergiftungen sind ungewöhnlich. Bei der Gesundheitsinspektion ist der Teufel los. Die arbeiten rund um die Uhr und haben sogar zusätzliches Personal bekommen, aber sie finden die Infektionsquelle nicht."

Der Commissario griff nach seinem Glas und trank einen kleinen Schluck. Diesmal kam ihm sogar der gute *Verdicchio* sauer vor. Es fiel ihm schwer, sich mit der veränderten Situation abzufinden. „Du meinst, der Avvocato und die Frau des Türken waren überhaupt nicht die Zielpersonen dieses Mörders?"

„Vermutlich nicht, Adriano", sagte Martucci. „Hier vergiftet jemand aus Mordlust Lebensmittel, und es kann jeden treffen. Aber das erklärt dir am besten Carla. Ich bin nur Mediziner. Sie kennt sich besser mit solchen Sachen aus."

„Danke für die Blumen", sagte die Mikrobiologin. „Aber wir sollten unsere Zeit nicht für Komplimente verschwenden. Dafür ist die Situation zu ernst."

Sie schilderte sachlich die Arbeit der Lebensmittelkontrolle, und je länger Trattoni ihr zuhörte, desto hilfloser fühlte er sich. Die Inspektoren durften bedenkliche Produkte beschlagnahmen und vernichten. Das Gesundheitsministerium konnte anordnen, daß Lebensmittel vom Hersteller zurückgerufen werden mußten.

Doch diese Maßnahmen waren sämtlich erst möglich, nachdem man entdeckt hatte, welches Produkt gesundheitsschädlich war.

„Und hier liegt unser Problem“, sagte Dotoressa Solaroli. „Wir haben in der Küche der erkrankten Familie und der beiden Toten nichts Verdächtiges gefunden.“

„Dann hat man nicht gut genug gesucht“, sagte Trattoni. „Wer gründlich sucht, findet immer etwas.“

Die Dottoressa ignorierte diese Bemerkung. „Unsere Inspektoren führen mehr Kontrollen durch als je zuvor, aber wir kommen keinen Schritt weiter. Ich habe so etwas noch nie erlebt. Dieser Erreger ist inzwischen sehr selten.“

„Hat man die Frau des Kraftfahrers wenigstens gefragt, was ihre Familie gegessen hat?“ fragte Trattoni.

„Man hat“, sagte die Mikrobiologin verärgert. „Für wen halten Sie uns? – Sie hat Pasta und Gemüse gekocht. Fleisch oder Fisch in der vergangenen Woche überhaupt nicht. Diese Fälle sind sehr ernst, Commissario. Daß in einer kleinen Stadt gleichzeitig sechs Menschen an Botulismus erkranken und zwei sogar sterben, kann kein Zufall sein. Wir gehen davon aus, daß hier Lebensmittel absichtlich infiziert werden. Aus anderen Regionen wurde kein einziger Fall gemeldet.“

Dem Commissario stand der Schweiß auf der Stirn. „Und weshalb schaltet Ihre Behörde die Polizei nicht ein?“

Dottoressa Solaroli sah Trattoni erstaunt an. „Sie kennen doch unsere Bürokraten. Die wollen sich von keinem in die Karten schauen lassen. Von der Polizei am wenigsten. Panik in der Bevölkerung will der Direktor natürlich auch vermeiden. Er besteht darauf, jede Inspektion persönlich zu genehmigen. Und jeden Lebensmittelladen können wir auch nicht ständig überwachen."

Trattoni schüttelte den Kopf. „Entsetzlich. Jeder Mensch muß essen. Wer sich an der italienischen Küche versündigt, greift nach der Seele unserer Nation."

„Eher nach ihrem Magen", sagte Dottor Martucci. „Das ist noch schlimmer." Dottoressa Solaroli holte einen Schnellhefter aus ihrer Schultertasche. „Ich habe Ihnen das wichtigste über Botulismus ausgedruckt. In frischen Lebensmitteln sind diese Bazillen äußerst selten. Clostridien können sich nur ausbreiten, wenn Konservierungsverfahren zu mild angewendet werden. In *Germania* sind kürzlich zwei Menschen an schlecht geräucherten Forellenfilets erkrankt. In Sizilien ist bei einer Inspektion aufgefallen, daß ein Betrieb Schinken zu kurze Zeit pökelte, um Geld zu sparen. Die Kollegen in Palermo haben dieses Unternehmen schließen müssen. Ein Glück, daß die Infektion nicht wie Schnupfen oder AIDS von Mensch zu Mensch übertragen werden kann."

„Schnupfen wäre mir lieber", sagte Trattoni. „Kann man wenigstens vorbeugen, damit man nicht krank wird?"

„Nur bedingt", sagte Dottoressa Solaroli. „Die Bazillen und Sporen überleben Temperaturen über achtzig Grad höchstens zehn bis fünfzehn Minuten. Aber wir können die Leute nicht auffordern, nur noch abgekochte Lebensmittel zu verzehren. Wir müssen die Ursache der Infektion aufspüren und beseitigen."

Der Kellner brachte die Speisekarte an den Tisch und sagte, die Küche sei jetzt geöffnet, doch diesmal hatte sogar Commissario Trattoni nicht den geringsten Appetit. Er bestellte eine zweite Flasche Wein sowie eine große Flasche *San Pellegrino,* und als er sich an Dottor Martucci wandte, klang seine Stimme bedrückt. „Und was kann ich in dieser Sache tun?" fragte er. „Ich bin weder Arzt noch Biologe oder Chemiker."

Dottor Martucci nickte. „Ich weiß, Adriano. Aber ein verdammt guter Polizist. Mord ist und bleibt Mord. Wir haben im Ospedale ein großes Labor, und Carla kann auch untersuchen, was sie will. Du ißt doch auch gern und hast Familie. Wir dürfen das nicht länger nur den Behörden überlassen."

Diesmal dauerte es länger, bis Trattoni antwortete. „Wahrscheinlich hast du recht, Guido. Aber versprich dir nicht zu viel von mir." Er holte sein kleines grünes Buch aus der Tasche und wandte sich an die Mikrobiologin. „Würden Sie mir freundlicherweise Ihre Telefonnummer verraten?“

Sie gab Trattoni ihre Visitenkarte. „Am besten, Sie rufen mich über das *telefonino* an. „Bei uns im Büro werden alle Telefongespräche aufgezeichnet. Aber wir arbeiten mit den Krankenhäusern zusammen. Wenn ich für Guido etwas untersuchen soll, erweckt das bei uns im Hause keinerlei Verdacht.“

„Bei uns ist es so ähnlich“, sagte Trattoni. „Der Vize-Questore traut mir auch nicht über den Weg.“ Er legte die Visitenkarte in sein Notizbuch und räusperte sich. „Ich möchte keine voreiligen Schlüsse ziehen, aber es ist möglich, daß ein Unternehmen erpreßt wurde und nicht gezahlt hat.“

Dottoressa Solaroli nickte. „An diese Möglichkeit hat man in unserem Krisenstab auch gedacht. Die Mafia arbeitet gelegentlich mit dieser Methode, doch davon erfahren wir gewöhnlich nichts. Die Unternehmen zahlen stillschweigend und wenden sich nicht an die Polizei.“

„An die würde ich mich auch nicht wenden“, sagte Trattoni. „Ich weiß, wie die meisten meiner Kollegen arbeiten.“ Er bat Dottor Martucci um den Namen und die Adresse des Kraftfahrers, notierte sie sich, und als er zufällig auf seine Armbanduhr sah, stand er erschrocken auf. „Jetzt muß ich mich leider verabschieden. Sonst bekomme ich Ärger mit meiner Frau."

Er zog sich den Mantel an, setzte den Hut auf, und als er mit dem Schnellhefter in der Hand aus der Osteria auf die Straße trat, fiel ihm ein, daß er seine Getränke nicht bezahlt hatte. Doch das war ihm egal.

Inzwischen regnete es nicht mehr. Der Dunst war aus den Kanälen gestiegen und hatte sich zu kaltem Nebel verdichtet. Zum ersten Mal kam er Trattoni vor wie ein weißes Leichentuch, das jemand über der *Serenissima* ausgebreitet hatte. Ein Frösteln lief ihm durch den ganzen Körper. Er schlug den Kragen hoch, tastete sich vorsichtig an den Häusern entlang zum Anlegesteg vor dem Ca' Rezzonico, wo er zehn Minuten später in ein Wassertaxi stieg. Dessen Führer grinste, als er die Gebührenuhr einschaltete. „Haben Sie mir nicht heute morgen versprochen, nur noch mit dem Polizeiboot zu fahren?"

„Das bin ich auch den ganzen Tag", sagte der Commissario. „Und jetzt will ich nur noch nach Hause."

Er ließ sich erschöpft auf die Sitzbank sinken. Der Fahrer steuerte das Boot zehn Minuten über den Canal Grande und bog dann in einen der schmalen *canali* ab, die sich durch Venedig ziehen wie wäßrige Fäden des Netzes einer riesigen

Spinne. Und in diesem unüberschaubaren Spinnennetz war jetzt offensichtlich ein Psychopath unterwegs, der Nahrungsmittel vergiftete.

Commissario Trattoni merkte, daß sich ein dumpfes Gefühl in seinem Magen zusammenballte. Am liebsten hätte er schon jetzt im Schnellhefter gelesen, doch es gab keine Leselampe im Taxi. So konnte er nur durch die Windschutzscheibe auf die weiße Nebelwand starren und sich die veränderte Situation durch den Kopf gehen lassen.

Wenn Martucci und die Mikrobiologin sich nicht irrten, hatte er es jetzt mit einem jener Verbrecher zu tun, vor denen ihm am meisten graute: einem Täter, der nicht gezielt mordete, sondern dem es egal war, wer ihm zum Opfer fiel.

Kein Wunder, daß ich bisher weder den Mörder des Notars, noch den der Frau des türkischen Kaufmanns ermitteln konnte, dachte er. In beiden Fällen gibt es zwar mehrere Verdächtige, aber es hat keinen Sinn, den oder die Täter länger im Umfeld ihrer Opfer zu suchen.

Es kam Trattoni so vor, als dauere die Fahrt quer durch Venedig diesmal noch länger als sonst. Nachdem das Wassertaxi endlich am Landesteg San Marcuola angelegt hatte, zahlte er den bei Nebel stets fast verdoppelten Fahrpreis, und er vergaß sogar, sich eine Quittung geben zu lassen.

Als er die Treppen zu seiner Wohnung hinaufstieg, erschrak er. Er empfand gegen jeden Mörder Abscheu, doch jetzt spürte er zum ersten Mal in sich einen Haß auf den unbekannten Täter, der ihn ängstigte. Dieser Täter tötete ziellos. Er wollte Menschen Schaden zufügen, und ihm war egal, wer ihm zum Opfer fiel. Wer so handelte, bedrohte auch ihn und seine Familie.

Wie immer lief ihm in Höhe der zweiten Etage das Wasser im Mund zusammen, sobald er die verlockenden Gerüche aus Giulias Küche wahrnahm. Er atmete schwer, als er die Wohnungstür endlich erreicht hatte, schloß sie auf, und als er im Korridor den Mantel auszog, dröhnte aus Stefanos Zimmer plötzlich lauter *Hard Rock*.

„Geht das nicht auch ein bißchen leiser", schrie er. „Ich habe einen anstrengenden Arbeitstag hinter mir."

Er eilte wütend zu Stefanos Zimmer, riß die Tür auf, die immer noch schief in den Angeln hing, und stellte die Steroanlage leiser. „Du solltest mir lieber gratulieren", sagte Stefano. „Die Matheprüfung habe ich geschafft. Jetzt bekomme ich in Kürze das Vordiplom."

„Das freut mich", sagte Trattoni. „Herzlichen Glückwunsch. Aber deshalb brauchst du unsere Ohren nicht zu ruinieren."

Er lief zurück in den Flur und ging langsam in die Küche, in der sich heute der feine Duft frischer Limonen in den kräftigen Geruch frisch gepreßter Knoblauchzehen mischte.

„Du hast dich wieder um eine Stunde verspätet", begrüßte Giulia ihren Mann, während sie vier dünne Rumpsteaks aus der Marinade nahm und auf den Grill legte. „In Zukunft wird bei uns jeden Abend pünktlich um halb neun gegessen. Wer dann nicht zu Hause ist, kann sehen, wo er bleibt."

Sie bückte sich, holte eine große Platte Vorspeisen aus dem Kühlschrank und hielt sie Trattoni hin. „Du kannst schon mal die *antipasti* in den Salon bringen. Das Essen ist in zehn Minuten fertig."

Trattoni stellte die Vorspeisen auf die Anrichte neben dem Herd, auf dem Gemüse in der Pfanne schmorte. „Den Käse, die Oliven, die Tomaten in Öl und die Auberginen können wir essen", sagte er. „Schinken, Wurst, geräucherten Fisch und *carpaccio* gibt es erst wieder, wenn ich das ausdrücklich genehmige."

Giulia legte Spaghetti in den Topf mit siedendem Wasser und drehte sich langsam zu ihrem Mann um, der gerade mit spitzen Fingern die Salami und das Carpaccio von der Platte klaubte und in den Abfalleimer warf.

„Bist du verrückt geworden?" schrie sie. „Was hast du an meinen *antipasti* auszusetzen? Wenn es dir hier nicht mehr schmeckt, kannst du in Zukunft wie dein Sohn bei McDonalds essen!"

Trattoni beförderte auch die Sardinen und den *Prosciutto di Parma* in den Müll. „Du regst dich unnötig auf, *cara mia*. Ich will nur vermeiden, daß wir krank werden. Guido hat mich heute vor einigen Lebensmitteln gewarnt. Deswegen liegt eine ganze Familie im Krankenhaus. Meine zwei Toten sind wahrscheinlich daran gestorben."

„Haben sie wieder giftigen Fisch aus der Lagune auf dem Markt entdeckt?" fragte Giulia.

„Ach was", sagte Trattoni. „Nur sehr gefährliche Bazillen. Die *Unità Sanitaria* hat einen Krisenstab gebildet und macht Überstunden. Aber mach dir deswegen keine Sorgen, das bekomme ich schnell in den Griff."

Er holte den Brotkorb aus dem Küchenschrank, trug ihn zusammen mit den restlichen *antipasti* in den Salon und stellte beides auf den Eßtisch. Luciana und Stefano saßen auf dem Sofa vor dem Fernsehgerät, über dessen Bildschirm ein Fußballspiel flimmerte.

„Wer spielt denn heute und wie steht es?" fragte Trattoni.

„Milano gegen Roma zwei zu null", sagte Stefano. „Seit wann interessierst du dich für Fußball?"

„Überhaupt nicht. Aber ein Polizeibeamter muß überall mitreden können."

Luciana stand vom Sofa auf, ging zum Tisch und nahm sich ein Stück Käse von der kalten

Platte. „Endlich habt Ihr es begriffen“, sagte sie zufrieden. *„Prosciutto* ist Schweinefleisch, und das ist besonders ungesund.“

„Vermutlich weil das Schwein dem Menschen so ähnlich ist“, sagte Stefano, ohne den Blick vom Fernsehgerät zu wenden. „Ich hab zwar mit unseren Muslimen nicht viel am Hut, aber daß sie kein Schweinefleisch essen, imponiert mir.“

Trattoni merkte, daß sein Blutdruck in die Höhe schoß. „Sag das nochmal. Weshalb essen die kein Schweinefleisch?“

Stefano sah seinen Vater überrascht an. „Weil es im Koran verboten ist. Weißt Du das etwa nicht?“

„Natürlich weiß ich das“, sagte Trattoni. „Ich habe nur im Moment nicht daran gedacht.“ Er holte die Flasche mit *grappa* aus der Hausbar, füllte ein Glas und leerte es mit einem Zug.

„Danke, Stefano“, sagte er. „Vielleicht solltest du nach dem Studium auch bei der Polizei anfangen.“

„Auf keinen Fall“, erwiderte der Student. „Eher gehe ich nach Indien. Dort hat man als Informatiker noch Chancen.“

Trattoni setzte sich neben Stefano aufs Sofa und tat so, als verfolge er das Fußballspiel, doch ihm war wie immer völlig egal, welche der beiden Horden junger Millionäre gewinnen würde.

Muslime essen kein Schweinefleisch, hämmerte es in seinem Kopf. Dottoressa Elias wie Murat Tanyeli und seine Tochter sind Muslime. Nur deswegen sind sie nicht krank geworden. Wenn ich daran gedacht hätte, wäre mir eine Menge Arbeit erspart geblieben.

Aber andererseits, er lächelte plötzlich, andererseits ahnte er jetzt, an was Conte Brambilla und Giuseppina Tanyeli gestorben waren. Er griff nach dem Handy, um die Mikrobiologin anzurufen, doch er wußte nicht mehr, wo er die Karte mit ihrer Telefonnummer gelassen hatte. Als Giulia die Schüssel Spaghetti auf den Tisch stellte, steckte er das kleine Funktelefon wieder in die Tasche. „Ich nehme an, *carpaccio* können wir nach wie vor essen", sagte er zu seiner Frau, während er die Weinflasche entkorkte. „Rindfleisch ist unbedenklich."

„Dann hole es dir meinetwegen aus dem Abfalleimer", sagte Giulia. Da Luciana und Stefano während des Essens das Fußballspiel weiter verfolgten und Giulia wenig Lust hatte, mit Trattoni zu sprechen, verzehrten alle das Abendessen schweigend.

Er versuchte zwar, die Stimmung seiner Frau aufzuheitern, indem er das Rumpsteak lobte, doch sie warf ihm nur einen kurzen Blick zu, der ihn verstummen ließ. Er verzehrte in Ruhe nach der Pasta sein Steak mit Gemüse, trank dazu zwei

Gläser *Montepulciano* und sagte, daß er auf das *tiramisù* und den *caffè* verzichten wolle, weil er leider noch arbeiten müsse.

„Daran wird dich bestimmt niemand hindern", sagte Giulia, seinen Tonfall nachahmend.

Er stand vom Tisch auf, holte im Korridor den Schnellhefter der Mikrobiologin sowie sein Notizbuch aus den Manteltaschen und zog sich damit in sein Arbeitszimmer zurück. Diesmal dauerte es länger als sonst, bis er die Oper ausgewählt hatte, bei der er sich entspannen wollte. Er entschied sich für Verdis *Rigoletto,* setzte sich in seinen Sessel und schloß die Augen, um sich auf seinen Fall zu konzentrieren, doch als Placido Domingo die Arie *La Donna è mobile* schmetterte, schlief er so fest, daß ihn sogar die kräftige Stimme des Tenors nicht weckte. Er wachte erst auf, als er Giulias Hand an der Schulter fühlte. „Tut mir leid, daß ich unfreundlich war", sagte Giulia leise. „Ich will mir nur noch einen Film im Fernsehen ansehen, und gehe danach ins Bett."

Trattoni schaltete die Stereoanlage aus, wischte die Schallplatte mit dem Ärmel ab und schob sie zurück in die Hülle. „Was läuft denn?" fragte er schlaftunken.

Giulia lächelte. „*F for Fake* von Orson Welles auf *RAI Due.* Aber dafür bist du heute viel zu müde. Am besten, du gehst jetzt schlafen. Wenn du willst, nehme ich den Film für dich auf."

Kapitel 16

Am nächsten Morgen hatte der Nebel sich aufgelöst. Ein frischer Westwind sorgte dafür, daß sich auf dem Canal Grande die Wellen kräuselten. Commissario Trattoni stand auf dem Deck eines Vaporetto der *Linea 1* und genoß die würzige, salzige Luft, die man in Venedig nur atmete, wenn der Wind von der Adria her wehte und die Insel vor den giftigen Abgasen der Chemiefabriken auf dem Festland verschont blieb.

Der schwimmende Omnibus tuckerte an Palästen vorbei, die Jahrhunderten widerstanden hatten und seit ein paar Jahrzehnten von den giftigen Gasen der chemischen Industrie immer mehr zerfressen wurden. Die Touristen nahmen davon nichts wahr.

Sie freuten sich über Gondeln und *traghetti*, die auf dem Kanal unterwegs waren oder zwischen Holzpfählen am Ufer schaukelten. Sie bewunderten die kunstvoll gestalteten Fassaden und Madonnen, Engel und Christusfiguren auf den Kuppeln und Türmen. Trattoni wußte, daß die uralten Statuen langsam zu Staub zerfielen. Er mochte Touristen zwar nicht, doch er bedauerte, daß von dieser Schönheit in zwanzig oder dreißig Jahren nicht mehr viel zu sehen sein würde.

Aber noch leuchteten der weiße Marmor und die gelben oder braunen Mauern vieler Palazzi unter dem blauen Himmel in der Morgensonne so verlockend, daß Trattoni den Vaporetto am Ponte di Rialto verließ und sich unter die Touristen mischte, die auch schon so früh unterwegs waren.

Er ging über den Obst- und Gemüsemarkt, und als er Äpfel und Birnen sah, Orangen und Limonen, Tomaten, Zucchini und Auberginen, die auf zahllosen roh gezimmerten Holztischen angeboten wurden, hatte er das Gefühl, der Wind hätte mit den Wolken auch seine düstere Stimmung weggefegt.

Er kaufte an einem Stand zwei saftige Abatebirnen, ließ sie sich in eine braune Papiertüte packen, und als er eine *bar* erreichte, bestellte er einen *caffè* und eine *brioche*. An den Tischen lasen Männer ihre Zeitungen, die ihn an Roberto Rizzo erinnerten, jenen Journalisten, der ihm oft Material aus dem Zeitungsarchiv zusteckte und ihm auch das Foto des Rechtanwalts Brambilla überlassen hatte.

Ich muß mit Roberto sprechen, dachte er, während er den *caffè* trank. Wir müssen die Leute vor Schinken und Wurst aus Schweinefleisch warnen. Er bestellte einen zweiten *caffè,* zahlte und ging dann langsam zur Questura, wo er sein kleines grünes Buch schon auf der Treppe aus der Tasche holte.

„*Buon giorno,* Comissario“, sagte Signorina Elektra, die in einem weinroten Cashmerepullover und einem langen dunkelgrünen Samtrock am Fenster stand und ihre Orchideen düngte. „Heute so früh im Büro?“

„Der frühe Vogel fängt den Wurm“, sagte Trattoni. Er sah in sein Notizbuch. „Ich muß wissen, wo Salvatore Ventura in den letzten vier Wochen gearbeitet hat. Der Mann wohnt in Mestre und soll Kraftfahrer bei einer Spedition sein. Schaffen Sie das?“

„Kein Problem“, sagte die Sekretärin. „Hat er was geklaut?“

„Das weiß ich noch nicht. Die ganze Familie liegt im Krankenhaus. Vermutlich verdorbene Lebensmittel. Bei uns zu Hause gibt es bis auf weiteres keine Wurst und keinen Schinken mehr. – Ist der Duce schon im Haus?“

„Natürlich nicht. Wollen Sie was von ihm?“

„Das fehlte mir gerade noch. Sagen Sie Vitello Bescheid. Er soll zu mir kommen.“

„*Subito*“, sagte Signorina Elektra. „Er ist zur Piazza gefahren, um dort Murat Tanyeli weiter zu observieren.“

„Das ist nicht mehr nötig. Er soll auf dem

schnellsten Wege in die Questura zurückkommen."

Der Commissario ging in sein Büro und setzte sich an den Schreibtisch. Neben dem *Gazzettino* lagen fünf Totenscheine, die er aufmerksam las. Drei Menschen waren an Altersschwäche verstorben. Ein Priester war einem Herzinfarkt erlegen und ein Gondoliere im Rio dei Greci ertrunken.

Wenigstens keine neuen Lebensmittelvergiftungen, dachte Trattoni und zeichnete die Totenscheine ab. Danach schlug er die Zeitung auf, doch als er an Roberto Rizzo dachte, legte er sie aus der Hand. Es war auch in Venedig nahezu unmöglich, einen Journalisten vor der Mittagspause in seiner Redaktion zu erreichen. Trattoni rief gleich Robertos Handy an, und als der ihm sagte, daß er sich gerade im Palazzo Venier dei Leoni aufhalte, weil er über die nächste Ausstellung der *Collezione Peggy Guggenheim* berichten wolle, lachte der Commissario.

„Dann erkundige dich mal, ob sie immer noch den Penis der Reiterstatue auf der Terrasse abschrauben, wenn im Palazzo ein geistlicher Würdenträger erwartet wird", sagte Trattoni. „Aber deshalb habe ich dich nicht angerufen."

„Habe ich mir gedacht", sagte der Journalist. „Gibt's was Neues in der Sache Brambilla?"

„Bisher nicht. Aber du könntest dich mal bei Dottor Martucci nach der Familie Ventura erkundigen, die mit einer Lebensmittelvergiftung in seinem Krankenhaus liegt. Ich glaube, da wird etwas vertuscht."

„Hat das mit dem Mord an Davide zu tun?"

„Weiß ich noch nicht. Ich dachte nur, ihr könntet eure Leser warnen. Die Familie ist an den gleichen Bazillen erkrankt, an denen Davide Brambilla und Giuseppina Tanyeli verstorben sind. Ich vermute, mit Wurst oder dem Schinken aus Schweinefleisch stimmt was nicht."

„Welche Giuseppina Tanyeli?" fragte der Journalist. „Etwa die Frau aus dem türkischen Glasladen auf der Piazza?"

„Dazu kann ich dir leider nichts sagen, Roberto. Ich rede nie über dienstliche Angelegenheiten."

„Das weiß ich, Adriano. Ich kümmere mich um die Sache."

„Meinetwegen", sagte Trattoni. „Halte mich auf dem laufenden. *Ciao,* Roberto." Er schaltete sein Handy aus, vertiefte sich in den *Gazzettino,* und las zuerst den Lokalteil. Auf der Giudecca war ein Hotel abgebrannt, dessen Eigentümer einen Bauunternehmer auf Schadensersatz verklagt hatte, nachdem der Dachstuhl des Hotels eingestürzt war.

Gegen einen Staatsanwalt des Gerichts nahe der Rialtobrücke war erneut ein Disziplinarverfahren eingeleitet worden, weil er die Abwässerentsorgung des Chemiekonzerns zu genau untersuchen ließ. Derlei geschah in Venedig nicht selten.

Trattoni las gerade, daß in Mestre die Carabinieri im Hause eines Rechtsradikalen ein großes Waffenlager entdeckt hatten, als Sergente Vitello ins Zimmer kam. „*Buon giorno,* Comissario", grüßte er. „Ich habe das Geschäft von Signor Tanyeli eine Stunde unauffällig observiert. Keine besonderen Vorkommnisse."

„Die habe ich auch nicht erwartet", sagte Trattoni. „Ziehen Sie sich Ihre Uniform an und besorgen Sie uns ein Boot. Ich will mich in Mestre ein wenig umsehen."

„*Come desidera,* Commissario. Aber in Mestre gibt es nichts zu sehen."

Trattoni stand auf, zog sich den Mantel an und griff nach seinem Hut. „Keine falschen Vorurteile, Sergente. Ein guter Polizist entdeckt überall etwas. Ich warte unten am Landesteg auf Sie."

Der Sergente salutierte, und als er das Zimmer verlassen hatte, steckte der Commissario sein kleines grünes Buch ein und entdeckte dabei in seiner Jackentasche eine Diskette. Er überlegte, was es damit auf sich hatte, und entschloß sich, sie zu Signorina Elektra zu bringen. Sie war immer noch mit ihren Orchideen beschäftigt. „Sehen Sie sich das an, Commissario", sagte sie glücklich. „Meine *Miltonia* blüht."

„Natürlich blüht sie", erwiderte Trattoni. „Sie hat ja sonst nichts zu tun." Er legte die Diskette auf den Schreibtisch der Sekretärin. „Da sollen irgendwelche Daten drauf sein. Können Sie mir das ausdrucken?"

In diesem Moment läutete kurz das Telefon, und Signorina Elektra setzte sich schnell an ihren Schreibtisch. „Wenn Felice Wache steht, warnt er mich immer. Der Duce ist soeben ins Haus gekommen."

„Der hat mir gerade noch gefehlt", sagte Trattoni. Er zog den Mantel aus, versteckte ihn, zusammen mit dem Hut, unter dem Schreibtisch der Sekretärin, und wartete, bis sein Vorgesetzter das Büro betrat. „Na endlich, Commissario", sagte Berlusco. „Ich habe schon auf ihren Bericht gewartet. Kann ich den Türken festnehmen lassen?"

Berlusco zog seinen Trenchcoat aus und gab ihn Signorina Elektra, die ihn auf einem Kleiderbügel an die Garderobe hängte. Heute hatte er einen beigefarbigen Anzug aus dem Hause *Brioni* an, zu dem er auf einem weinrot gestreiften Hemd eine dunkelblaue Krawatte trug.

„Wir arbeiten daran, Vize-Questore. Deswegen wollte ich mit Ihnen sprechen."

„Jederzeit, Commissario. Ich stehe meinen Mitarbeitern jederzeit mit Rat und Tat zur Verfügung."

Signorina Elektra verzog hinter dem Rücken ihres Chefs das Gesicht zu einer Grimasse, und Trattoni nickte. „Das wissen wir, Vize-Questore. Wir sind Ihnen alle sehr dankbar dafür."

Er folgte Berlusco in dessen Büro. Der Vize-Questore setzte sich hinter den Schreibtisch und deutete auf einen der Stühle. „Dann berichten Sie mal."

Trattoni setzte sich. „Wir haben gestern gleich mit der Observierung begonnen, und es gibt erste Ergebnisse. Murat Tanyeli verfügt über sehr gute Beziehungen zur *Lega Nord.* Er hat sich mit der Tochter eines ihrer Abgeordneten getroffen."

Der Duce blickte Trattoni skeptisch an. „Kaum zu glauben. Sie müssen sich irren. In der *Lega* hält man nichts von multikulturellem Schwachsinn."

„Ich weiß", sagte Trattoni. „Die mögen nur regionalen Schwachsinn. Aber ich irre mich nie." Er holte sein kleines grünes Buch aus der Tasche. „Die Frau heißt Constanza Mancini und wohnt in der Calle del Pistòr."

„Merkwürdig. Was hat die *Lega* mit einem Türken zu schaffen? – Haben Sie diesbezügliche Vermutungen?"

„Nein, Vize-Questore. Deshalb brauche ich Ihre Anweisungen. Möglicherweise observiert der Türke für die *Lega Nord* unter seinen Landsleuten, während wir ihn observieren. Ob uns jemand observiert, weiß ich noch nicht."

Berlusco dachte angestrengt nach. „Dann müssen wir vorsichtig sein. Mit Politikern lege ich mich ungern an. Haben Sie noch mehr herausgefunden?“

„Selbstverständlich, Vize-Questore. Signor Tanyeli hat sehr viel Ärger mit den Glasmachern gehabt. Das wäre ein mögliches Motiv.“

Berlusco schüttelte unwillig den Kopf. „Ach was, die haben mit der Sache nichts zu tun. Aber was wird aus dem Mord an Davide Brambilla? Seine Schwester befürchtet, Sie vernachlässigen diesen Fall.“

„Durchaus nicht. Dottoressa Elias wurde zweimal verhört und auch observiert. Sie ist mit dem stellvertretenden Direktor unseres Fernsehstudios befreundet. Ich bin davon ausgegangen, daß wir da diskret ermitteln sollten.“

Berlusco nickte zufrieden. „Gute Arbeit, Commissario. Sie fangen an, politisch zu denken.“

Trattoni merkte, daß sein Blutzucker stieg. „Das weise ich entschieden zurück. Ich erfülle lediglich meine Pflicht.“

Berlusco kniff die Augen zusammen. „Ja“, knurrte er. „Aber leider mit unüblichen Methoden. – Also, die Observierung des Türken wird vorläufig eingestellt. Wir behalten ihn weiter im Auge. Dasselbe gilt für Dottoressa Elias.“

„*Come desidera*“, sagte Trattoni. „Wie Sie wünschen, Vize-Questore.“

Trattoni überlegte, ob er dem Duce sagen sollte, daß es in beiden Fällen um verdorbene Lebensmittel ging, doch dann hätte er ihm möglicherweise den Fall entzogen. So wartete er nur noch einen Moment, ob sein Vorgesetzter noch etwas sagte, und als das nicht der Fall war, verließ er schweigend dessen Büro.

„Was für ein Armleuchter", sagte Trattoni im Vorzimmer zu Signorina Elektra, während er den Mantel wieder anzog und sich den Hut aufsetzte. Die Sekretärin nickte. „Ja. Aber aus echtem Muranoglas."

Der Commissario ging die Treppen hinunter zum Landesteg, vor dem Vitello schon in Uniform auf ihn wartete. „Entschuldigung, Sergente", sagte Trattoni. „Der Duce hat mich leider noch aufgehalten."

„Das macht nichts, Commissario. Ich bin es gewöhnt zu warten. Das lernt man auf der Polizeischule als erstes."

Die beiden Männer gingen an Bord der Barkasse, und als der Bootsführer den Motor anließ, nannte ihm Trattoni die Adresse Venturas. „Setzen Sie uns in der Nähe ab, besorgen Sie uns ein Auto und warten Sie auf uns. Es wird nicht lange dauern."

„Weshalb fahren wir heute nicht zum Piazzale Roma und von dort aus mit dem Auto über den Damm?" fragte Vitello.

„Eine sehr kluge Frage, Sergente. Weil ich nicht eine Stunde im Stau stehen möchte. Um diese Zeit kommt man dort kaum durch."

Die Polizeibarkasse brummte zuerst auf dem Rio di San Lorenzo, dann auf zwei anderen Kanälen durch Venedig. Auf dem Canal Grande war bei dem guten Wetter viel Betrieb. Auf den Decks der Vaporetti standen Massen von Touristen mit Fotoapparaten. In den Gondeln saßen meistens Paare, die sich auf eine Stunde der wahren Empfindung gefreut haben mochten und sich jetzt auf dem Kanal fühlen mußten wie auf einer überfüllten Autobahn.

Noch immer war der Himmel wolkenlos. Trattoni bemerkte, daß er schwitzte. Er zog den Mantel aus, reichte ihn Vitello, der ihn in die Kabine brachte und aufs Deck zurückkam.

Palazzo Foscari ... Palazzo Pesaro ... Ca'd'Oro ... Die Barkasse dieselte an den zerbröselnden Überresten einer lange vergangenen Zeit vorbei, und als der Commissario an seinen Fall dachte, bedauerte er, zu spät geboren zu sein. So sehr er Verbrechen haßte – damals hatte es wenigstens noch Beziehungen zwischen Täter und Opfer gegeben, hatte es Gier gegeben, Leidenschaft, Liebe und Haß. Inzwischen war sogar das Verbrechen so heruntergekommen, daß es einen Giftmischer nicht mehr interessierte, wer seiner tödlichen Kunst zum Opfer fiel.

Es dauerte nicht lange, bis die Barkasse an der Kirche Santa Geremia in den Canale di Cannaregio einbog und am Eisenbahndamm vorbei nach Mestre dieselte, wo Trattoni und Vitello in den Streifenwagen der nächsten Wache umstiegen.

So häßlich dem Commissario Mestre vorkam, er wußte, daß so die Gegenwart aussah und die Zukunft aussehen würde: Schmutzige Straßen voller Autos. Alleen, auf denen das Herbstlaub nicht mehr weggefegt wurde, sondern verfaulte. Mietskasernen und Läden, wie es sie im Insel-Venedig kaum noch gab. Die meisten Fleischer und Bäcker hatten den feuchten Teil der Stadt längst verlassen und waren ihren Kunden aufs Festland gefolgt.

Der Kraftfahrer Salvatore Ventura wohnte mit seiner Familie in einem der Reihenhäuser, die vor mehr als siebzig Jahren, noch unter Mussolini, für die Arbeiter der Industriebetriebe in Maghera gebaut worden waren. Es sah entsprechend aus. Die Fassaden der dreigeschossigen Mietshäuser hatte seit Jahrzehnten niemand mehr gesäubert. Die salzige Luft aus der Lagune und die giftigen Abgase der Öl-Raffinerie und der Kunststoffabriken hatten den Beton angegriffen. Trattoni wunderte sich, daß diese Häuser nicht längst eingestürzt waren.

In diesem Wohnblock gab es so wenig zu stehlen, daß die Haustür offen stand. Aber im Haus des Kraftfahrers hatten die Mieter wenigstens Namensschilder aus Plastik an ihre mit Grafitti beschmierten Wohnungstüren geschraubt.

Venturas Wohnung lag im zweiten Obergeschoß, und als die beiden Männer die Tür erreicht hatten, sagte Trattoni: „Na, jetzt beweisen Sie mal, was sie auf der Polizeischule gelernt haben."

„Das können wir nicht machen, Commissario", sagte Vitello. „Wir haben keinen Durchsuchungsbeschluß."

Commissario Trattoni nickte. „Haben wir nicht und brauchen wir auch nicht. Ich nehme das auf meine Kappe. Abwehr einer unmittelbar drohenden Gefahr für die Volksgesundheit."

„Gut", sagte Vitello. „Auf Ihre Verantwortung." Er holte einen Sperrhaken aus der Tasche, öffnete die Tür blitzschnell und trat zur Seite, um dem Commissario den Vortritt zu lassen.

„Kompliment", sagte Trattoni. „Ich hätte ein wenig länger gebraucht. Aber ich arbeite auch nicht mit Einbrecherwerkzeug wie Sie." Er betrat den dunklen Flur. An einer altmodischen Kleiderleiste hingen ein dicker Anorak, ein verschlissener Damenmantel und zwei bunte Windjacken aus Plastik. Auf dem Fußboden sah er zwei Paar klobige Arbeitsschuhe, vier Paar Damenschuhe und sechs Paar abgetretene Turnschuhe.

Als Trattoni in die enge Küche ging, überzeugte er sich, daß die *Unità Sanitaria* den Kühlschrank ausgeräumt hatte, und er öffnete den weiß lackierten Küchenschrank, von dem herab eine bunte Christusfigur den Gasherd segnete. Im Schrank war Pasta gestapelt; nicht in den kleinen Haushaltspackungen, die Giulia gewöhnlich kaufte, sondern in großen Beuteln, wie sie an Großküchen und Restaurants geliefert wurden.

Im Wohnzimmer stand ein kleiner Couchtisch vor einem abgenutzten Sofa und zwei Sesseln, denen gegenüber, auf einem dunkelbraunen Unterschrank, ein modernes großes Fernsehgerät thronte, auf dem gleichfalls eine Christusfigur aus Gips die Arme ausbreitete. Vor dem Fenster hing eine dünne Gardine.

Trattoni ging in das Schlafzimmer, in dem sich außer einem großen Kleiderschrank nur ein breites Ehebett befand.

Er bemerkte, daß die Pflanzen auf der Fensterbank ausgetrocknet waren, und ging in die Küche, füllte einen Kochtopf mit Wasser und goß sie. Danach setzte er sich auf das Sofa, nahm einen der Äpfel aus der Obstschale auf dem Couchtisch. Er biß in den Apfel und hob die Glasschale vom Tisch. An ihrem Boden klebte eines der kleinen Etiketten, die auch in Tanyelis Geschäft die Glaswaren der Firma Pasabahce kennzeichneten.

Im Schlafzimmer öffnete Vitello den Kleiderschank, guckte unter die Betten und ging dann in das Kinderzimmer, in dem auf dem Fußboden Spielzeug herumlag. Der Raum bot nur einem schmalen Schrank, einer Truhe und einem Etagenbett Platz. Vitello vergewisserte sich, daß auch hier nichts versteckt war, und als er ins Wohnzimmer zurückkam, saß Trattoni noch immer auf dem Sofa.

„Hier finden wir nichts", sagte der Sergente. „Im Kinderzimmer und im Schlafzimmer ist auch nichts verdächtig."

„Stören Sie mich nicht bei der Arbeit", sagte Trattoni. „Ich möchte diesen Raum auf mich wirken lassen." Er schloß einen Moment die Augen und versuchte, sich die Menschen vorzustellen, die in dieser Behausung lebten. Ein Kraftfahrer, der von seinem geringen Lohn eine Frau und zwei Kinder ernähren muß. Eine Familie, der nur das Fernsehen ein wenig Abwechslung in ihren trostlosen Alltag bringt.

Er öffnete die Augen wieder, blickte sich im Zimmer um, als sähe er es zum ersten Mal, und griff schließlich nach einem Stapel bunter Zeitschriften, die neben der Couch lagen. Er betrachtete die Titelseiten, schüttelte den Kopf, als er die Schlagzeilen der Frauenzeitschriften las, und hielt dem Sergente schließlich ein Magazin hin. „Gukken Sie sich das mal an. Sagt Ihnen das was?"

Vitello nickte. „Ja. Der Mann ist Mitglied des Automobilclubs. Vielleicht hat er ein Auto."

„Richtig“, sagte Trattoni. „Aber ein Polizist denkt weiter. Würden Sie Ihr Auto hier über Nacht auf der Straße stehen lassen, damit ihnen die Reifen gestohlen werden? – Kommen Sie.“

Die beiden Männer verließen die Wohnung, gingen die Treppen hinunter, und Trattoni klingelte an der Tür einer der Wohnungen in der ersten Etage. Es dauerte nicht lange, bis eine alte Frau im Morgenrock öffnete. „*Polizia*“, sagte Trattoni. „Wo finden wir das Auto von Signor Ventura.“

Die alte Frau musterte die beiden Männer mißtrauisch. „Wieso? Die ganze Familie liegt im Krankenhaus. – Hat Salvatore was ausgefressen?“

„Natürlich“, sagte Trattoni. „Er hat das Auto auf der Piazza San Marco geparkt. Wie er das geschafft hat, wissen wir noch nicht. Zeigen Sie uns seine Garage.“

Die Frau starrte Trattoni mit offenem Mund an. „Einen Augenblick. Ich muß mich erst anziehen. Die Garagen sind hinter dem Haus. Salvatores Auto steht in der zweiten von links.“

„Danke“, sagte Trattoni. „Das genügt uns. Sie können weiter fernsehen. – Was läuft denn um diese Zeit?“

„Eine Wiederholung von *Tutti Frutti*.“

„Sehr gut“, antwortete Trattoni. „Bilden Sie sich ruhig weiter.“

Die beiden Männer gingen die Treppe hinunter und um das Gebäude herum zu den Garagen, deren Eisentore mit schweren Vorhängeschlössern gesichert waren. „Das schaffe ich nicht, Commissario. Das muß ein Schlosser machen."

„Na und?", sagte Trattoni. „Dann rufen Sie gefälligst einen an. Glauben Sie etwa, wir hätten Ihnen das *telefonino* gegeben, damit Sie mit Ihrer Antonella plaudern können? – Warten Sie hier auf mich. Ich gehe spazieren, bis der Schlosser da ist."

Der Comissario sah noch, daß der Sergente das Handy aus der Tasche nahm, und ging an dem Polizeifahrzeug vorbei, in dem der Fahrer hinter dem Lenkrad eine Zigarette rauchte. Danach lief er ziellos langsam durch die Arbeitersiedlung. Inzwischen stand die Sonne höher am hellblauen Himmel. In ihrem grellen Licht kamen ihm die schmutzigen Reihenhäuser noch trostloser vor. Hier gab es keine *canali*, in die man den Müll werfen konnte. Er lag in braunen Plastiksäcken vor den Häusern, vor denen kleine Kinder spielten. Der einzige Erwachsene, der ihm begegnete, war ein alter Mann, der einen kleinen Hund an der Leine führte.

Und da ereifern sich unsere Zeitungen ständig über das Elend im *Mezzogiorno*, dachte Trattoni. Als ob es im Norden viel besser wäre. Er ging noch eine Weile durch die Siedlung, vorbei an Häusern, die einander glichen wie ein Ei dem anderen, und als er zu den Garagen zurückkam, verhandelte Sergente Vitello mit einem Mann, neben dem ein Werkzeugkasten auf dem Pflaster stand.

„Er glaubt mir nicht, daß ich Polizist bin", sagte Vitello. „Eine Uniform könne sich jeder nachmachen und anziehen."

„Das stimmt", sagte Trattoni. „Aber dafür gibt es Dienstausweise." Er suchte seinen Ausweis und hielt ihn dem Schlosser unter die Nase. „Commissario Trattoni. – Haben Sie den Streifenwagen dort drüben nicht gesehen? Wenn Sie das Garagentor nicht augenblicklich öffnen, lasse ich Sie wegen Behinderung der Staatsgewalt festnehmen."

Der Schlosser griff schweigend nach dem Werkzeugkasten, ging mit dem Bolzenschneider zu einer der Garagen und machte sich an deren Schloß zu schaffen. „Die zweite von links", schrie Trattoni. „Sie stehen vor der dritten."

Die beiden Polizeibeamten sahen dem Schlosser zu, als er das Vorhängeschloß knackte, und Trattoni nickte zufrieden. „Saubere Arbeit", sagte er und gab ihm seine Karte. „Schicken Sie uns Ihre Rechnung. Wir brauchen Sie hier nicht länger."

„Das geht nicht, Commissario", sagte Vitello. „Wir müssen die Garage sichern, sobald wir fertig sind."

„Sehr richtig, Sergente. Ich wollte nur prüfen, ob Sie bei der Arbeit aufpassen. Der Schlosser soll ein Stück spazierengehen und in zehn Minuten zurückkommen."

Trattoni klappte das eiserne Garagentor hoch und sah zuerst einen höchstens zwei Jahre alten silbergrauen *Fiat,* in dessen Kofferraum er drei neue Jacken aus Nappaleder fand, noch in den Überzügen der Lederwarenfabrik. An der Rückwand der Garage stand ein Regal, auf dem zehn derselben großen Beutel mit Pasta lagen, die Trattoni schon in der Küche aufgefallen waren. Auf zweien der Regalbretter sah er mindestens zwanzig Konservendosen, wie man sie in Supermärkten kaufen konnte.

„Sieht mir verdammt nach einem Diebeslager aus", sagte Vitello. Commissario Trattoni zuckte mit den Schultern. „Na und? – Sie haben doch gesehen, wie die Leute leben. Wollen Sie einen Familienvater wegen drei Lederjacken hinter Gitter bringen?"

Trattoni drängte sich am Auto vorbei zu dem Regal, bückte sich und entdeckte auf dem untersten Regalbrett einen aufgerissenen größeren Karton, in dem sich noch acht Haushaltspackungen *Prosciutto di Parma* befanden. Er stellte den Karton auf die Motorhaube des Autos und sah sich eine der kleinen Packungen genauer an. Sie enthielt, auf einem dünnen Plastiktablett und mit Plastikfolie luftdicht verpackt, hundertfünfzig Gramm Schinken. Auf jeder der Packungen prangte, wie auf dem Karton, der Name des Herstellers und, unübersehbar, die fünfzackige Krone des Herzogtums Parma.

Der Commissario las, daß der Karton drei Kilo Schinken enthalten hatte, in zwanzig Kleinpackungen aufgeteilt. Zwölf Packungen Schinken fehlten. Er riß die Folie von einer der Lederjacken im Kofferaum und wickelte den Karton darin ein. „Merken Sie sich das, Sergente", sagte er zu Vitello. „Man kann sich an einem Tatort nie gründlich genug umsehen. Die meisten Menschen sind zu jeder Lüge fähig, aber Sachen sagen gewöhnlich die Wahrheit. Diesen Schinken nehmen wir mit."

Kapitel 17

Wie jedesmal, wenn er im *ospedale* vor der Glastür der Pathologie stand, fühlte sich Commissario Trattoni bedrückt. Er läutete, und Dr. Martucci öffnete ihm die Tür. „Die Inspektoren von der *Unità Sanitaria* arbeiten ziemlich schlampig“, sagte Trattoni. „Ich hab Schinken in der Garage Venturas gefunden. Kannst du feststellen, ob der die Infektionsquelle ist?“

Dottor Martucci zögerte. „Wahrscheinlich nicht. Mit Lebensmitteln kennt sich Carla besser aus als ich. Aber komm erstmal mit.“

Trattoni gab ihm den Schinken und sah ihn unsicher an: „Können wir nicht wieder in die Cafeteria gehen?“

Der Pathologe schüttelte den Kopf. „Du brauchst keine Angst zu haben. Heute liegt bei mir keine Leiche auf dem Tisch. Wenn das Material infiziert ist, möchte ich die Bazillen nicht im ganzen Haus verteilen.“

Der Commissario folgte ihm widerwillig durch den Korridor in ein Laboratorium. Trattoni sah auf einem langen weißen Tisch Laborgeräte. In einem großen Käfig liefen Mäuse herum. Trattoni nieste und sah Martucci vorwurfsvoll an. „Ich habe es dir gesagt, Guido. Ich bin gegen Formalin allergisch.“

Dottor Martucci lachte heiser. „Das ist bei dir psychisch. Du hast was gegen den Tod.“ Er legte das Paket auf den Tisch, und als er sich ein Paar Gummihandschuhe anzog, blickte Trattoni ihn ängstlich an. „Ist das Zeug so gefährlich? Ich habe in der Garage alles ohne Handschuhe angefaßt.“

„Ach was“, sagte der Pathologe. „Wenn du nichts davon gegessen hast, passiert nichts.“ Er entfernte die Plastikhülle vom Schinkenkarton, griff nach einer der Packungen, betrachtete sie einen Augenblick, und als er nach einem Mundschutz griff, eilte Trattoni zur Tür. „Ich kann dir hier sowieso nicht helfen“, sagte er hastig. „Ich will den Kraftfahrer vernehmen. Weißt du, wo ich den finde?“

„Auf Station M 3. Du fährst am besten mit dem Lift in die dritte Etage und fragst nach Dottor Griffo. Aber sei vorsichtig. Ein ziemlich schleimiger Typ, der bald hier Direktor sein wird. Wenn es soweit ist, verabschiede ich mich.“

„Würde ich an deiner Stelle auch“, sagte Trattoni. „Ruf mich an, wenn du weißt, was mit dem Schinken los ist.“

Er ging durch den langen Korridor und atmete auf, als die Glastür der Pathologie hinter ihm lag. Vor dem Lift merkte er, daß er schwitzte, zog den Mantel aus und legte ihn sich über den Arm. An der Tür der Station M 3 empfing ihn eine Krankenschwester. „Halten Sie sich an unsere Besuchszeiten", sagte sie unfreundlich. „Nachmittags zwischen vier und sechs, am Sonntag auch vormittags zwischen zehn und zwölf."

„Ich halte mich an überhaupt nichts", sagte Trattoni und wedelte mit seinem Dienstausweis. „Commissario Trattoni. Ich möchte mit Dottor Griffo sprechen." Die Krankenschwester drehte sich wortlos um und führte Trattoni durch einen langen Korridor, in dem es nicht nach Formalin roch, sondern nach Desinfektionsmitteln. Sie klopfte an eine Tür, Trattoni hörte ein unfreundliches *Avanti* und trat in das Zimmer, in dem ein vielleicht vierzigjähriger Mann im weißen Arztkittel vor einem Lichtkasten mit Röntgenbildern stand. „*Polizia*", sagte der Commissario und zeigte wieder seinen Ausweis. „Ich möchte mit Ihrem Patienten Salvatore Ventura reden."

„Das wird kaum möglich sein", sagte der Arzt. „Signor Ventura ist an einer Salmonelleninfektion erkrankt. Ich weiß nicht ..."

„Aber ich weiß", unterbrach Trattoni ihn. „Führen Sie mich zu ihm, sonst hänge ich Ihnen ein Verfahren an. Behinderung einer polizeilichen Ermittlung."

„Selbstverständlich", sagte Dottor Griffo, und während er Trattoni durch den Flur begleitete, erklärte er hastig, er sei nur gegen den Besuch gewesen, weil Salmonellen ansteckend seien.

„Belügen Sie mich nicht. Der Mann hat Botulismus. Seit wann ist der ansteckend? Ich ermittle in dieser Sache. Wie lange wollen Sie ihn und die Familie noch hier behalten?“

„Höchstens ein paar Tage. Wir müssen sie noch beobachten, aber wollten ihnen keine Angst machen. Wir haben ihnen nichts davon gesagt.“ Der Arzt öffnete die Tür eines Krankensaals, in dem acht Patienten im Bett lagen oder darauf saßen. Trattoni sah, daß der Arzt mit einem der Männer sprach. Der Mann, Trattoni schätzte sein Alter auf Mitte dreißig, verließ das Bett, zog einen Morgenmantel an und kam mit dem Arzt zur Tür.

Der Commissario fragte Griffo: „Sind alle Patienten in diesem Raum an Salmonellen erkrankt?“

Der Dottore zögerte. „Zwei von ihnen. Die anderen ...“

„Habe ich mir gedacht“, sagte Trattoni. „Die anderen sollen sich anstecken, weil das die Behandlung vereinheitlicht. Ich hasse unsere öffentlichen Krankenhäuser. Aber das ist jetzt nicht so wichtig. Zeigen Sie mir ein Zimmer, wo ich mit diesem Mann ungestört reden kann.“

Salvatore Ventura war dem Commissario von Anfang an nervös vorgekommen, und als sich jetzt die beiden Männer in einem mit uralten

Möbeln eingericheten Untersuchungsraum gegenübersaßen, sah der Kraftfahrer Trattoni ängstlich an. „Was will die Polizei von mir? Ich habe nichts verbrochen."

„Das sagt jeder. – Wir haben uns heute morgen mal in Ihrer Garage umgesehen. Pasta für mindestens ein Jahr."

„Ist das verboten?" fragte Ventura. „Ich bin Speditionsfahrer. Wir bekommen hin und wieder etwas geschenkt."

Trattoni nickte. „Ich weiß. Oder es fällt vom Lastwagen. Aber teure Lederjacken? Wir haben mit der Fabrik telefoniert. Die Sachen wurden gestohlen."

Er holte sein kleines grünes Buch aus der Tasche und stutzte, als er bemerkte, daß sein Kugelschreiber wie der Campanile aussah. Ventura stand der Schweiß auf der Stirn. Seine Hände zitterten. Trattoni tat der Mann plötzlich leid.

„Für Diebstahl bin ich nicht zuständig", sagte er. „Ob ich meinen Kollegen einen Tip gebe, hängt ganz allein von Ihnen ab."

Erst jetzt fiel Trattoni auf, daß sich der Mann seit mindestens drei Tagen nicht rasiert hatte. Salvatore Ventura sah den Commissario mißtrauisch an. „Was wollen Sie? Bei mir ist nichts zu holen."

„Das weiß ich", sagte Trattoni. „Ich will nur wissen, woher Sie den Schinken haben, den wir in Ihrer Garage entdeckt haben. Auch irgendwo weggefunden?"

„Nein, den habe ich geschenkt bekommen. Der Karton war aufgerissen, und drei Packungen fehlten schon." Er schien erst jetzt den Sinn der Frage zu begreifen. „War der Schinken nicht in Ordnung? Sind wir deshalb krank geworden?"

„Geklaute Schinken sind nie in Ordnung", sagte Trattoni. „Hat Sie wenigstens jemand vom Gesundheitsdienst gefragt, was Sie und Ihre Familie in der letzten Woche gegessen haben?"

„Zwei Frauen haben sich danach erkundigt. Aber an den Schinken habe ich nicht mehr gedacht. – War der verdorben?"

„Scheint wohl so", sagte Trattoni und spielte mit dem Kugelschreiber. „Wo wurde der Schinken in Ihr Fahrzeug geladen?"

„Keine Ahnung. Die Beiladung war schon im Wagen, als ich den Transport übernommen habe. Bei Tansporten aus Sizilien wechselt in Mestre immer der Fahrer."

„Belügen Sie mich nicht", sagte Trattoni. „Was hatten Sie denn sonst noch geladen?"

„Hauptsächlich Pasta. Der Transport ging nur bis München."

„Im Kühlwagen?"

Der Kraftfahrer zögerte mit der Antwort. „Ich hab Ihnen doch gesagt, daß das nur eine kleine Beiladung war. Nur fünfzig Kartons. Pasta fahren wir nie im Kühlwagen. Wäre dem *padrone* viel zu teuer."

„Schöne Zustände in Ihrer Firma", sagte Trattoni. „Ich werde das der Gesundheitsbehörde mitteilen. – Kennen Sie den Rechtsanwalt Davide Brambilla?"

„Ehrenwort, Commissario. Den Namen habe ich noch nie gehört."

Trattoni nickte. „Das glaube ich Ihnen. Ich wollte nur mal prüfen, ob Sie auch die Wahrheit sagen können. Aber Signor Tanyeli ist Ihnen bekannt, nicht wahr?"

Ventura zögerte einen Moment. „Er nicht. Aber seine Frau. Sie ist mit mir in die Schule gegangen."

„Und nach der Schulzeit? Haben Sie die Glasschale auf dem Tisch in Ihrer Wohnung auch gestohlen?"

„Nein, die hat mir Giuseppina zum Geburtstag geschenkt. Aber seit sie verheiratet ist, habe ich sie nicht mehr angerührt."

„Die Glasschale oder die Frau?" fragte Trattoni.

„Die Frau", antwortete Ventura. „Wir haben uns nur hin und wieder getroffen, wenn sie sich bei mir das Herz ausschütten wollte. Sie war sehr unglücklich. Ihre Eltern haben kaum noch mit ihr gesprochen, seit sie den Türken geheiratet hat."

Seine Hände zitterten. „*Maria santissima!* Ich habe Giuseppina zwei Packungen Schinken geschenkt. Murat hat ihr verboten, Schweinefleisch zu kaufen. Ist ihr was passiert?"

„Leider", sagte Trattoni. „Und wir wollen verhindern, daß noch mehr Leute krank werden. Mal ganz unter uns: Wo wurde der Schinken aufgeladen? Sagen Sie mir gefälligst die Wahrheit. Wenn Sie mir helfen, helfe ich Ihnen auch."

Ventura kam ihm jetzt nicht mehr nur ängstlich vor, sondern auch bedrückt. „Giuseppina ist an dem Schinken leider verstorben", sagte Trattoni leise. „Sie hat zwar nichts mehr davon, aber ich will ihren Mörder finden. *Prosciutto di Parma* darf nur in der Provinz Parma hergestellt und verpackt werden, also stammt er von dort. Ich will von Ihnen nur wissen, wo er aufgeladen wurde. In welchem Betrieb."

„Wieso Parma?" fragte der Kraftfahrer. „Das fährt unsere Spedition überhaupt nicht an." Er zögerte. „Und die Lederjacken ..."

„Was für Lederjacken?" fragte Trattoni. „Wo der Schinken aufgeladen wurde, will ich wissen. Sonst nichts."

„Hier in Mestre", sagte Ventura leise. „Ich habe die Beiladung von der Wurstfabrik *Ciardi Salumificio* mitgenommen. Die Spedition weiß nichts davon."

Trattoni schrieb sich den Namen der Firma auf, und steckte sein Notizbuch ein. „Danke. Mehr wollte ich nicht von Ihnen."

Er nahm den Mantel von der Liege. „Das Leben hat Sie hart genug bestraft. Falls ich Sie als Zeugen brauche, werde ich für Sie tun, was ich kann. Im Augenblick habe ich keine Fragen mehr."

Er verließ das Zimmer, ging zum Landesteg, wo er zu Vitello ins Motorboot stieg. Er forderte den Bootsführer auf, zur Questura zurückzufahren, und blieb auf dem Deck, um das schöne Wetter zu genießen. Die Fahrt vom *ospedale* zur Questura dauerte mit dem schnellen Motorboot nur wenige Minuten. Als es auf dem Rio di San Lorenzo anlegte, läuteten die Kirchenglocken, und Trattoni fiel ein, daß ihn Giulia zu Hause wieder vergeblich zum Mittagessen erwartete.

„Rufen Sie meine Frau an", sagte er zu Vitello. „Sagen Sie ihr, daß ich durch unerwartete Entwicklungen aufgehalten werde und leider nicht zum *pranzo* kommen kann. Besorgen Sie mir danach einen *caffè* und eine *brioche.* Dieser Beruf bringt mich irgendwann um."

„*Come desidera,* Commissario", antwortete Vitello. „Wir müssen leider alle irgendwann mal sterben."

Trattoni nickte. „Das ist richtig, Sergente. Aber es muß noch nicht jetzt sein."

Er trat in die Questura und eilte die Treppen hinauf in das Sekretariat. Signorina Elektra hielt ihm einen Stapel Papier hin. „Die Ausdrucke von Ihrer Diskette. Die Glasmacher von Murano haben dem Türken ganz schön zugesetzt."

„Welchem Türken?" fragte Trattoni. „Das können Sie in den Reißwolf stecken." Er holte sein Notizbuch aus der Tasche und blätterte darin. „Ich brauche alles über die Wurstfabrik Ciardi in Mestre. Und zwar möglichst noch heute."

„Non ci sono problema", antwortete Signorina Elektra. "Ich kümmere mich sofort darum."

„Das weiß ich", sagte der Commissario. Er ging in sein Büro und hatte sich gerade an den Schreibtisch gesetzt, als Sergente Vitello ihm den *caffè* und die *brioche* brachte. „Ihre Frau war nicht sehr freundlich", sagte er. „Ich soll Ihnen ausrichten, daß Sie heute abend nichts zu essen bekommen, wenn Sie nicht pünktlich um halb neun zu Hause sind."

„Danke, Sergente. Ich brauche Sie im Augenblick nicht länger."

Vitello salutierte, und sobald er das Büro verlassen hatte, stürzte sich der Commissario auf den kleinen Imbiß, als hätte er seit Tagen nichts mehr gegessen. Er wußte jetzt, daß der Schinken bereits beim Hersteller verseucht worden war, und das engte den Kreis möglicher Täter wesentlich ein. Es schloß vor allem aus, daß der Mörder die Ware in Supermärkten und Lebensmittelläden vergiftete.

Wahrscheinlich ein verärgerter Arbeiter oder Angestellter, dachte er, der sich an seinem Arbeitgeber rächen will, indem er dessen Produkte beschädigt.

Er las erneut alles, was er sich notiert hatte, seit Contessa Brambilla in sein Büro gekommen war. Er erinnerte sich an seine Besuche bei Brambillas Frau und seine Gespräche mit dem Koch, dem Türken, dessen Verkäuferin und dem Kraftfahrer.

Als er las, daß Davide Brambilla meistens im *La Bitta* gespeist hatte, überlegte er, auf welche Weise der Anwalt in den Besitz des Schinkens gelangt sein könne, und rief in der Kanzlei an. „Ich habe noch eine kurze Frage", sagte er, nachdem er mit Conte di Campello die üblichen Höflichkeiten ausgetauscht hatte. „Waren Sie oder Ihr Sozius schon mal für die Firma Ciardi tätig? Sie soll in Mestre Fleischwaren herstellen."

Di Campello zögerte. „Ich nicht. Aber Davide hat regelmäßig den Katalog und die Prospekte der Firma überprüft, bevor sie in Druck gingen. Hat das was mit seinem Tod zu tun?"

„Das weiß ich noch nicht. Aber wenn ich Ihnen einen Tip geben darf ... Sie sollten Contessa Brambilla gelegentlich Blumen schenken. Darüber freut sich jede Frau."

Er hatte gerade den Telefonhörer auf die Gabel gelegt, als Sergente Vitello in sein Büro kam. „Eine Dottoressa Solaroli will Sie unbedingt sprechen. Haben Sie dafür Zeit?"

Solaroli? Solaroli? Trattoni wußte, daß er den Namen schon einmal gehört hatte, doch er konnte sich nicht mehr daran erinnern, bei welcher Gelegenheit ihm die Frau begegnet war.

„Meinetwegen“, sagte er. „Aber lassen Sie mich in einer Viertelstunde zu einer Besprechung beim Duce rufen.“

Sergente Vitello salutierte. *„Come desedira,* Commissario.”

Kapitel 18

Als Carla Solaroli in sein Büro kam, fiel Trattoni wieder ein, daß sie die Mikrobiologin der lokalen *Unità Sanitaria* war, und er begrüßte sie sehr freundlich. Sie stellte eine kleine Kühltasche auf den Schreibtisch. Er nahm ihr den Mantel ab, unter dem sie einen weißen Laborkittel und eine schwarze Samthose anhatte. „Nehmen Sie Platz, Dottoressa", sagte er und deutete auf einen der Besucherstühle. „Möchte Sie einen *caffè?*"

„Nicht nötig, Commissario. „Ich habe nicht viel Zeit. Ich wollte Ihnen nur etwas zeigen und muß dann sofort wieder nach Mestre zurück. Bei uns im Labor ist der Teufel los."

Sie öffnete die Kühltasche und entnahm ihr eine der Packungen Schinken, die er Dottor Martucci gegeben hatte, sowie ein starkes Vergrößerungsglas. „Sie haben sich nicht geirrt, Commissario. Ich habe im Schnelltest Bazillen gefunden und Kulturen angesetzt."

„Mein Kompliment. Ging das so schnell?"

Sie nickte geschmeichelt. „Sonst hieße der Test wohl nicht Schnelltest. – Aber Dottor Martucci hat etwas Interessantes entdeckt."

Sie gab Trattoni das Vergrößerungsglas und schlug mit einer Pinzette die Folie der Packung über den Schinkenscheiben zurück.

„In drei Packungen hat Guido im Fleisch kleine Löcher gefunden. In den anderen sieht man so etwas nicht. Es dürfte sich also nicht um Spuren des Herstellungsprozesses handeln. Für die Injektion von Salz werden andere Spritzen benutzt."

Trattoni entdeckte die Stellen im rosa Fleisch auf den ersten Blick. „Und was bedeutet das?" fragte er, während er nach seinem kleinen grünen Buch und dem Kugelschreiber griff.

„Einstichkanäle", sagte Dottoressa Solaroli. „Guido vermutet, von einer Injektionsspritze. Aber das ist noch nicht alles. In sämtlichen Packungen befindet sich kein echter *Prosciutto di Parma*."

„Wollen Sie etwa behaupten, daß dieser Schinken gefälscht ist?" fragte Trattoni.

„Er wird unter falschem Namen verkauft", antwortete die Dottoressa ausweichend. „Wo Parmaschinken drauf steht, muß Parmaschinken drin sein. Oder sind Sie anderer Ansicht?"

„Auf keinen Fall. Schmeckt dieser Schinken schlechter als Parmaschinken?"

Dottoressa Solaroli zuckte mit den Achseln. „Ich werde mich hüten, ihn zu kosten. Aber die Herstellung von echtem Parmaschinken dauert zehn bis zwölf Monate. In diesen Packungen befindet sich *spalla cotta*. Im Schnellverfahren eingesalzene und luftgetrocknete Schweineschulter."

Trattoni nickte nachdenklich. „In welcher Zeit leben wir nur, wenn jetzt schon Schinken gefälscht wird. – Aber Menschen sterben doch nicht, nur weil auf einer Packung Schinken ein falsches Etikett klebt."

„Deswegen bestimmt nicht", sagte die Mikrobiologin. „Entweder wurde das Schweinefleisch nicht unter hygienischen Bedingungen ausreichend konserviert, oder der Schinken wurde absichtlich infiziert. In luftdichter Verpackung finden Botulismuserreger gute Lebensbedingungen."

Trattoni lächelte zufrieden. „Das habe ich von Anfang an vermutet. Was wollen Sie denn jetzt weiter unternehmen?"

„Das Übliche" sagte die Mikrobiologin. „Wir haben die Kollegen in Bologna, das *Consortio del Prosciutto di Parma* und die *Carabinieri* informiert. Da bisher keine weiteren Fälle aufgetreten sind, werden die Kollegen in Bologna auf bloßen Verdacht hin keine Rückrufaktion auslösen. Sie werden sich so schnell wie möglich sehr gründlich im Herstellerbetrieb umsehen. Die *Carabinieri* werden sich auch um die Angelegenheit kümmern."

Wie immer stieg Trattonis Blutdruck, sobald

er das Wort Carabinieri hörte. Die Zuständigkeiten der *Polizia di Stato* waren von denen der militärisch organisierten *Carabinieri* nicht eindeutig abgegrenzt. Es gab zwischen ihnen regelmäßig Konflikte.

„Was haben die Carabinieri mit Lebensmitteln zu tun?" fragte er. „Das fehlte uns gerade noch."

„Ich mußte das melden", sagte Dottoressa Solaroli. „Es gibt jetzt bei den Carabinieri eine Spezialeinheit, die sich ausschließlich mit gefälschten Lebensmitteln beschäftigt."

Trattoni machte sich immer noch Notizen. „Na dann viel Spaß. – Wissen Sie überhaupt, wo dieser Schinken hergestellt wurde?"

„Darüber gibt die Verpackung Auskunft. *Prosciutto di Parma* darf nur in der Provinz Parma hergestellt, geschnitten und abgepackt werden. Die Schweinerassen und ihre Aufzucht sind genau vorgeschrieben. Anhand der Kennziffern auf der Packung können wir jedes Produkt vom Zuchtbetrieb bis zum Einzelhändler verfolgen."

Diesmal dauerte es länger, bis Trattoni antwortete. „Ich esse zwar gern guten Schinken, aber wie er hergestellt wird, interessiert mich nicht besonders."

In diesem Moment klopfte es, und Signorina Elektra trat mit einem Schnellhefter in der Hand ins Zimmer. *„Scusi,* Commissario, Sie sollen zum Vize-Questore kommen. Es ist sehr dringend."

„*Grazie,* Signorina", sagte Trattoni. "Einen Augenblick. Ich komme sofort mit."

Er stand hinter dem Schreibtisch auf. "Sie haben eine wunderschöne Samthose an, Dottoressa. So eine sucht meine Frau schon lange. Können Sie mir verraten, wo Sie die gefunden haben?"

„In Milano", sagte die Mikrobiologin geschmeichelt. „In der neuen Herbstkolletion von *Versace.*" Sie griff nach ihrer Kühltasche. Trattoni half ihr in den Mantel, und als sie sich verabschiedete, sagte er noch: „Wenn ich mich nicht irre, ist die Verpackung des Schinkens auch gefälscht. Aber wenn es jetzt bei den *Carabinieri* sogar Schinkensoldaten gibt, können die sich ja darum kümmern."

Er nickte freundlich, schloß hinter der jungen Frau die Tür, und Signorina Elektra legte ihm den Schnellhefter auf den Tisch.

„Mehr habe ich über die Wurstfabrik Ciardi nicht herausgefunden", sagte sie. „Vor fünf Jahren hat sie ein Bußgeld wegen Verletzung von Hygienevorschriften zahlen müssen. Vor zwei Jahren stand sie kurz vor der Insolvenz, aber inzwischen gehen die Geschäfte wieder blendend."

„Das habe ich erwartet", sagte Trattoni. „*Grazie,* Signorina. Dafür schenke ich Ihnen eine Orchidee." Er zögerte einen Moment.

„Können Sie festellen, wann die Firma zum

letzten Mal von einem Lebensmittelinspektor kontrolliert wurde?"

Die Sekretärin schenkte ihm ein bezauberndes Lächeln. „Das habe ich bereits. Seit der Bußgeldzahlung vor fünf Jahren wurde der Betrieb nicht mehr inspiziert."

„Mille grazie", sagte Trattoni. Er öffnete ihr die Tür, sah ihr nach, als sie auf ihren hohen Absätzen den Korridor entlang zur Treppe stöckelte, trank eine Wasserflasche halb leer und machte es sich wieder hinter seinem Schreibtisch bequem.

Er vertiefte sich in die Computerausdrucke und merkte, daß sie ihm nur einen ersten Eindruck von der Firma vermitteln konnten.

Der Betrieb war vor siebzig Jahren vom Großvater des derzeitigen Eigentümers, Giovanni Ciardi, als kleine *macelleria* gegründet worden. Sein Neffe Carlo hatte die Fleischerei zu der mittelständischen Fleisch- und Wurstwarenfabrik *Ciardi Salumificio* entwickelt. Sie erzielte Jahresumsätze um eineinhalb Millionen Euro und exportierte sechzig Prozent ihrer Erzeugnisse in andere EU-Länder. In der Firma waren eine Sekretärin, eine Buchhalterin, ein Fleischermeister und zwei Fleischergesellen fest angestellt. Die Zahl der Hilfskräfte wechselte mit der Saison.

Die kleine Fabrik wurde nach wie vor von Carlo Ciardi geleitet, der das Handwerk in der Fleischerei seines Vaters gelernt hatte.

Die Produktpalette Ciardis reichte von *capocollo* und *salama da sugo* bis zu *pancetta arrotolata* und *sopressata calabrese. Mortadella* wurde ebenso in verschiedenen Sorten angeboten wie die köstliche *luganega.* Roher Schinken war korrekt als *prosciutto crudo* bezeichnet, wie es das Lebensmittelrecht vorschrieb.

Als Trattoni las, daß Ciardi sogar *zampone* herstellte, raffiniert gewürzte Schweinefüße, lief ihm das Wasser im Munde zusammen. Aber um diese Zeit war noch kein gutes Restaurant geöffnet. Er räumte sämtliche Papiere von seinem Schreibtisch in die Schublade, steckte sein Handy in die Jackentasche und griff nach seinem kleinen grünen Buch. *Orchidee für Elektra kaufen*, notierte er, steckte auch das Notizbuch ein und verließ die Questura.

Noch immer war die Luft so mild, daß er sich den Mantel wieder über den Arm legte. Er ging langsam zur Anlegestelle San Zaccaria, wo er in einen *motoscafi* stieg. Er zeigte dem Schaffner seinen Dienstausweis, und als er in die Kabine ging, empfand er eine Mischung zwischen Erleichterung und Bedauern, die sich bei ihm jedesmal einstellte, sobald ein Fall kurz vor dem Abschluß stand. Erleichterung, weil danach in Venedig – das bildete er sich jedenfalls ein – ein Mörder weniger das Leben der Menschen bedrohte. Bedauern, weil er sich nach der Festnahme des Täters wieder mit bürokratischen Alltagsangelegenheiten beschäftigen mußte, die er für langweilig und überflüssig hielt.

Das Boot fuhr ein Stück an der Riva degli Schiavoni entlang, vorbei am Palazzo Ducale und an der Basilica San Marco, deren Kuppeln sich vor dem Himmel diesmal so klar abzeichneten, als hätte ein Künstler mit einem Messer sie aus dem unendlichen Blau geschnitten.

Der Commissario hatte beabsichtigt, in einer der zahllosen Gassen eine *bàcari* aufzusuchen, um dort ein paar *ombri* Wein zu trinken und dabei einige *cicchetti* zu verzehren, doch als plötzlich die Sirenen über der Stadt gellten, verzichtete er darauf.

Sie kündigten *acqua alta* an: Hochwasser, das auch bei strahlendem Sonnenschein die Stadt heimsuchen konnte. Es war nicht die Folge von Wolkenbrüchen, sondern kam mit der Flut, die unter bestimmten Bedingungen besonders viel Wasser aus dem Meer in die Lagune drückte.

Trattoni überlegte, ob er in ein Wassertaxi umsteigen und nach Hause fahren sollte, doch dann dachte er an Giulia und fuhr weiter bis zur Anlegestelle Accademia. Als er ausstieg, kamen ihm die ersten Venezianer mit großen Pastiktüten in der Hand entgegen, in denen sie ihre Gummistiefel trugen, aber er wußte, daß er noch Zeit genug hatte, einen Blumenstrauß für seine Frau zu besorgen. Er ging über die alte Holzbrücke, kaufte bei einem *fioraio* ein Dutzend Rosen und trat damit wenig später in die Galerie.

Wie meistens, wenn keine Besucher vor den Bildern standen, saß Giulia hinter der Glaswand ihres kleinen Büros, durch die sie den großen Ausstellungsraum überblicken konnte. Sie stand hinter dem Schreibtisch auf, kam Trattoni in ihrem dunkelblauen Kostüm, einer weißen Bluse und schwarzen Schuhen mit halbhohen Absätzen entgegen, und er erschrak für einen Augenblick, als er daran dachte, wie wenig er von seiner Frau und ihren Geschäften wußte.

„Was willst du denn um diese Zeit hier?“ sagte sie. „Etwa den Mörder schon gefunden?“

Der Commissario entfernte das Papier vom Blumenstrauß. „Gefunden noch nicht. Aber ich weiß jetzt, wo ich ihn suchen muß.“

„Schön für dich. Immerhin etwas.“ Sie nahm ihm die Blumen aus der Hand und lächelte: „Schlechtes Gewissen wegen heute Mittag, was?“

„Es tut mir wirklich leid. Aber dieser Fall ist in seiner heißen Phase.“

„Dann paß gut auf, daß du dir die Finger nicht verbrennst“, sagte sie. Sie holte eine große Vase aus dem Schrank und füllte sie mit Wasser. Als sie die Blumenstiele mit einem scharfen Messer anschnitt, fiel Trattoni ein surrealistisches Gemälde auf, das hinter dem Schreibtisch an der Wand lehnte. Es erinnerte ein wenig an ein Bild von Giorgio de Chirico.

„Hast du was Neues gekauft?" fragte Trattoni. „Das Bild erinnert an De Chiricos *Beunruhigende Musen.*"

Giulia nickte, und während sie die Rosen in die Vase stellte, sagte sie: „Das soll es auch. Eine junge Malerin hat es mir heute gebracht, damit sie die Ateliermiete bezahlen kann. Natürlich hat sie ihre Arbeit nicht signiert."

„Natürlich nicht", sagte Trattoni nachdenklich. „Wenn van Gogh hin und wieder einen kleinen Rubens gemalt und verkauft hätte, wäre er wohl nicht vor Hunger wahnsinnig geworden. – Mußt du noch länger hier bleiben? Bei *acqua alta* sind die Amerikaner sowieso alle auf der Piazza. Die Arbeit läßt uns viel zu wenig Zeit füreinander."

„Kann man wohl sagen! Und wenn du neuerdings in der Mittagspause nicht mehr nach Hause kommst ... Manchmal fühle ich mich wie die Köchin unserer Kinder."

„Wieso? – Du kochst doch auch für dich und mich", sagte er, und senkte schuldbewußt den Kopf. „Ich weiß. Ich habe euch in letzter Zeit vernachlässigen müssen. Aber diesen Fall habe ich in ein paar Tagen gelöst."

Giulia sah ihn lächelnd an. „Und dann kommt der nächste Fall. – Ich habe übrigens endlich einen Tischler gefunden, der die Tür zu Stefanos Zimmer reparieren will. Vierhundert Euro. Die Handwerker haben heutzutage Preise ..." Sie sah auf ihre Armbanduhr. „Ich glaube, heute kommen wirklich keine Kunden mehr. Was meinst du? Kriegen wir im *Monaco* noch einen Tisch?"

„Ich bekomme überall einen Tisch", sagte Trattoni und holte sein Handy aus der Tasche.

„Dann rufe ich zu Hause an", sagte Giulia. „Stefano ißt sowieso am liebsten bei McDonalds, und Luciana wird schon irgend etwas im Kühlschrank finden. – Glaubst du, wir können wieder alles essen?"

„Das nehme ich an. Alles außer Muscheln und Fisch aus der Lagune." Trattoni wartete, bis Giulia ihr Gespräch mit Luciana beendet hatte, und als sie ihre Schuhe auszog, um ihre Gummistiefel anzuziehen, bedauerte er, daß seine Stiefel immer noch in seinem Büro neben dem Aktenschrank lagen. Doch daran war jetzt nichts mehr zu ändern.

Er half Giulia in den Mantel, nahm ihr die Plastiktüte mit ihren Schuhen ab, und als sie sich auf dem Weg zur Anlegestelle bei ihm einhängte, wußte er, daß sie ihm nicht mehr übel nahm, daß er nicht zum *pranzo* nach Hause gekommen war. Während sie an der Accademia auf den nächsten Vaporetto warteten, sah Trattoni eine große Ratte, die ihre Jungen eins nach dem anderen im Maul hinter eine höher gelegene Mauer trug, und er machte seine Frau darauf aufmerksam.

„Die Flut bringt heute mehr Wasser als sonst", sagte er. „Die Ratten ziehen bereits um."

Eine Viertelstunde später tuckerte ein Vaporetto zum Anlegesteg. Der *marinaio* – so nennt man in Venedig die grundsätzlich unfreundlichen Schaffner der Linienboote – machte das Boot am Ufer fest. Einige Passagiere stiegen aus. Trattoni ging mit seiner Frau an Bord. Auf dem Deck standen Touristen so eng aneinander gepreßt wie getrockenete Tomaten in einer kleinen Dose *pomodori secchi.* Sie – die Touristen, nicht die Tomaten – unterhielten sich aufgeregt. Die meisten hatten wie Trattoni eine weiße Plastiktüte in der Hand und ihre Gummistiefel schon angezogen. Sie konnten es kaum erwarten, auf der überfluteten Piazza über die Podeste zu wandern.

Der Commissario zog Giulia in die Kabine, in der nur Einheimische saßen, die auf die Palazzi am Ufer keinen Blick mehr verschwendeten. An der vierten Station erinnerte Giulia ihren Mann, daß sie hier aussteigen mußten, und beide gingen wie die meisten Touristen von Bord.

Der Weg von der Anlegestelle zum Hotel *Monaco e Gran Canal* war nicht weit. Auch hier waren – wie überall in den tiefer gelegenen Bezirken Venedigs – Podeste auf den Straßen und Plätzen aufgebaut. Das Wasser stand noch nicht sehr hoch. Trattoni achtete darauf, daß Giulia nicht an den Rand des Podestes gedrängt wurde, und trat prompt selbst daneben. Nach dem falschen Schritt schwappte das Wasser in seinen Schuhen. Seine Hosenbeine klatschten naß gegen seine Waden. Er war froh, daß er am Morgen seinen tiefblauen Anzug angezogen hatte. Bei dunklen Farben fiel nicht auf, ob eine Hose naß war oder nicht.

An der Garderobe blickte Trattoni neidisch zu den anderen Gästen, die hier ihre Stiefel aus- und ihre Schuhe wieder anzogen. Nach wenigen Schritten hörte er, daß seine nassen Schuhe auf dem Marmorfußboden leise quietschten. Er überlegte, ob er das Restaurant wieder verlassen sollte, doch das wollte er Giulia nicht antun. Und dann kam ihnen auch schon Giovanni Zambon entgegen, dem das Hotelrestaurant seinen vorzüglichen Ruf verdankte. „Welche Freude", sagte er, „Sie wieder einmal bei uns zu sehen."

Wie jedesmal, wenn Trattoni seine Frau in dieses Restaurant eingeladen hatte, empfand er ein leichtes Unbehagen, sobald er an die Rechnung dachte, doch er hatte sich daran gewöhnt, daß alles besonders Gute leider auch besonders teuer ist.

Zwar hielt man sich auch hier stillschweigend an den venezianischen Brauch, einheimischen Gästen weit weniger zu berechnen als Ausländern, doch mit dem Gehalt eines Commissario vertrugen sich Luxusrestaurants auch zu ermäßigten Preisen nicht.

Der *padrone* begleitete das Ehepaar in den Speisesaal, dessen Atmosphäre Trattoni bei jedem Besuch erneut beeindruckte. An der Decke hingen prächtige Kristallüster, glitzerndes Glas aus Murano oder – der Commissario war sich dessen nicht mehr so sicher – aus der Türkei. Die Wände bestanden aus Marmor, auf dem Paneele aus edlen tropischen Hölzern die Kälte des Steins dämpften.

An den meisten der mit weißem Damast gedeckten Tische speisten im milden Licht der Kerzen schon gut gekleidete Gäste.

Auch in Venedig wandten die Italiener sehr viel Sorgfalt auf ihre *bella figura;* sie pflegten ihr Erscheinungsbild mit einer Sorgfalt, die sonst nur große Künstler und Kunstfälscher für ihre Werke aufbrachten.

Der Commissario rückte für Giulia den Stuhl zurecht und hatte sich kaum ihr gegenüber niedergelassen, als schon der in makelloses Schwarz gekleidete Ober zu ihnen kam, ihnen die Speisekarte überreichte und die Kerzen auf ihrem Tisch anzündete.

„Du siehst ziemlich erschöpft aus", sagte Giulia. „Wenn du diesen Fall gelöst hast, sollten wir vierzehn Tage Urlaub machen. Irgendwo im Süden, wo wir vor Nebel und *acqua alta* sicher sind."

Trattoni sah seine Frau unsicher an. „Meinst du, wir können die Kinder allein lassen? Um Stefano mache ich mir keine großen Sorgen. Aber Luciana ... Seit sie in diesen Fabrizio verknallt ist, ich weiß nicht recht ...“

„Nun hör aber mal auf“, sagte Giulia. „Luciana ist kein kleines Kind mehr. Sie weiß ziemlich genau, was sie will. Wir müssen auch mal wieder an uns denken. Weißt du, wie lange es her ist, seit wir zuletzt im Ausland waren?“

„Du wirst es mir gewiß gleich sagen“, knurrte Trattoni. „Aber wir können noch oft genug verreisen, wenn die Kinder erst aus dem Haus sind.“

Er sah kurz in die Speisekarte, und als Giulia demonstrativ als Vorspeise *Prosciutto di Parma* sowie *carpaccio* bestellte, folgte Trattoni ihrem Beispiel. „Na gut“, sagte er. „Wenn der Schinken nicht einwandfrei ist, lassen wir uns im Krankenhaus in ein Doppelzimmer legen.“

Giulia versetzte ihm unter dem Tisch einen leichten Fußtritt, und er schaute erschrocken den Ober an. „Verstehen Sie das nicht falsch. Ich weiß, daß die Küche hier vorzüglich ist. Sonst hätten wir uns für ein anderes Restaurant entschieden.“

Er riet Giulia, als ersten Gang *pasta con le sarde* zu wählen, Makkaroni mit Mandeln, Pinienkernen und wildem Fenchel, die auch er gern aß.

Was den *secondo* betraf, waren sich beide einig, daß Zambones *grigliata mista* die beste Fischplatte war, die man in Venedig bekommen konnte. Dazu bestellte Trattoni *risotto* sowie einen *Bianco di Custozza*, strohgelben Wein aus Venetien, der hervorragend zu Fischgerichten paßt.

Als sich der Ober endlich entfernt hatte, befürchtete Trattoni immer noch, das Wasser aus seinen Schuhen könnte unter dem Tisch zu einer kleinen Pfütze auslaufen, und als Giulia ihn lächelnd tadelte, weil er sich dem Ober gegenüber unhöflich verhalten hatte, bereitete es ihm Mühe, die Beherrschung nicht zu verlieren. „Ich bin auch nur ein Mensch", sagte er. „Und was ich in den vergangenen Tagen durchgemacht habe, möchte ich nicht nochmal erleben."

„Du hast mir versprochen, beim Essen nie über die Arbeit zu reden", sagte Giulia. „Halte dich bitte daran."

Trattoni wollte antworten, doch da brachte ihnen der Kellner die *antipasti* an den Tisch, und als der Commissario sich die erste Scheibe Parmaschinken auf der Zunge zergehen ließ und dazu einen Schluck Wein trank, dachte er nicht mehr an seine Arbeit und vergaß sogar seine nassen Socken.

So stark er den Druck empfand, der im Beruf auf ihm lastete, eine gute Mahlzeit versöhnte ihn jedesmal schnell mit der Welt.

„Wir sollten wirklich eine Woche ausspannen“, sagte er, als die Fischplatte vor ihnen stand. „Vielleicht fliegen wir für eine Woche nach Paris, sobald ich diesen Fall gelöst habe.“

Giulia griff lächelnd nach dem Weinglas. „Dein Wort in Gottes Ohr. Aber auf den *Louvre* und das *Centre Pompidou* freue ich mich erst, wenn ich die Flugscheine gesehen habe.“

Diesmal gelang es dem Commissario sogar, nicht ein Mal an seine Arbeit zu denken, bis Signor Zambon die Contessa Brambilla und den Conte di Campello an einen Tisch in der Nähe führte.

Beide grüßten höflich. Trattoni hätte gern ein paar Worte mit der Contessa gewechselt, doch das verbot die Etikette. In den besseren Kreisen Venedigs wurde sie immer noch fast so ernst genommen wie zur Zeit der Dogen. So konnte er nur höflich den Gruß erwidern und wandte sich wieder der Fischplatte zu.

Sobald er den Mörder hinter Schloß und Riegel gebracht hätte, wollte er die Contessa aufsuchen, um ihr mitzuteilen, daß ihr Bruder nicht von dessen Ehefrau vergiftet worden war. Er konnte sich schon jetzt vorstellen, welche Enttäuschung ihr das bereiten würde, doch dieser Besuch ließ sich nicht vermeiden.

Das undurchschaubare Geflecht fein ausgewogener Beziehungen zwischen den Angehörigen der alten Patrizier- und Adelsfamilien hatte das Ende der ehrwürdigen Republik überlebt. Trattoni verdankte viele seiner Erfolge dem Umstand, daß man ihn in diesen Kreisen – nein, nicht für gleichrangig hielt, aber immerhin schätzte und respektierte.

Als die Teller abgetragen waren und ein Kellner die Dessertkarte an den Tisch brachte, befürchtete Trattoni, Giulia würde ihn einmal mehr vor den verheerenden Wirkungen jeder Süßspeise auf seinen Blutzucker warnen, doch diesmal duldete sie sogar, daß er sich für *torta italiana* entschied: für eine mit süßem Likör getränkte Bisquittorte, die mit kandierten Früchten garniert und mit Vanillecreme überzogen ist. Sie trank nur einen *caffè.*

Er bemerkte schon nach dem ersten Löffel, daß sein Blutzucker in die Höhe schoß, doch er dachte nicht im Traum daran, sich von Giulia oder seinem Arzt den Genuß der köstlichen *Cucina Italiana* abgewöhnen zu lassen. Er nahm sich lediglich vor, Dottor Cassiano aufzusuchen, sobald er den Fall abgeschlossen hatte. Vermutlich würde ihm der *medico* einen langen Vortrag halten und ihm Medikamente verschreiben, wie er es jedesmal tat, aber Trattoni wußte, was danach geschah. Er besorgte sich zwar die Tabletten aus der Apotheke, aber vergaß spätestens nach drei Tagen, sie einzunehmen.

Kapitel 19

Am nächsten Morgen prangte auf der Titelseite des *Gazzettino* das übliche Foto von Touristen, die dicht zusammengedrängt auf den Podesten standen und die Basilika bei Neumond bewunderten. Sie sah auf dem Bild aus, als hätte Neptun sie persönlich mitten in die Lagune gebaut.

Trattoni blätterte in der Zeitung und nickte zufrieden, als er Rizzos Artikel las, der vor Lebensmittelvergiftungen warnte.

Der Journalist hatte zwar jeden Hinweis auf Botulismus oder gar die beiden Todesfälle unterlassen, aber auf die mit verdorbenen Konserven sowie Fleisch- und Wurstwaren in Vakuumpackungen verbundenen Risiken deutlich hingewiesen. Am besten gefiel dem Commissario die Empfehlung, bei Übelkeit oder Erbrechen unbedingt einen Arzt aufzusuchen.

Trattoni ging zwar inzwischen davon aus, daß nur der Schinken infiziert war, den er in Venturas Garage gefunden hatte, doch noch immer hielt er es für möglich, daß er sich irrte.

Er faltete die Zeitung zusammen, verzehrte den Rest einer *brioche* und vertiefte sich zum zweiten Mal in die Unterlagen über die Wurstfabrik. Er hielt es für wahrscheinlich, daß Ciardi sich die Lebensmittelkontrolleure durch Bestechung vom Leib hielt. Eine Besichtigung des Betriebes ohne Durchsuchungsbeschluß würde er nicht zulassen. Trattoni überlegte eine Weile, wie er die Mitarbeiter der Fabrik bei der Arbeit beobachten konnte, und rief schließlich Vitello zu sich.

„Ich werde heute den Verbrecher festnehmen, der den Rechtsanwalt und die Frau des Türken umgebracht hat", sagte er. „Daß Ventura und seine Familie ins Krankenhaus mußten, ist versuchter Totschlag oder mindestens gefährliche Körperverletzung."

Vitello sah seinen Vorgesetzten bewundernd an. „Wir können den Mörder schon heute festnehmen?" fragte er. „Wie haben Sie das bloß wieder gemacht, Commissario?"

„Wie immer großartig", antwortete Trattoni. „Ich muß den Täter nur noch finden. Besorgen Sie uns ein Boot und ein Auto, das uns in Mestre zur Fleischwarenfabrik bringt."

„Come desidera", sagte der Sergente und salutierte. Trattoni wartete, bis er die Tür erreicht hatte und rief ihn zurück.

„Sorgen Sie dafür, daß die Kollegen in Mestre ein Fahrrad mitbringen. Viele Hilfsarbeiter können sich kein Auto leisten. Es ist möglich, daß Sie einen Radfahrer verfolgen müssen."

„Ich kann leider nur Motorrad fahren", sagte Vitello.

„Na und?" antwortete Trattoni. „Dann sollen die Kollegen für Sie ein Fahrrad mit Hilfsmotor bereitstellen. Ein Motorrad ist zu schnell. Nehmen Sie sich ein Beispiel an mir, Sergente. In unserem Beruf ist Flexibilität das wichtigste."

Sobald der Sergente das Zimmer verlassen hatte, rief der Commissario die Fleischwarenfabrik an. „Ciardi feine Fleisch- und Wurstwaren", flötete eine Frauenstimme. „Was kann ich für Sie tun?"

„Mich mit Signor Ciardi verbinden."

„In welcher Angelegenheit?"

„Das geht Sie überhaupt nichts an. Seien Sie gefälligst nicht so neugierig. Lernt man diese Neugierde eigentlich in der Sekretärinnenschule?"

Es knackte im Telefon, dann meldete sich ein Mann. „Ciardi", sagte er unfreundlich. „Um was geht es?"

„Commissario Adriano Trattoni von der Polizia di Stato Venezia", sagte er höflich in weichem Veneziano. „Ich ermittle in einer Mordsache und würde Sie gern für eine halbe Stunde besuchen."

„Weshalb? Ich habe niemanden umgebracht."

„Das habe ich auch nicht behauptet. Ich suche den Mörder eines Rechtsanwalts, und es gibt Hinweise, daß sich der Täter unter Ihren Mitarbeitern befindet. Ich würde mich gern in Ihrem Betrieb kurz umsehen."

Es dauerte einen Moment, bis Ciardi antwortete, und jetzt klang seine Stimme nahezu liebenswürdig. „Selbstverständlich, Commissario. Um welche Zeit dürfen wir Sie erwarten?"

„Das weiß ich noch nicht", sagte Trattoni und legte den Telefonhörer auf die Gabel. Er blickte sich in seinem Büro um, und als er die Orchidee auf dem Aktenschrank sah, die er auf dem Weg zur Questura gekauft hatte, brachte er sie ins Sekretariat.

Signorina Elektra saß in einem langen dunkelbraunen Wollrock und einem violetten Pullover am Schreibtisch. Sie hatte den Kopfhörer übergestülpt, was darauf hindeutete, daß der Vize-Questore noch nicht im Haus war. Als der Commissario hereinkam, nahm sie den Kopfhörer ab und entfernte das Papier vom Blumentopf.

„Eine *Odontoglossum*", sagte sie andächtig. „Die habe ich mir seit langem gewünscht."

„Dann erfreuen Sie sich daran", antwortete Trattoni verlegen. „Ist der Duce noch nicht da?"

„Wie Sie sehen noch nicht. Er hat sich für heute vormittag abgemeldet. Angeblich wegen einer wichtigen Besprechung bei der Gesundheitsbehörde."

„Wurde auch allmählich fällig", sagte Trattoni. „Obwohl diese Besprechung inzwischen überflüssig ist." Er zögerte. „Ich brauche ein paar Gesichter, wie Polizeizeichner sie nach den Angaben von Augenzeugen anfertigen. Haben wir sowas im Archiv?"

„Im Archiv nicht. Aber ich habe alle Fahnungsplakate der letzten zehn Jahre eingescannt. Wollen Sie Männer oder Frauen?"

„Beides", sagte Trattoni. „Ich weiß noch nicht, ob ich eine Frau suche oder einen Mann."

Signorina Elektra lächelte. „Da sollten Sie sich aber langsam entscheiden. Zwischen Männern und Frauen gibt es erhebliche Unterschiede."

„Das ist mir keinesfalls entgangen", sagte Trattoni. Er ging zurück in sein Dienstzimmer, wo er fünf Totenscheine auf dem Schreibtisch fand, die er wie immer gründlich studierte. Auch in Italien wurde jeder zweite Mord nicht entdeckt, weil viele Ärzte die Toten bei der obligatorischen Leichenschau nicht entkleideten, wie es vorgeschrieben war.

Ein Elektriker war an einem Stromschlag gestorben, den er an einer der in Venedig oft feuchten Wasserleitungen erlitten hatte. In einer Antiquariatsbuchhandlung war ein schweres Bücherregal umgefallen und hatte den Antiquar unter sich begraben.

Drei Mönche waren an Lungenentzündung verstorben. Der Commissario wußte, daß in solchen Fällen meist AIDS die Todesursache war.

Er gab auch diese Toten zur Bestattung frei und schlug danach wieder die Zeitung auf. Ein Artikel über die nächste Saison im *Teatro La Fenice* erinnerte ihn daran, daß in zwei Wochen die Opernsaison beginnen würde. Er griff nach dem Telefon, um die Abonnements zu erneuern, doch das hatte Giulia längst erledigt.

Trattoni las weiter, bis Signorina Elektra ihm ein Dutzend Skizzen auf den Tisch legte, die sie ausgedruckt hatte. Er bedankte sich und steckte die Zeichnungen in seine Aktentasche.

Als er seinen Mantel schon angezogen hatte, erinnerte er sich an sein Notizbuch und sein Handy, das noch am Ladekabel hing. Er brachte beides in den Jackentaschen unter und überlegte, ob er seine Gummistiefel mitnehmen sollte. Doch er ging davon aus, daß er vor dem nächsten *acqua alta* wieder in sein Dienstzimmer zurückkehren würde.

Als er im Mantel und mit dem Hut auf dem Kopf aus der Questura trat, sah er nur wenige Wolken am Himmel, doch es war merklich kühler geworden. Am Landesteg wartete Sergente Vitello neben einer Barkasse. Beide Männer gingen an Bord. Der Bootsführer löste die Taue und ließ den Motor an. Das Boot legte ab.

Trattoni blickte einen Augenblick in das trübe Wasser des Rio di San Lorenzo, bevor er sich zu Vitello in die Kabine setzte und die Augen schloß, um sich auf seinen Besuch in der Wurstfabrik vorzubereiten.

Er überlegte, ob es falsch gewesen war, auf die Dienste eines *profilers* zu verzichten, doch er hielt nicht viel von Psychiatern und Psychologen. Er hatte mehrfach erleben müssen, daß sie sich in einen Mörder und seine Motive nicht besser einfühlen konnten als er.

Da es weder in Venedig noch in Deutschland, wohin der Schinken geliefert worden war, neue Botulismusfälle gab, was Dottoressa Solaroli über das Schnellwarnsystem der EU erfahren hätte, ging Trattoni davon aus, daß nicht die gesamte Ladung infiziert gewesen war. Das deutete auf einen Einzeltäter hin – es konnte aber auch ein erster Test von Terroristen sein, die größere Aktionen vorbereiteten.

Wenn ich den Täter heute nicht aufspüre, muß ich Dottoressa Solaroli anrufen und ihr mitteilen, daß der infizierte Parmaschinken in der Fabrik Ciardis hergestellt worden war. Er bedauerte einen Moment, daß er das nicht schon bei ihrem Besuch in seinem Büro getan hatte, aber daran war jetzt nichts mehr zu ändern.

Nach einer Weile merkte er, daß der Motor der Barkasse leiser wurde, und als er aus dem Fenster schaute, sah er, daß die Barkasse am Palazzo Vendramin-Calergi vorbeifuhr, in dem Richard Wagner gestorben war. Er erinnerte sich daran, daß er Giulia vor fünf Jahren versprochen hatte, sich um Karten für die Festspiele in Bayreuth zu bemühen. Er schämte sich, daß er sich bisher nicht darum gekümmert hatte, holte sein kleines grünes Buch aus der Tasche und machte sich eine entsprechende Notiz, obwohl er wußte, daß diese Karten – wenn überhaupt – nur nach jahrelangen Wartezeiten zugeteilt wurden.

Als die Polizeibarkasse den Canale Colambola erreicht hatte, fuhr sie wieder schneller. In Mestre stiegen Trattoni und Vitello in einen Streifenwagen um, hinter dessen Lenkrad derselbe uniformierte Polizist saß, der sie zu Venturas Haus gebracht hatte.

Trattoni hatte gelesen, daß Ciardis Großvater seinen kleinen Betrieb am Rande von Mestre angesiedelt hatte. Inzwischen war dort ein Gewerbegebiet entstanden, in dessen Mitte sich das jetzt erheblich größere Unternehmen noch immer befand.

Je näher sie diesem Gewerbegebiet kamen, desto deutlicher wurde der unverwechselbare Geruch, der mit der Herstellung von Wurst verbunden ist: ein süßlicher Geruch, der auch dann nicht zu vermeiden ist, wenn die Produktion unter hygienischen Bedingungen erfolgt. Es roch zwar hier nicht nach Formalin wie in Dottor Martuccis Pathologie, doch Trattoni nieste.

Die Tränen stiegen ihm in die Augen, und er griff nach seinem Taschentuch.

Der Streifenwagen fuhr an einer Drahtseilerei vorbei und am Gelände einer Autoverwertung, auf dem verbeulte Karosserien verrosteten. Ein Schild *Ciardi Salumificio* wies ihnen den Weg zur Wurstfabrik, und als Trattoni sah, daß das Firmengelände von einer hohen Mauer umgeben war, in deren Krone man scharfe Glasscherben einbetoniert hatte, nickte er zufrieden, obwohl ihm gleichzeitig die Tränen aus den Augen flossen.

„Über diese Mauer entkommt uns der Täter nicht", sagte er. „Falls er zu flüchten versucht." Er ließ den Fahrer das Auto anhalten, stieg mit Vitello aus und fragte den Sergente, ob er an das Fahrrad gedacht hätte.

„Selbstverständlich. Es liegt im Kofferraum. – Aber weshalb weinen Sie auf einmal, Commissario?"

„Weil ich über diesen Fall nachdenke", sagte Trattoni. „Aber das ist jetzt nicht so wichtig. Holen Sie das Fahrrad aus dem Kofferraum, und warten Sie damit neben dem Eingang. Wenn der Täter das Gelände verläßt, verfolgen Sie ihn unauffällig."

„Ich habe aber die Uniform an. Damit fällt man überall auf."

„Sehr richtig, Sergente. Deshalb nehmen Sie die Mütze ab und ziehen sich die Windjacke verkehrt herum an, mit der Innenseite nach außen. Haben Sie mich verstanden?“

Vitello nickte, nahm die Mütze ab und steckte sie in die Tasche. „Und woran erkenne ich den Täter?“

„Das weiß ich noch nicht. Verlassen Sie sich einfach auf Ihren Instinkt. Ein guter Polizist spürt sowas.“

Vitello holte ein kleines Klapprad mit Elektromotor aus dem Kofferraum des Streifenwagens und setzte es zusammen. „Sehr gut“, sagte Trattoni. „Gehen Sie damit neben der Pförtnerkabine in Stellung, und lassen Sie den Eingang nicht aus den Augen.“

„Come desidera“, antwortete der Sergente.

Der Commissario wies den Fahrer an, in einer Nebenstraße zu parken, und ging langsam zur Pförtnerkabine.

„Trattoni. Signor Ciardi erwartet mich.“ Der Pförtner nickte, und mit einem leisen Summen öffnete sich eine schmiedeeiserne Tür.

Auf dem Firmengelände stand neben einer der drei Hallen ein großer Kühlwagen mit polnischem Autokennzeichen, aus dem zwei Arbeiter in schmutzigen Jeans und Steppjacken große Stücke Fleisch auf der Schulter in die Halle trugen, neben der eine große Eiche stand, an deren Zweigen nur noch wenige Blätter hingen.

Der Commissario ging vorsichtig über das nasse Laub auf dem Boden zu einem der Arbeiter und erkundigte sich nach dem Weg zum *padrone.* Der Arbeiter sagte etwas auf Polnisch oder Russisch, lief in die Halle und kam mit einem Mann in weißem Kittel zurück, der italienisch sprach.

„*Polizia*", sagte Trattoni. „Ich bin mit Signor Ciardi verabredet. Können Sie mir sagen, wo ich ihn finde?"

Der Mann musterte ihn mißtrauisch und deutete auf ein anderes, wesentlich kleineres Gebäude. „Sein Büro ist in der alten Halle. Nehmen Sie am besten den Seiteneingang. Der Haupteingang ist meistens abgeschlossen."

„*Tante grazie*", sagte Trattoni. Er ging hinüber, öffnete eine Glastür und trat in einen langen Korridor, dessen Wände mit weißen Kacheln gefliest waren. In einigen Glasvitrinen waren verstaubte Würste und Schinkenpackungen ausgestellt.

Der Commissario vermutete, daß auch diese Fleischwarenfabrik ihre Kunden auf Messen und durch Handelsvertreter gewann. Nur noch in wenigen mittelständischen Betrieben hielt man es für notwendig, die Produktpalette auf dem Firmengelände möglichst eindrucksvoll zu präsentieren.

In die Wände waren Türen eingelassen, neben denen kleine Schilder klebten: Vertrieb, Buchhaltung, Technik, Geschäftsleitung.

Trattoni öffnete die Tür des Sekretariats und wunderte sich, als er sah, wie lieblos das Büro eingerichtet war. Die Wände waren seit Jahrzehnten nicht mehr gestrichen worden. Aus einer unverkleidet an die Decke gehängten Leuchtstoffröhre fiel helles, kaltes Licht auf eine altmodische braune Holzbarriere. Trattoni vermutete, daß hier früher die Arbeiter auf ihre Lohntüte gewartet und ihr Geld wenigstens einmal zwischen den Fingern gespürt hatten. Doch auch in Italien hatten die Banken längst die bargeldlose Zahlung durchgesetzt.

Hinter der Barriere ein häßlicher brauner Schreibtisch, an dem eine vielleicht fünfzigjährige Frau in einer schwarzen Strickjacke mit hochgestecktem, grauem Haar vor dem Computer saß: wahrscheinlich Ciardis Sekretärin, mit der er telefoniert hatte.

„Adriano Trattoni. Ich bin mit dem *padrone* verabredet."

Die Frau nickte und stand langsam auf. „Signor Ciardi erwartet Sie schon. Kommen Sie bitte mit in sein Büro."

„Sehr liebenswürdig. Aber das Büro finde ich auch allein. – Sie sitzen übrigens viel zu nahe am Computer. Hat Ihnen noch nie jemand gesagt, wie ungesund das ist?"

Die Frau blickte ihn erstaunt an und schüttelte wortlos den Kopf. Der Commissario ging langsam an der Theke vorbei und öffnete die Tür zu einem engen Zimmer, in dem ein großer Mann in blau gestreifter Arbeitsjacke hinter einem Schreibtisch aus Eichenholz aufstand. Ciardi mochte fünfzig Jahre alt sein. Sein Gesicht war leicht gerötet, was darauf hindeutete, daß er gern mehr als eine Flasche Wein trank. Sein Haar war stark ergraut.

„Commissario Adriano Trattoni. Ich will Ihre Zeit nicht lange in Anspruch nehmen."

Der Fleischer gab Trattoni die Hand, und der Commissario spürte eine Kraft, die ihn an einen Schraubstock erinnerte. Dann deutete Signor Ciardi auf einen runden Tisch in der Ecke, um den herum fünf Stühle standen. Trattoni legte seine Aktentasche auf den Tisch und setzte sich.

„Ich habe uns einen kleinen *spuntino* vorbereiten lassen", sagte der Fleischermeister. „Ich bin seit fünf Uhr im Betrieb und esse um diese Zeit gewöhnlich eine Kleinigkeit."

„Sehr vernünftig", antwortete Trattoni. „Aber ich habe gut gefrühstückt. Ich esse jetzt nichts mehr." Er benutzte wieder sein Taschentuch und behielt es in der Hand, nachdem er die Augen wieder getrocknet hatte. „Entschuldigung. Ich habe mich gestern erkältet."

Carlo Ciardi nickte, und als auch er sich am Tisch niedergelassen hatte, sagte er: „Habe ich das vorhin am Telefon richtig verstanden? Einer meiner Leute soll jemanden umgebracht haben? Das glaube ich nicht."

„Es genügt, daß ich es glaube. – Kannten Sie zufällig den Avvocato Davide Brambilla?"

„Nicht besonders gut. Er hat gelegentlich für mich gearbeitet. Seit es die EU gibt ... Ein falsches Wort im Katalog, und man hat gewaltigen Ärger am Hals."

„Na und?" sagte Trattoni. „Die Leute müssen doch wissen, was sie essen. Wo Parmaschinken drauf steht, muß auch Parmaschinken drin sein."

Er beobachtete Ciardi aufmerksam, doch der Fleischer nickte nur. „Das sehe ich auch so. Nur, wenn das so weitergeht, müssen wir bald auf jede Wurst die Geburtsurkunde des Schweins kleben. Aber ich will Sie nicht mit meinen Problemen belästigen."

„Ich bitte Sie", sagte Trattoni. „Ein Mensch sollte zumindest über seine Sorgen reden dürfen. Auch wenn sie deswegen nicht kleiner werden."

Er griff nach seiner Aktentasche und gab Ciardi die Skizzen aus Signorina Elektras Computer. „Unser Zeichner hat das nach den Angaben mehrerer Augenzeugen angefertigt, die Signor Brambilla mit diesen Leuten gesehen haben wollen. Sie wissen vermutlich, was von solchen Phantombildern zu halten ist. Aber bei einem Mord können wir nicht sorgfältig genug arbeiten."

Signor Ciardi betrachtete eine der Zeichnungen nach der anderen und reichte sie dem Commissario zurück. „Nein. So sieht keiner meiner Mitarbeiter aus. Die meisten meiner Leute sind Albaner und sprechen kaum italienisch. Weshalb suchen Sie den Täter in unserem Betrieb?“

„Das hat schon seine Gründe“, sagte Trattoni und tat so, als müsse er sich überwinden, über das Privatleben eines Toten zu reden. „Conte Brambilla hatte gewisse Neigungen. Sie wissen doch, Signore, Liebe überwindet alle Grenzen. – Ich würde mir Ihre Leute gern mal ansehen. Könnten wir das wie eine Betriebsbesichtigung aussehen lassen? Ich möchte keine Unruhe in Ihren Betrieb bringen. Die Leute brauchen nicht zu wissen, daß ich Polizeibeamter bin.“

Der Fleischer dachte einen Moment nach, und als er zögernd nickte, schien er erleichtert. „Selbstverständlich. Meine Ausländer haben alle die Arbeitserlaubnis. Sie müßten sich allerdings umziehen. Unsere Kunden wollen keine Haare in der Wurst.“

„Das stimmt“, sagte der Commissario. „Und im Herbst verliert man besonders viele. Geht es Ihnen auch so?“

„Möglich. Mir ist das noch nicht aufgefallen.“

„Dann gucken Sie mal ins Waschbecken, wenn Sie sich den Kopf gewaschen haben. Fürchterlich, sage ich Ihnen.“ Trattoni nieste und wischte sich wieder Tränen aus dem Gesicht. „Die Schinkenproduktion würde ich besonders gern sehen. Contessa Brambilla sagte mir, ihr Bruder hätte Ihren *prosciutto* sehr geschätzt."

„Das weiß ich", sagte der Fleischer. „Auf unseren Schinken sind wir besonders stolz."

Kapitel 20

Signor Ciardi führte den Commissario zu der Halle, vor der noch immer der Kühlwagen aus Polen stand. „So lästig die Bürokratie in der Europäischen Union ist, die Aufnahme Polens war für mich wie ein Geschenk des Himmels", sagte er. „So billig wie jetzt habe ich das Fleisch noch nie bekommen."

„Schön für Sie", sagte Trattoni. „Und was wird aus den italienischen Schweinezüchtern? Zwischen dem Piemont und der Emilia-Romagna leben ganze Dörfer davon."

Ciardi zuckte mit den Schultern. „Sie werden sich den veränderten Marktbedingungen anpassen müssen, oder sie bleiben auf der Strecke. Wenn nicht schon mein Vater billiger gewesen wäre als die Konkurrenz, hätte unser Unternehmen nie seine heutige Größe erreicht."

Er hielt dem Commissario die Tür zu einem vom Fußboden bis zur Decke weiß gekachelten Raum auf, holte einen weißen Overall aus einem der Spinde und legte eine weiße Kappe, ein Paar Handschuhe sowie zwei weiße Beutel dazu.

„Ziehen Sie das an, und hängen Sie Ihren Anzug in einen Spind. Schließen Sie ihn bitte ab.

In drei Stunden zieht sich die Frühschicht hier um. Ich möchte nicht, daß Sie bestohlen werden. Die Beutel sind übrigens für Ihre Schuhe. Sie werden darüber gezogen und über dem Fußgelenk zugebunden."

„Das habe ich mir gedacht", sagte Trattoni. Er sah, daß Signor Ciardi die Fleischerjacke, die Schuhe und die Hose auszog, und als er fast nackt quer durch den Raum lief, fühlte sich Trattoni unbehaglich. Er mochte es nicht, sich in der Nähe anderer Männer auszuziehen. Er griff nach der Arbeitskleidung, zog sich – so weit wie möglich vom Fleischer entfernt – auch um, und als er sich danach im Spiegel an der Tür betrachtete, kam er sich vor wie ein etwas zu dick geratener Astronaut mit einer Kopfbedeckung, die ihn an Giulias Duschhaube erinnerte.

„Was wollen Sie denn zuerst sehen?" fragte Ciardi.

„Das ist mir egal. Aber ich will alles sehen."

„Wie Sie wollen. Länger als eine halbe Stunde brauchen wir nicht."

Die beiden Männer verließen den Umkleideraum. Ciardi zeigte dem Commissario zuerst einen der vom Fußboden bis zur Decke weiß gekachelten Kühlräume. Schweinefleisch, nichts als Schweinefleisch. In Regalen lagen Schweinenakken und Schweinerippen, Vorderschinken und Hinterschinken, Bauchspeck, Rückenspeck, Vorderbeine und Hinterbeine. An eisernen Haken hingen Schweinskeulen vor Arbeitern, die sie, einen eisernen Ketten-Handschuh an einer Hand und ein großes Messer in der anderen, mit schnellen, sicheren Bewegungen entbeinten. Zwei Männer unterhielten sich bei der Arbeit auf Italienisch.

„Das beste Stück vom Schwein“, sagte Ciardi. „Daraus hat mein Vater noch Schinken gemacht, aber ich verwende es nur noch für die Wurst.“

Trattoni begann zu frieren, und als er nieste, bedauerte er, daß er sein Taschentuch in seiner Jackentasche gelassen hatte. „Gibt es hier irgendwo Taschentücher?“

„Leider nicht“, sagte Ciardi. „Aber ich kann Ihnen was besorgen.“ Er eilte zu einer der Frauen, die an einer langen Blechtheke Fleisch zerlegten, und kam mit einem sauberen Putzlappen zurück. Trattoni säuberte sich laut die Nase, und der Fleischer blickte ihn besorgt an. „Vielleicht sollte ich Ihnen einen Mundschutz holen.“

„Ach was“, antwortete der Commissario. „Bei diesem Wetter sind sowieso überall Bakterien in der Luft.“

Der Fleischer nickte und führte Trattoni in eine laute Halle, in der Wurst hergestellt wurde. Hier arbeiteten – abgesehen von einem Italiener – ausschließlich Frauen. Sie liefen zwischen summenden, brummenden oder schrill klirrenden Geräten hin und her, die wie eine Waschmaschine im Schleudergang vibrierten. In dieser Halle war – obwohl auch hier alles sauber war – der süßliche Geruch des Fleisches toter Tiere kaum zu ertragen. Trattoni empfand zum erstenmal Verständnis dafür, daß Luciana Fleisch und Wurst nicht anrührte. Am liebsten hätte er diese Halle fluchtartig verlassen, doch er wollte diesen Fall endlich hinter sich bringen. Auch wenn er danach wieder am Schreibtisch sitzen mußte.

Der Commissario bedauerte, daß sich Ciardis Mitarbeiter in den Overalls, abgesehen vom Leibesumfang und der Größe, nur wenig voneinander unterschieden. Er wunderte sich, mit wie wenig Personal der Betrieb auskam, aber es war wohl überall so. Neue Möbel in den Büroräumen hätten keinen Mitarbeiter überflüssig gemacht. Aber mit modernen Automaten ließ sich an den Löhnen sparen.

Der Commissario blickte in jedes der Gesichter, aber keines von ihnen weckte sein Interesse. Der italienische Fleischer war fast sechzig Jahre alt. Weshalb hätte er Schinken verderben sollen? Er war vermutlich froh, daß er noch Arbeit hatte. Unter den Frauen, die mit Speckseiten hantierten oder Gewürze mischten und sich dabei laut in einer Sprache unterhielten, die Trattoni für Russisch oder Albanisch hielt, befand sich auch keine, der er das Verbrechen zutraute. Sie wußten wahrscheinlich nicht einmal, daß es Lebensmittelvergiftungen gibt.

So hörte er – mit tränenden Augen – gelangweilt dem Fabrikbesitzer zu, der ihm nicht ohne Stolz erklärte, wie günstig er jede der Maschinen erworben hatte. Doch als Signor Ciardi von Schinken zu reden begann, wurde Trattoni neugierig.

„Wir können zwar immer noch Keulen einsalzen, lagern und trocknen", sagte der Fabrikeigentümer, „aber das lohnt sich nicht mehr. Wir beziehen den Schinken fertig aus Polen. Bei uns wird er nur noch geschnitten und verpackt."

„Gibt es dafür auch Maschinen?"

„Und ob", sagte Signor Ciardi. „Kommen Sie, ich zeige Ihnen unser Prachtstück." Er öffnete die Tür einer kleinen Halle, in der ein junger Mann eine Maschine mit großen entbeinten Schinken fütterte. Sie wurden in dünne Scheiben geschnitten, die auf ein breites Band aus dünnen Plastiktabletts fielen. Auf jeder der beiden Seiten des Bandes standen in weiße Arbeitskittel gekleidete Frauen, an denen die noch offenen Schinkenpackungen auf dem Band vorbeirollten.

Sie prüften jede der Portionen und ersetzten hin und wieder eine Scheibe Schinken durch eine andere. Auch diese Frauen unterhielten sich laut in einer osteuropäischen Sprache.

An der Decke des Raumes hing in einer dikken Rolle Plastikfolie, die über die gefüllten Pastikschalen geführt und am Ende des Fließbandes mit den Schalen verschweißt wurde.

Der Commissario nahm eine Packung Schinken aus dem Karton, in den die Portionspackungen am Ende des Bandes fielen. Sie waren, wie der Karton, korrekt mit der Bezeichnung *prosciutto crudo, Ciardi Salumificio, Venezia,* Angaben über Zutaten und Konservierungsmittel sowie der Produktkennziffer bedruckt.

Trattoni ging zu dem jungen Mann, der die Schneidemaschine mit Schinken versorgte, die er von einer großen Karre mit Gummireifen nahm, und sah ihm bei der Arbeit zu.

„Ist das nicht langweilig?" fragte er. „Eine Maschine stundenlang mit Schinken zu füttern?"

„Durchaus nicht", antwortete der junge Mann, ohne seine Arbeit zu unterbrechen. „Man darf dabei nur nicht träumen."

Er warf dem Firmeneigentümer einen schnellen Blick zu. „Und unser *padrone* behandelt uns anständig. Wir bekommen den Lohn pünktlich, und zu Ostern und Weihnachten schenkt er jedem einen ganzen Karton Schinken."

„Schön für Sie", sagte Trattoni und lächelte zum ersten Mal, seit er die Fabrik betreten hatte. Der Mann sprach ein flüssiges, gehobenes Italienisch, und sein Dialekt deutete auf die Gegend um Bologna.

Erst jetzt fiel Trattoni auf, daß über sämtlichen Fenstern dieses Raumes Rolläden hingen. Wenn man sie nachts herunterließ, würde kein Lichtschein nach draußen fallen. Zuverlässige Mitarbeiter brauchten nur die Folienrolle mit den Herstellerangaben der Fabrik Ciardis durch eine gefälschte andere zu ersetzen, und schon wäre der polnische Schinken zu *Prosciutto di Parma* veredelt.

„Woher wird der Schinken denn zu dieser Maschine gebracht?“ fragte Trattoni.

„Aus dem Kühlraum“, antwortete der junge Mann. „Am besten läßt sich Schinken schneiden, wenn er kalt, aber nicht gefroren ist.“ Trattoni nickte und wandte sich an Ciardi: „In diesen Kühlraum würde ich gern mal einen Blick werfen. Wäre das möglich?“

„Selbstverständlich. Kommen Sie.“ Der Fabrikeigentümer führte den Comissario in einen Raum, in dem auf hohen und langen Regalen Schweinskeulen lagerten, die man schon in Polen eingesalzen oder eingepökelt, gewürzt, teilweise geräuchert und getrocknet hatte; hier lagerten Schinken, sowohl entbeint als auch noch am Knochen. „Interessant“, sagte Trattoni. „Und wer bringt die Schinken aus dem Lager zur Schneidemaschine?“

„Der junge Student, der sie bedient. Er hat vor einem halben Jahr einen Arbeitsunfall gehabt, aber wir beschäftigen ihn weiter. Er arbeitet nur noch halbtags, und er erspart mir den Kundendienst. Wenn eine der Maschinen mal kaputt ist, kriegt er sie meistens wieder hin."

„Gut für Sie", sagte Trattoni. „Was studiert er denn?"

„Keine Ahnung. Er hat mal gesagt, er will später Tierarzt werden, aber ich vermute, er hat das Studium abgebrochen. Weshalb fragen Sie?"

„Weil ich mich für Schinken interessiere", sagte Trattoni und nieste laut. „Aber ich möchte nochmal ihre Schneideanlage bewundern. So eine Maschine habe ich noch nie gesehen. Was es heute nicht alles gibt ..."

Ciardi nickte nachdenklich. „Da haben Sie recht. Aber diese Maschine ist schon veraltet. Wir sehen uns gerade nach einer anderen um. Bei den vielen Konkursen heutzutage bekommt man sowas günstig."

Die beiden Männer gingen zurück in die Abpackhalle. Trattoni tat so, als interessiere er sich für den Schinken, der auf dem Fließband langsam an ihm vorbeirollte, doch er beobachtete aus den Augenwinkeln den jungen Mann an der Schneidemaschine.

Sein Körper wirkte sogar im unförmigen Overall feingliedrig, und als er zu Trattoni herübersah, blickte der Commissario in wache Augen, die Intelligenz verrieten. Obwohl auch der junge

Mann Handschuhe anhatte, fiel dem Commissario jetzt auf, daß ihm zwei Finger an der rechten Hand fehlten. Das hatte nichts zu bedeuten. Es war vermutlich Folge des Arbeitsunfalls.

Trattoni fühlte sich plötzlich, als wäre ihm eine schwere Last von den Schultern genommen. Dieser Mann kam ihm in dieser Fabrik wie ein Fremdkörper vor, und er schien der einzige zu sein, der sich unbemerkt am Schinken vergreifen konnte.

Sein Instinkt sagte ihm, daß er den Mörder gefunden hatte. Jetzt ging es nur noch darum, ihn zu überführen.

„Ich denke, das genügt“, sagte er zu Ciardi. Er blickte noch einmal kurz zu dem jungen Mann hinüber und verließ mit dem Fleischer die Abpackhalle.

„Ich glaube nicht, daß sich Brambillas Mörder unter Ihren Mitarbeitern befindet“, sagte er, während er sich im Umkleideraum aus der Berufskleidung schälte. „Aber ich hätte trotzdem gern die Namen und Adressen Ihrer Leute. Läßt sich das machen?“

„Non ci sono problema“, antwortete Ciardi. „Ich spreche gleich mit meiner Sekretärin. Wollen Sie noch das Lager und den Packraum sehen?“

Trattoni sagte: „Nicht nötig. Ich kann mir vorstellen, wie es dort aussieht.“ Er ging mit Ciardi über den Hof in dessen Büro zurück. Es dauerte nicht lange, bis die Sekretärin die Namen und Adressen der Mitarbeiter ausgedruckt hatte, und als sich Trattoni den Mantel anzog, bückte sich der Fleischer über einen Karton, der neben dem Schreibtisch stand, riß ihn auf und nahm drei Packungen *prosciutto crudo* heraus.

„Wollen Sie sich nicht wenigstens von der Qualität unserer Produkte überzeugen, nachdem Sie den Betrieb besichtigt haben?“

„Sehr freundlich“, antwortete Trattoni. „Aber meine Frau ißt nur *Prosciutto di Parma*.“

Er nahm seine Aktentasche vom Tisch und verabschiedete sich. Draußen lag ein feiner Nieselregen in der Luft. Trattoni schlug den Kragen hoch und ging zu Sergente Vitello, der noch immer mit dem Fahrrad neben der Pförtnerkabine wartete.

„Ein zierlicher junger Mann, dem an einer Hand zwei Finger fehlen“, sagte der Commissario. „Folgen Sie ihm unauffällig, sobald er das Firmengelände verläßt. Das wird in zwei Stunden sein.“

Vitello fragte: „Weshalb wissen Sie das, Commissario?“

„Weil die Frühschicht dann Feierabend hat, Sergente. Falls der Regen stärker wird, gehen Sie in die Pförtnerkabine. Sonst holen Sie sich hier noch eine Lungenentzündung.“

Der Sergente nickte. „Danke, Commissario. Und wenn der Täter ein Auto hat?“

„Dann folgen Sie dem Auto. Im Berufsverkehr dürfte das nicht schwer sein."

Er ließ sich vom Fahrer des Streifenwagens am Eingang der Fleischfabrik abholen, und sobald er eingestiegen war, sagte er: „Schalten Sie bitte die Klimaanlage ein. Ich kann den Geruch von Fleisch und Wurst nicht mehr ertragen."

„In diesem Auto gibt es keine Klimaanlage, Commissario. Soll ich das Fenster öffnen?"

„Das fehlte gerade noch", antwortete Trattoni und nahm die Liste mit den Namen und Anschriften der Mitarbeiter Ciardis aus der Aktentasche. Er hatte die Sekretärin gebeten, ihm auch das Geburtsdatum hinter jedem Namen zu notieren. Der einzige Italiener unter den *manovali,* den Hilfsarbeitern, hieß Silvio Girotto. Er war einundzwanzig Jahre alt, und er wohnte in derselben Arbeitersiedlung wie Ventura, in dessen Garage sie den Schinken gefunden hatten. Allerdings in einer anderen Straße.

Trattoni nannte dem Fahrer die Adresse, blickte durch das Autofenster auf die grauen Mauern Mestres, und als sie die Siedlung erreichten, sagte er: „Halten Sie hier, und warten Sie auf mich. Den Rest gehe ich zu Fuß. – Haben Sie einen Regenschirm für mich?"

„Leider nicht, Commissario", erwiderte der Fahrer.

„Dann setzen Sie mich vor der Haustür ab und

parken wieder in einer Seitenstraße. Ich möchte nicht, daß der Verdächtige den Wagen sieht."

Der Fahrer nickte. Inzwischen war der Regen stärker geworden, und die verschmutzten Betongebäude in der Siedlung kamen dem Commissario noch trostloser vor als bei seinem ersten Besuch.

Vor dem Haus, in dem Girotto wohnte, waren die Mülltüten aufgeplatzt. Drei verwilderte Katzen wühlten in den Abfällen. Als Trattoni an ihnen vorbei zur Haustür ging, beachteten sie ihn nicht.

Er stieg die Treppen zum ersten Obergeschoß hinauf, zögerte einen Moment vor der Wohnung Girottos und warf sich dann gegen die Wohnungstür. Sie sprang auf, und als der Commissario das erste der Zimmer betreten hatte, blickte ihn Benito Mussolini von einem Plakat zwischen Kleiderschrank und Bücherregal an.

Mussolini hatte auch auf diesem Poster seinen Arm zum Gruß der italienischen Faschisten erhoben. Trattoni nahm zuerst einige Bücher vom Regal. Tierheilkunde. Toxikologie. Anatomie. Kriminalromane von Raymond Chandler, Patricia Highsmith, Rex Stout und Andrea Cammillieri, aber auch Traktate der *Lega Nord* und der Neofaschisten.

Neben dem schmalen Bett lag eine graue Wolldecke auf dem Fußboden. Trattoni hob sie gedankenlos auf, faltete sie ordentlich zusammen, und legte sie auf das Bett, wie er es mit einer Decke getan hätte, die im Zimmer eines seiner Kinder auf dem Fußboden lag. Er blickte in den Kleiderschrank und war nicht überrascht, als er mehrere grüne Hemden der *Guardie padane* fand, einer illegalen Bürgerwehr, die auf eigene Faust Einwanderer an den Grenzen aufzugreifen versuchte.

In der Küche sah der Commissario im Waschbecken neben dem Kochherd mehrere Teller und Bestecke mit Nahrungsresten. Er schüttelte angewidert den Kopf und öffnete den Kühlschrank, in dem sich nur Lebensmittel befanden: Butter, Wurst, Käse und eine angebrochene Pakkung Milch. Er erinnerte sich daran, daß er bei einer Durchsuchung der Wohnung eines Apothekers einmal im Tiefkühlfach zwanzigtausend Dollar gefunden hatte und blickte auch in dieses Fach, doch in der Wohnung des jungen Mannes war es leer. Im Küchenschrank Girottos standen nur einige Teller und Tassen. In der Schublade sah Trattoni zuerst nur alte Bestecke, doch als er die Schublade ganz aus dem Schrank herausgenommen hatte, entdeckte er an ihrer Rückseite zwei Injektionsspritzen, die dort mit Klebeband befestigt waren. Der Commissario legte die Schublade auf den Fußboden, holte das *telefonino* aus der Tasche und sprach mit einem ihm persönlich bekannten Staatsanwalt, der ihm – in Anbetracht der besonderen Umstände, so sagte er – die Durchsuchung der Wohnung zur Beweissicherung vorab mündlich genehmigte.

Danach durchsuchte der Commissario die Küche weiter, bis er in einem kleinen weißen Schrank zwischen Konservendosen mehrere gefüllte, fest verschlossene Einkochgläser entdeckte, in denen sich eine bräunliche Masse befand. In einer Ecke des Schrankes, hinter Konservendosen, stand ein kleiner Holzkasten, und als er darin ein altmodisches Mikroskop fand, griff er wieder nach seinem Handy und rief Signorina Elektra an, die dafür sorgte, daß schon nach einer Viertelstunde ein Team der Spurensicherung in die Wohnung kam.

„Wo liegt der Tote?“ fragte einer der Beamten, während er sich weiße Handschuhe anzog.

„Diesmal lebt er noch“, antwortete Trattoni. Er bat darum, die Konserven und Einkochgläser, die Schublade mit den Injektionsspritzen sowie das Mikroskop zu fotografieren und sicherzustellen, ohne Fingerabdrücke zu hinterlassen.

„Wir hinterlassen niemals Fingerabdrücke“, sagte der Leiter der Spurensicherung verärgert. „Wir suchen sie nur.“

„Das weiß ich. Aber seien Sie dabei vorsichtig. In den Einkochgläsern und an der Spritze befindet sich vermutlich das stärkste aller natürlichen

Gifte. Weisen Sie die Kollegen in der Asservatenkammer darauf hin."

Der Beamte wurde bleich. Trattoni hatte plötzlich das Bedürfnis, die Toilette aufzusuchen. Er erleichterte sich, und als er die Wasserspülung betätigte, funktionierte sie kaum. Darüber ärgerte er sich auch in seiner Wohnung manchmal. Er hob den Deckel vom Spülkasten, sah, daß etwas den Abfluß blockierte, zog es heraus und hatte eine Pistole in der Hand, die in einer durchsichtigen Plastiktüte wasserdicht verpackt war.

Trattoni stutzte einen Moment, öffnete die Plastiktüte, entfernte sämtliche Patronen aus der Waffe, steckte sie in seine Jackentasche, packte die Pistole in die Tüte und brachte sie wieder im Spülkasten unter.

Inzwischen hatte das Team der Spurensicherung die Wohnung verlassen. Trattoni ging langsam zurück ins Wohnzimmer, und als er merkte, daß er schwitzte, zog er den Mantel aus und legte sich angezogen auf Girottos Bett, wo er einschlief.

Eine laute Männerstimme weckte ihn. „Was wollen Sie denn hier?" rief Silvio Girotto. „Sie können hier nicht einfach einbrechen."

Trattoni richtete sich schlaftrunken auf, und glaubte einen Augenblick, Stefano hätte sich das Haar auf Streichholzlänge gekürzt und stünde in seinem Parka vor ihm, einen Motorradsturzhelm in der Hand. „Natürlich kann ich das", sagte der Commissario. „*Polizia.* Du bist vorläufig festgenommen."

Girotto blickte ihn spöttisch an. „Und weshalb? – Sie hätten unseren Chef mitnehmen sollen. Der bezieht aus Polen das billigste Schweinefleisch und verkauft es als Parmaschinken."

Trattoni nickte. „Das stimmt vermutlich, aber dafür sind weder Sie zuständig noch ich."

„Wieso nicht?" fragte Girotto. „Sind Sie kein Italiener? – Bei uns in Langhirano gehen uralte Betriebe in Konkurs, und Leute wie Ciardi verdienen sich eine goldene Nase. Was sie verkaufen, ist nicht mal vernünftig konserviert. Wissen Sie, wie lange es dauert, bis unser Schinken fertig ist?"

„Zehn bis zwölf Monate", sagte der Commissario. „Aber wieso sagen Sie **unser** Schinken?"

„Weil ich in Langhirano geboren bin. In unserer Familie wurde seit dreihundert Jahren Parmaschinken hergestellt. Und seit es Leute wie Ciardi gibt ... Mein Vater hat sich vor einem Jahr erschossen."

„Mein herzliches Beileid", sagte Trattoni. „Warum haben Sie den zuständigen Behörden nicht mitgeteilt, daß Signor Ciardi seinen Schinken als Parmaschinken verkauft?"

Silvio Girotto blickte den Commissario überrascht an. „Das habe ich. Ich habe drei Briefe an die *Unità Sanitaria* geschrieben. Wissen Sie, was danach passiert ist?“

Trattoni nickte. „Vermutlich nichts. Und da haben Sie ein wenig nachhelfen wollen und Schinken vergiftet? Weshalb haben Sie sich ausgerechnet Ciardi ausgesucht? Er ist bestimmt nicht der einzige, der Fleisch aus Polen bezieht. Das ist erlaubt, seit Polen zur Europäischen Union gehört.“

„Ich weiß“, sagte Girotto. „Aber als *Prosciutto di Parma* darf dieses Zeug nicht verkauft werden. Abgesehen davon ...“ Der junge Mann zögerte einen Moment, und als er weiterredete, erschrak Trattoni, als er den Haß in Girottos Augen sah: „Ciardi hat unsere Schneidemaschine ersteigert. Mein Vater konnte die Wechsel nicht mehr einlösen, die er beim Kauf der Maschine unterschrieben hatte, und als er vom Konkursgericht zurückkam, hat er sich neben dieser Maschine erschossen.“

„Das tut mir leid“, sagte Trattoni. „An dem Schinken, den Sie infiziert haben, sind zwei Menschen gestorben. Ein Rechtsanwalt und eine junge Frau. Übrigens beides Italiener, falls es Sie interessiert.“

Girotto blickte den Commissario entsetzt an. „Gestorben? Das habe ich nicht gewollt. Ich habe nur ein bißchen Saft aus verfaultem Fleisch in einen Schinken gespritzt, um darauf aufmerksam zu machen, daß er nicht genügend konserviert ist."

„Naja", sagte Trattoni. „Das ist Ihnen ja auch gelungen. Mal wieder typisch. Werden noch mehr Leute daran sterben? Wie viele Schinken haben Sie vergiftet?"

Jetzt zitterten Girottos Hände. „Nur einen. Aber daß jemand daran stirbt, das habe ich nicht gewollt."

Trattoni merkte, daß sein Blutdruck stieg. „Nun kommen Sie mir bloß nicht damit", brüllte er so laut, daß er selber erschrak. „Als Sohn eines Schinkenherstellers weiß man, wie gefährlich Botulismus ist. – Wo haben Sie eigentlich gelernt, wie man diese Bazillen züchtet?"

Der junge Mann senkte den Kopf. „Ich wollte Tierarzt werden und habe Vorlesungen in Mikrobiologie gehört. Aber als mein Vater sich umbrachte ... Meine Mutter hatte kein Geld mehr, und ich mußte mein Studium abbrechen."

„Das mußten Sie überhaupt nicht", sagte der Commissario leise. „Es gibt unzählige Werkstudenten, die sich den Lebensunterhalt während des Studiums bei McDonalds oder in einer Pizzeria verdienen. – Kommen Sie, ich nehme Sie mit zur Questura. Dort können Sie mir alles in Ruhe erzählen."

Girotto nickte. „Darf ich vorher noch zur Toilette?"

„Selbstverständlich.“ Trattoni wartete, bis er die Toilettentür hinter sich geschlossen hatte, schlich ihm nach, und als er ein leises Klicken hörte, riß er sie auf.

„Jetzt reicht es mir aber langsam“, sagte er und nahm dem jungen Mann die Pistole aus der Hand. „Wollen Sie mir etwa noch mehr Arbeit machen?“ Girotto stieß Trattoni zur Seite und rannte zur Tür, wo ihn Sergente Vitello in Empfang nahm, der immer noch seine Jacke verkehrt herum anhatte.

„Der Täter hat ein Motorrad, Commissario. Ich habe ihn aus den Augen verloren und mußte Signorina Elektra fragen, wo er wohnt.“

„Natürlich hat er ein Motorrad“, sagte Trattoni. „Oder nehmen Sie etwa an, ich hätte seinen Sturzhelm nicht gesehen? – Aber das ist jetzt nicht so wichtig. Sorgen Sie dafür, daß die Kollegen aus Mestre das Motorrad sicherstellen und sich um die Wohnung hier kümmern. Diesen Mann nehmen wir mit.“

Der Commissario wartete, bis der Sergente Silvio Girotto abgeführt hatte, und tat dann, was seines Wissens freiwillig noch nie ein Angehöriger der *Polizia di Stato* getan hatte: Er rief bei den *Carabinieri* an.

„In der Fleischwarenfabrik *Ciardi Salumificio* in Mestre wird während der Nachtschicht polnischer Schinken als *Prosciutto di Parma* verpackt“, sagte er. „Kümmert euch mal darum. Wir haben für solche Sachen keine Zeit.“

Stichwort Botulismus

Wegen des verbreiteten natürlichen Vorkommens von Colostridum botulinum sind Fisch und andere Lebensmittel häufig belastet. Ihre Verarbeitung muß so sorgfältig und hygienisch erfolgen, daß die Vermehrung von Keimen und die Bildung von Toxinen vermieden werden. Temperaturen, wie sie beim häuslichen Einkochen erreicht werden, reichen meist nicht aus, um die Sporen abzutöten. 1999 wurden dem Robert-Koch-Institut, Berlin, 19 Erkrankungen gemeldet, zwei davon mit tödlichem Ausgang.

Stichwort Lebensmittelkontrolle

Bundesweit überprüfen derzeit ca. 2400 Inspekteure die Einhaltung der Hygienevorschriften im Lebensmittelbereich. In Deutschland ist die Lebensmittelkontrolle Ländersache, was die EU-Kommission seit langem kritisiert. Beispielsweise sollen in Sachsen-Anhalt 120 Kontrolleure 32.000 Betriebe überwachen.

Eine vom Bundesministerium für Verbraucher erarbeitete Verwaltungsvorschrift, die bundeseinheitliches Handeln sicherstellen sollte, wurde am 11.6.2004 im Bundesrat von der Tagungsordnung abgesetzt. Den Ländern entstünde dadurch ein erheblicher zusätzlicher Personal- und Geldbedarf, der im Hinblick auf die angespannte Haushaltslage der Länder nicht zu akzeptieren sei.

In Italien ist die Situation nicht wesentlich anders. Nach einem Kontrollbesuch von Sachverständigen der EU im September 2000 wurde gleichfalls festgestellt, daß die Häufigkeit der Kontrollen zwischen den Regionen erheblich variiert. Die zentrale Behörde – das *Dipartimento Alimentari, Nutrizione e Sanità Publica Veterinaria* – kann die Aktivitäten auf lokaler Ebene nur in minimalem Maße kontrollieren.

Stichwort Durchsuchungsbeschluß

Wie das Grundgesetz der Bundesrepublik Deutschland garantiert auch die Verfassung der Republik Italien die Unverletzlichkeit der Person sowie der Wohnung. Durchsuchungen bedürfen wie Beschlagnahmen einer begründeten richterlichen Anordnung. In Ausnahme-, Not- und Dringlichkeitsfällen können die Polizeibehörden auch in Italien vorläufige Maßnahmen ergreifen. Bei all seiner Vergeßlichkeit: Commissario Trattoni überlegt sich sehr genau, was er riskieren darf. Die Durchsuchung der Wohnung des Täters und die Beschlagnahme läßt er sich vom Staatsanwalt genehmigen, weil er Beweismittel verwerten will.

In Deutschland hat die Rechtsprechung des Bundesverfassungsgerichts die polizeiliche und staatsanwaltliche Praxis, Durchsuchungen ohne richterlichen Beschluß anzuordnen, wesentlich eingeschränkt. Bei „Gefahr im Verzug" sind sie jedoch nach wie vor möglich. Ein Verbot, bei fehlerhafter Haussuchung erlangte Beweismittel zu verwenden, besteht nicht.

Stichwort F for Fake

Der im Roman erwähnte Filmessay „F for Fake" von Orson Welles und Oja Kodar (1973) wurde unter dem deutschen Titel „F wie Fälschung" von der Kinowelt Home Entertainment GmbH als VHS-Videokassette veröffentlicht. (Arthaus 1181)

Stichwort Huntington, Samuel P.

Der Vize-Questore verweist in einem seiner Gespräche auf Samuel Huntington. Die Autorin bezieht sich dabei offensichtlich auf Huntingtons „The Clash of Civilisazions and the Remaking oft World Order". Die deutsche Ausgabe unter dem Titel „Kampf der Kulturen" ist 1997 im Europa Verlag erschienen.